大地

朱民权新闻作品选

朱民权 著

上海三联书店

目录

—— 上篇　新闻战役主题系列报道 ——

为家乡改革发展鼓与呼
——腾飞的马桥纪实

打响农村改革第一炮

乡村工业上海模式

申城菜篮子工程建设

推进上海城乡一体化

—— 下篇 重大典型深度特色报道 ——

重大典型报道

本报专访

工作通讯

调查报告

观察与思考

工作研究

企业家访谈

记者见闻

新闻速写

市场漫步

座谈会纪要

回顾

回忆文章

上　篇

新闻战役主题系列报道

为家乡改革发展鼓与呼

——腾飞的马桥纪实

在小平同志视察过的地方

——本报记者采访当年接待者，回忆小平同志音容笑貌寄托哀思

敬爱的小平同志离我们远去了，但上海人民仿佛感到小平同志仍在我们身边。改革开放以来，他老人家十多次来到上海，足迹踏遍上海的工厂、农村、商店、学校和居民家庭。本报记者昨天分路来到小平同志当年视察过的一些地方，请当年参加接待的同志回忆小平同志对上海社会主义改革开放和现代化建设的关心，对人民生活的关心。小平同志的音容笑貌，又浮现在我们的眼前……

“历史将证明，建设宝钢是正确的。”

记者黄强从上海宝山钢铁（集团）公司报道：吴淞口岸，长江与大海交汇之处，我国钢铁工业的巨子宝钢在风中默默地矗立。“历史将证明，建设宝钢是正确的。”十多年过去了，小平同志的这一科学预言，仿佛仍在钢城十多平方公里的大地上回荡，在宝钢人的心中回荡。

宝钢集团董事长黎明告诉记者，每次重温小平同志的这一简短而有力的话语，总是倍感亲切，倍受鼓舞。就在宝钢建设初期，当国内外对宝钢建设议论纷纷的时候，小平他老人家高瞻远瞩地指出了中国钢铁工业现代化的必由之路。宝钢十多年来的实践已有力地印证了小平同志的英明论断，1996 年全国冶金行业的利润是 30 亿元（除宝钢），而宝钢则达到了 31 亿元，就是因为建设了宝钢，冶金工业出现了新的局面。

1984 年 2 月 15 日，小平同志来到宝钢视察，为宝钢题词：“掌握新技术，要善于学习，更要善于创新。”这句话，从此成为鞭策宝钢人的动力。黎明说，宝钢一期工程基本上是引进的，宝钢人掌握了引进的技术，做到了顺利投产，稳产高产。但宝钢人没有停留在引进上，到了三期工程，80％的设备是国内制造的。现

在的宝钢不仅向国外出口备件，而且已经联合国内力量把成套设备源源输出海外。从一期到三期的变化，标志着我国的改革开放、引进与自力更生相结合的政策已在宝钢结出了硕果，我国钢铁工业与世界先进国家的差距已大大缩短，从原来五六十年代水平一下子跃上世界八十年代水平，并带动了机械制造行业的发展。这一变化有力地证明，宝钢选择小平同志指引的“引进、消化、跟踪、创新”之路是完全正确的。

从 1985 年 9 月宝钢投产到去年，宝钢已累计实现销售收入 1244 亿元，上缴国家利税 195 亿元，一期工程的投资已全部收回，二期工程 68 亿元贷款和 24 亿元利息已提前 8 年还清，三期工程 623.4 亿元的建设资金全部由宝钢自筹解决。作为新中国规模最大的现代化联合企业，今天的宝钢已跻身世界一流企业行列。

合资开发有利于发展社会主义生产力

记者王伟从闵行开发区报道：初春的阳光映照着闵行经济技术开发区中央大道，大道两侧一家又一家跨国公司投资的企业显得格外平静，满载货物的卡车不时驶过。当邓小平同志逝世的噩耗传来的时候，闵行开发区 3 万多员工沉浸在巨大的悲痛之中。5 年前，小平他老人家兴致勃勃地视察了开发区，然后意味深长地说：这种合资开发是有利于发展社会主义的生产力、有利于增强国家的综合国力……

闵行经济技术开发区是本市最早成立的国家级开发区，经过 10 年建设，在蛙声一片的农田上，崛起了国内唯一的全部外向型工业园区。截至去年底，开发区已累计吸引外商投资项目 140 个，投资总额 16.8 亿美元，其中跨国公司投资的项目有 39 个，包括施乐、强生、正大、百事可乐、可口可乐等著名企业，开工投产企业则达到 118 家。而开发区 10 年完成利税 89.2 亿元，出口创汇总额 31 亿美元。开发公司总经理鲁又鸣深情地说，闵行开发区 10 年巨变，闪耀着邓小平社会主义改革开放和现代化建设的思想。这两天，不论是中方员工还是外方员工，都十分怀念小平同志当年对闵行开发区的视察，不少人拿出了当年与小平同志合影的照片，默默地看着。区内 YKK 拉链、奥特马啤酒、西部装饰等合资企业外方代表纷纷表示，虽然邓小平逝世了，但我们相信中国的对外开放政策是不会变的，中国经济发展的速度也不会受到影响，我们和你们一样有信心办好企业。目前，开发区所有投产企业生产井然有序，中外员工正加倍努力工作，以实际行动悼念小平同志。

“发展才是硬道理”

记者朱民权从闵行区马桥镇报道:在马桥镇宽敞的会议厅里,镇党委书记王顺龙和正在参加镇人代会的代表们,凝视放置在会场中央的一张小平同志视察马桥镇旗忠村的照片,心情久久不能平静。在接受记者采访时,他的思绪又回到了5年前……

1992年2月12日,小平同志来到马桥镇旗忠村。王顺龙回忆起那令人难忘的情景时说:那天小平同志一路上看到旗忠村农民住进了一幢幢小别墅,心情特别高兴。他问我:“你们发展这么快,靠什么?”我回答:“靠你老人家改革开放的好政策。”他又问了一句:“是这样吗?”听到我肯定的回答,他高兴地抱起一个农家小孩,亲吻了他。

敬爱的小平同志的马桥旗忠之行,成了马桥镇经济快速发展的强大动力。5年来,马桥镇的镇、村两级干部一直牢记小平同志“发展才是硬道理”的教导,发展壮大农村集体经济,全镇涌现了申马、旗忠、裕隆、紫江等4个年产值超10亿的大型集团公司;引进外资项目26个,协议吸收外资1亿美元;农业现代化也迈出了新步伐;全镇去年实现社会总产值58亿元,比1992年增长37亿元。

王顺龙说,小平同志视察旗忠村,给我们指明了农村发展方向。近几年,我们由点到面推广旗忠经验,进一步完善了村镇建设规划,加大了基础设施的投入。如今,俞塘、马桥等一片新型农民住宅区相继崛起;一条全长5.5公里,横跨马桥全境,宽幅达80米的“园村式”马桥大道已经建成通车;水、电、煤气等一批基础设施相继建成。王顺龙伤心地说:“如果他老人家再来,看到马桥的新变化,一定会更加高兴。想不到敬爱的小平同志不能来了……”

（本报记者　陈启甸　整理）

（载1997年2月22日《解放日报》四版　本篇节选部分章节片段）

周总理是我们农民群众的贴心人

——上海县马桥公社干部群众更加怀念周总理

在纪念人民的好总理逝世一周年的日子里，上海县马桥公社社员群众更加怀念周总理。一九五八年七月十八日，总理亲临马桥乡视察，时间虽然过去了十八年，但当时的幸福情景，不时地浮现在人们的眼前。

这一天，骄阳似火。将近九点钟，周总理来到了马桥镇。马桥乡党总支的同志迎了上去。总理神采奕奕，容光焕发，上身穿着白色短袖衬衫，下身是工农蓝布工装，脚踏黑色布鞋，满面笑容。大家激动得不知怎样才好，这时，总理已经把手伸到他们跟前。他们热烈地握着总理的手，感到无比亲切和温暖。

周总理在乡党总支同志陪同下，来到乡党总支办公室。沿途总理一边走一边问乡党总支的几个同志：叫什么名字，多大岁数，家住在什么地方，什么时候参加工作的，同大家有说有笑，亲如家人。

在乡党总支的办公室里，乡党总支的负责同志向总理汇报了他们遵照毛主席《关于农业合作化问题》的指示精神，掀起农业合作化高潮和大跃进的情况。总理听了十分兴奋地说："你们干得好。"汇报的同志又告诉总理说："现在干部和社员干劲很足，敢想敢闯，都积极大种高产田。"总理满心喜悦地说："很好！去看看你们乡干部种的高产田。"

这时，太阳将要升上头顶，晒得人们火燎燎的。陪同的同志拿了一顶草帽给周总理。总理一手握着陪同人员的手说："谢谢你。"一手接过草帽戴上。总理和陪同的同志穿过镇上的小石桥，向南走去，来到了工农高级社。在工农高级社第五生产队，乡干部种了一片高产试验田。总理看见到处是愉快劳动的人群，有的在耘稻，有的在追肥，有的积肥造肥，赞许地连连点头，向正在田里劳动的社员挥手致意。总理来到一片片绿葱葱的稻田前，称赞说："长得好，长得好。"乡党总支负责人告诉总理说："这是我们乡干部和社员群众合种的试验区。"总理问道："你们种了多少亩?”乡党总支负责人回答说:“乡党总支、乡人委和乡团委一共种五十六亩。”总理满意地鼓励大家说:“你们干得好。”总理又走进田间,站在小田埂上,弯下腰,伸手分开稻苗,细致观察稻的长势,问陪同的同志:“一亩稻有几万穴?”陪同的同志回答:“有六万穴,有十二万穴。”总理问:一亩种十二万穴,人在田里好不好走,操作方便不方便? 陪同的同志回答说:“是落的散稻,不过一亩十二万穴是过密了一些。”总理指示说:要合理密植,不要过稀,也不要太密。总理又俯身看了看泥土,问:“你们这里是什么土质?”陪同的同志回答说:“是铁屑沟干泥。”总理说:“这种土质比较差,黄泥头土质比较好。”

总理极目远眺,望着茫茫的一片稻田,又问开了:“你们种水稻是人踏水,牛赶水,还是机器抽水?”陪同的同志回答:“机器抽水。贫下中农对用机器抽水可高兴哩! 贫下中农歌颂说,电力灌溉像条龙,再也不怕老天凶!”总理听了笑嘻嘻地说:“这就叫人定胜天。”总理又随同陪同的同志来到了龙沟前,看着滚滚的河水沿着渠道流进一块块稻田里,又问道:“这个大队有几台机,每亩稻田打一次水要多少时间?”“一台机”,陪同的同志回答说,“全大队三千亩水稻每灌一次水要三天时间。”总理说:一台机负担面积不宜太多,一千亩左右比较合适。

周总理挥手向在田间劳动的社员告别,来到了马桥镇供销社生产资料门市部。两个营业员一见总理,忙迎上前来。总理跨上一步,同他们热烈握手,亲切地问他们:散力赛农药多少钱一斤? 社员对农药的价格有什么意见? 营业员一一作了回答。总理又指着喷粉器和喷雾器问:这个社员欢迎吗? 营业员同志说:“贫下中农很欢迎。”总理又走进店堂,伸手抚摸着躺在墙角里的双轮双铧犁问道:“双铧犁,这里社员欢迎吗?”乡党总支负责人回答说:“我们这里使用不方便,社员不欢迎。”总理点点头说:“推广新式农具应该因地制宜。”总理转身又问营业员:你们供销社一年营业额是多少? 其中生产资料营业额占多少? 营业员愣了一愣说:“生产资料占百分之十几。”总理说:这个比例太小了,一般占三分之一左右比较恰当。总理还鼓励营业员说:“现在大跃进,农村很需要生产资料,你们是社会主义企业的主人,希望你们为大跃进作出更大的贡献。”

周总理真是一个不知疲倦的人,总理离开供销社,已经是十一点多钟了。陪同的同志见总理满脸汗水,请总理回乡党总支休息。总理说:时间还早,我们再看一点地方。总理来到了马桥高级社百亩试验区食堂。食堂里空无一人,社员们都出工去了,炊事员因起身早也都休息了。这时,试验区的一位畜牧干部正好从这里走过,陪同的同志便向总理作了介绍。总理忙跨出门来,同这位同志握手,并拉这位同志和自己坐在一条长凳上,兴奋地说:要增产粮食,就要肥料。你是管养猪的，一头猪就是一个小型有机肥料厂，一定要把猪养好啊！总理的亲切话语和殷切期望，使这位同志激动得一句话也说不出来，只是连连点头，总理看着他的神情又笑嘻嘻地问他："你们食堂很大嘛，有多少人吃饭？"这位同志回答说："有四、五百个人吃饭。"总理又问："吃菜问题是怎样解决的？""农大的学生和下放干部的吃菜是食堂解决的，社员吃菜是自己解决的"。总理说："那不行啊，社员还要自己烧菜，那要花多少时间？"这位同志向总理解释说："我们食堂刚办，食堂菜地刚刚种，一下子还不能解决。"总理听了后说："那行，慢慢来，以后逐步解决。"总理还问了社员什么时间上工，什么时间收工，晚上是否开夜工，又说："现在大跃进，社员干劲很足，劳动很紧张，要保证社员吃好，休息好。一定要保证社员吃到热饭热菜，白天要送开水到田头，晚上要保证社员睡眠，睡不足八小时，一定要保证睡足六小时，保护社员的身体健康。否则，光要社员劳动，不让社员很好休息，这怎么行呢？"陪同的同志说："我们一定按总理的指示办。"总理接着说："我们应该关心社员群众的生活。现在大家都在大干，没有时间上街，食堂应该为社员群众着想，把小卖部办起来，方便社员，这样社员的积极性就会更高，干社会主义的劲头就会更大。"听着总理这些亲切的话语，在座的同志心头感到无比的温暖。敬爱的周总理啊，我们贫下中农想的事情，您给我们办到了，贫下中农没有想到的事情，您给我们想到了。您真是伟大的无产阶级革命家，是我们贫下中农的贴心人。

时间已经是十二点多钟了，总理要离开马桥乡了，人们是多么的依依不舍呀！总理很理解大家的心情，站起身来，再次和大家紧紧地握手。

十八年过去了，周总理亲临视察的幸福情景，深深地铭刻在马桥贫下中农的心坎上。祸国殃民的"四人帮"恶毒攻击和陷害敬爱的周总理，马桥贫下中农和社员怒不可遏地说："'四人帮'真是十恶不赦！把他们砸烂也解不了我们的心头恨。"当年曾经见到过敬爱的周总理的同志，更是激动地说："'四人帮'越是疯狂反对周总理，越是说明周总理英明伟大，我们越是崇敬周总理。我们决心沿着毛主席开辟的革命航道，继承毛主席遗志，实现周总理的遗愿。"

（载 1977 年 1 月 15 日《解放日报》四版）

农副工三业协调发展　乡村队三级齐头并进

马桥乡产值跃过两亿元

去年产值利润和上缴税金同步增长两成以上

本报讯（记者　朱民权）一九八六年，马桥乡总产值突破两亿元，农工副三业的产值、利润和向国家上缴的税金，均同步增长百分之二十以上。

上海县马桥乡农村经济的新飞跃，是从一九八三年农村第二步改革以后出现的。这个乡认真贯彻“无农不稳、无工不富、无商不活”的方针，在抓好农副业生产的前提下，紧紧依靠城市大工业的协作和支援，大力发展乡村工业。去年，乡村工业产值在农副工三业的比重从一九八三年低于全市平均水平的百分之六十二，一跃增长到百分之七十八。全乡的农副业产值也分别比一九八三年增长百分之四十和百分之九十八。

马桥乡还从乡、村、队三级都是经济实体的实际出发，坚持三级经济一起抓，收到了齐头并进之效。去年，全乡有俞塘、彭渡、旗忠、友好、星星等五个村的工业利润分别超过了一至二百万元；以坚持改革而闻名市郊的俞塘村五队，去年队办工业的利润超过一百万元。

（载 1987 年 1 月 14 日《解放日报》一版）

“骏马”给人们的教益

上海市郊区的两匹“骏马”——上海县马桥乡和嘉定县马陆乡，去年农工副三业总产值双双跃过两亿元大关，对四化建设作出了重大贡献。人们可以从两匹“骏马”经济腾飞中受到一些教益。

马桥和马陆去年之所以取得突破性的成绩，一个重要的原因，是他们树立了城乡经济一体化的指导思想，坚决贯彻执行市委和市府“郊区农民口粮立足于自给，城市副食品供应立足于郊区”的方针，坚持农、工、副三业的协调发展。这两个乡乡村工业的发展，靠的是上海这个大城市的科学技术、科学管理和比较先进的设备、产品等优势；可以这样说，没有大城市各种优势的扩散，便没有这两个乡的经济腾飞！毫无疑义，乡村工业，是这两个乡的经济支柱；然而，这两个乡并没有忽视农业(包括副业)这个基础，而是对它抓得很紧。他们不仅做到了粮食的自给有余，而且向市区提供了比往年多得多的各种副食品。事实上，工业、农业、副业，三者是相互制约、相辅相成的，忽视其中的任何一个，都会有碍整个经济的腾飞。马桥和马陆正确处理三业辩证关系的思路，值得把“无工不富”喊得压倒“无农不稳”声音的人们，加以借鉴。

实现城乡经济的一体化，不只是郊区农村的任务，也是上海市区大工业、科研单位和大专院校等各行各业义不容辞的责任。郊区，是整个上海的一个重要组成部分，它的经济腾飞，对振兴上海具有举足轻重的作用。作为市区科技、设备、产品、人才优势扩散的基地，郊区的天地是很广阔的；而这个广阔天地各方面的条件，比任何别的地区都要好得多。期望市区各有关部门和单位，要像支援两匹“骏马”那样，大力支援整个郊区，特别是那些经济基础还比较薄弱的乡镇，使更多“骏马”一匹接着一匹地飞奔！

（载 1987 年 1 月 14 日《解放日报》一版）

引入竞争机制实施目标管理

马桥:乡村队三级齐飞

去年社会总产值5.5亿元,农副工三业净收入近亿元

本报讯(记者　朱民权)实施目标管理,引入竞争机制和风险机制,大大激发了上海县马桥乡各级干部的实干意识,乡、村、队三级经济形成大马带头、小马奔腾的局面。1988年,马桥乡的社会总产值达5.5亿元,农副工三业净收入接近1亿元。这个乡的社会总产值、旗忠村和俞塘五队的各业总收入,分别名列市郊乡、村、队三级的首位。

几年来,马桥乡年年坚持把制定新目标作为激励竞争、激发乡村干部进取精神的重要环节。1986年,这个乡的三业总产值突破2亿元之后,乡里两套领导班子雄心勃勃地提出了3年内实现社会总产值和工农业总产值各占全国万分之一的奋斗目标。与此同时,乡里大胆地向全乡20个村和乡办企业提出了包括农副工各业在内的全方位、多层次的发展目标,并由乡政府与各村签订了协议,实行目标管理。原先经济发展较慢的联建、民主等4个村,去年围绕自己定下的新目标,积极调整产业结构,努力开拓新兴产业,使各村第二、三产业利润都超过100万元,比计划指标增长近一倍。去年,这个乡第二、三产业利润超百万的村已有10个之多。经济发展较快的旗忠、俞塘、彭渡、星星等6个村的工业总产值已超过1000万元。去年,全乡在工业产值超过5个亿的同时,农牧副业一片兴旺,全乡的粮食总产量达1974万公斤,向国家交售商品粮250多万公斤,成为上海县向国家提供商品粮最多的一个乡。全乡投资600万元兴建的16个副食品生产基地,源源不断地向城市提供副食品。

与目标管理、竞争机制相配套,马桥乡在干部报酬上引入了风险机制。乡党委书记王顺龙告诉记者:在马桥乡里,坐在同一位置上的干部,没有同样的报酬。当村长、厂长的,不一定比社员和职工的报酬高。这个乡有两个村去年的农副工各业经济指标没有完成合同任务,乡党委和乡政府已明确表示按合同兑现,这两

个村的主要经营者的报酬还不到社员收入的一半。而一些完成各项经济指标突出的主要经营者，全年的报酬水平可达万元以上。这种严格的奖罚制度，使村队领导干部拿不到“太平工资”，也不能再吃“太平饭”了。从此，以上水平、求效益为主要内容的竞争，成为马桥乡一些乡村领导干部的内在要求和自觉行动。20个村去年都为自己设置了赶超目标。全国优秀青年企业家沈雯，前年在领导俞塘五队实现工业利润超百万之后，面对企业内部管理的差距，从去年初开始就借鉴“施贵宝制药有限公司”“三菱电梯公司”等中外合资企业的先进管理经验，大胆开展企业内部改革，使紫江皮塑制品公司的经济效益明显提高，去年实现利润621万元，比上一年翻了两番，由此实现了“全国第一队”的宏伟目标。连续两次荣获上海市劳模称号的旗忠村党支部书记高凤池，在带领群众甩掉穷村帽子后，克服种种困难，增加农副工投入，仅这两年中就投入资金2000多万元，为发展农副工生产积蓄了后劲，使村办工业和农业生产比翼齐飞，全村去年的农副工总收入达2.9亿元，工业净收入1800多万元，一跃成为华东地区的首富村。

（载1989年1月25日《解放日报》一版右头条）

走深化改革新路　在高起点上飞跃

马桥乡去年社会总产值逾12亿

创利税1.2亿元，比上年增长3成

本报讯（记者　朱民权）夺得全国“十佳”乡镇桂冠的上海县马桥乡，敢于突破，走出了一条深化改革的新路，1991年实现乡村经济在高起点上的新飞跃。去年全乡社会总产值从上一年8.1亿元猛增到12.3亿元；创利税1.2亿元，比上一年增长30%，这两项经济指标继续名列全国58000多个乡镇前茅。

近年来，马桥乡名声鹊起，去年全国各地又有13万人到这个乡参观学习，面对络绎不断的参观队伍和不绝于耳的赞扬声，这个乡的乡、村领导干部始终保持着清醒头脑，时刻不忘前有标兵后有追兵。乡党委采取多种形式，在全乡范围内深入开展爱国家、爱共产党、爱社会主义和爱家乡、爱企业、爱岗位的六爱教育，激发干部群众干社会主义的积极性。不断探索发展农村经济的新路子。这个乡果断调整乡村企业，近两年先后关停了12家效益差、产品滞销的企业，开拓发展了纸箱、日化产品、有色金属冶炼等一批上规模上水平的企业，使全乡建立起了较长远的行业优势，去年这个乡5大重点行业的产值占到全乡工业总产值的80%。有4家乡、村企业的产值超过1亿元，其中光华电缆、绿叶牌衬衫、马头牌皮带、蜂花日化用品等市级以上优质产品的产值占到全乡工业总产值的60%。

为了促进全乡经济的平衡发展，这个乡大胆地进行建制改革，创造性地运用厂村结合，村村联合的新形式，为一些贫困村找到了一条脱贫致富的新路。去年，具有产品优势的钢窗厂与联盟村结合后，带动了这个村的经济发展，仅2个月就使这个村增加产值130万元，一改昔日村级经济发展缓慢的局面。有些村、队还敢于突破地域和所有制界限，善于运用联合优势，促进经济发展，紫江（集团）公司近两年坚持内联、外联一起上，先后创办了4家中外合资企业和3家内联企业，使企业增强了实力，去年的工业产值首次突破亿元大关。

（载1992年2月6日《解放日报》一版）

以新思路加快农村经济发展

一马当先马桥镇　去年产值卅亿元

本报讯(记者　朱民权)在农村改革中一马当先的闵行区马桥镇,坚持“发展才是硬道理”,集中精力抓经济,连续5年保持较高的经济增长速度。去年,这个乡的工农业总产值突破30亿元,比上一年净增10个亿;乡镇工业利税达2.3亿元。

抓住发展机遇,以新思路加快经济发展的步伐,是马桥镇农村经济在高起点上保持高速增长的一条重要经验。今年初,镇党委对照苏南及珠江三角洲等地区的乡镇,寻差距,找弱项,看到了本地区外向型经济和第三产业发展较慢、技术含量高的企业还不太多等三个不足,确立了不走老路创新路的观念,提出以发展高新技术企业为主;发展外向型企业为主、发展第三产业为主的新思路。去年以来,申华超细化纤有限公司、上海花王公司等一批由外商一起投资的上亿元的技术密集型企业应运而生;一年中新批准的中外合资企业有28家,吸引外资1亿多美元;以旗忠集团为龙头的汽车服务业以及仓储业、流通服务业等新兴产业迅速崛起,第三产业在全乡经济中的比重直线上升。

面对国家宏观调控的新形势,马桥镇既自觉抓调整,又坚持加快发展不动摇。去年,这个镇果断采取“饿部分蛋鸡、养好苗鸡”的方法,“饿”了一批效益较差的企业,以集中资金保证有市场、效益好的骨干企业,全乡三项资金占有率下降两个百分点,产品销售率达98%。同时,集中财力抓大项目。去年,乡村两级新发展了5个投资额上亿元的大项目,为经济发展蓄后劲,其中固定资产投资4.5亿元的申马铜材总厂已被列入今年市政府18个重大项目之一。

马桥镇坚持把改革和发展结合起来,积极探索加快发展的新形式、新途径。近两年,经过上级人大批准,这个镇适当改变行政区域,创造性地推出了富村兼并穷村,以及厂村合并等改革新举措,加快了一些穷村的经济发展步伐,出现了5个亿元村。曾以市郊首富闻名的彭渡村,去年兼并了一个穷村后,新开辟工业小区，全村经济上了一个新台阶。原先工业产值不满 1000 万元的联盟村，在与具有产品优势的镇钢窗厂合并后，连续两年保持高速增长，去年的工农业总产值首次突破亿元大关，进入亿元村行列。

（载 1994 年 1 月 2 日《解放日报》一版）

以规模促发展促效益

马桥镇经济再度腾飞

今年利税可达6亿元，5个集团就占三分之二以上

本报讯（记者　朱民权　朱瑞华）5年前荣获全国“十佳”乡镇桂冠的闵行区马桥镇，在新的经济形势下，坚持以发展规模经济为突破口，加快实施大企业、大集团发展战略，以规模促发展、促效益，实现了经济再度腾飞的目标，前不久被国家民政部评为全国最佳乡镇之一。

马桥镇在改革开放中曾以创下经济腾飞奇迹而成为全国农村经济发展的“排头兵”。然而，在全镇经济快速增长的同时，也暴露出了一些矛盾和问题，突出的是镇村企业规模小、科技含量低，经济发展还没有摆脱粗放型增长方式。为此，这个镇从90年代初开始，提出加快建成“一流乡镇企业”的规划设想，把发展大中型企业、组建大集团、营造规模优势，作为经济增长的主要途径。5年来，这个镇集中财力、物力和人才兴办大项目，乡村两级新发展了9个投资额上亿元的大项目，重点培育了11家年产值超亿元的骨干企业。同时，全镇还形成了旗忠、裕隆、紫江、中马、江华等5个集团，今年这些集团所创造的产值和利税都占到全镇总量的三分之二以上。

在发展规模经济中，马桥镇注重依托龙头产品，加速企业自我膨胀，形成行业优势，以增强参与市场竞争的能力。近几年，这个镇紧紧抓住已经形成特色产品的“一根丝”“一瓶水”“一张纸”做文章。镇上以年加工能力10万吨铜材的申马铜材总厂为龙头，在“一根铜丝”上大搞两头延伸，全镇形成了铜管、电缆等多品种、多规格的铜材加工行业优势，其中铜管产品的生产总量已占全市60％，成为华东地区最大的铜管生产基地。这个镇花王、华银、康美、伊思汉等4家企业，充分发挥企业规模优势，今年全镇“一瓶水”即日用化妆品和洗涤用品的销售额达10亿元，接近全国同类产品总销售额的十分之一。以纸箱、复合包装制品为主的“一张纸”产品的市场占有率，也居全国同行业前茅。

另外,马桥镇村两级千方百计从日本、新加坡、以色列等 10 多个国家引进 1.5 亿多美元和先进技术,合资兴办了佳通超细化纤有限公司等一批上规模的三资企业,已成为乡镇企业的领头雁。同时,通过引进外资和自筹资金等多种渠道,先后投入 10 多亿元资金,引进了一批国际先进设备,重点武装大中型企业,为这些企业插上了腾飞的翅膀。近几年来,紫江集团陆续从日本、德国、瑞士等国家,引进了价值 8000 万美元的 70 多台(套)大型先进设备,使企业在高起点上实现新飞跃,今年可望创利税 2 亿元。

马桥镇一批大集团和大中型乡镇企业的崛起,带动了全镇经济继续进入快车道。今年全镇工业总产值可望突破 60 亿元,实现利税 6 亿多元,分别比去年增长 50%和 60%。

(载 1995 年 12 月 24 日《解放日报》一版头条)

上质量　上水平　上效益

马桥镇经济总量突破百亿元

去年经济总量、实现利润、上交税收均列全市乡镇之首

本报讯（记者　朱民权）农村经济如何上质量、上水平、上效益？连续两届荣获全国最佳乡镇桂冠的闵行区马桥镇，坚持在发展规模经济中上水平、增效益，经济连续10多年快速发展、经济运行质量不断提高。去年这个镇的经济总量突破100亿元，实现利润5.4亿元，上交国家税收4.06亿元，这三项经济指标均名列全市乡镇之首。

结合经济结构调整促进资产向优势企业集中，加快培育和发展大企业、大集团，是马桥镇发展规模经济的一项重要举措。90年代以来，马桥镇重点培育了近20家产品有市场、有效益的大中型企业，形成了申马铜材、佳通超细等一批上规模的骨干企业，去年这些骨干企业的产值占到全镇经济总量的三分之一。近几年，马桥镇还以资产为纽带，通过联合、兼并，使生产要素向优势企业集团流动，涌现出年产值突破50亿元的紫江集团、工业年销售额达到13亿元的旗忠集团和申马集团。如今，集团型经济已成为马桥经济的一大特色。

在发展规模经济中，马桥镇还以基础设施和机制优势，积极实施“招大的、引高的、上好的”三资企业发展战略，把利用外资与实现两个根本转变结合起来。目前，在马桥镇投资的48家三资企业中，投资1000万美元以上的企业有10多家。例如与日本花王公司合资兴办的上海花王有限公司，设备精良，技术先进，企业不断扩张，现已增资到8700万美元，成为镇上投资规模最大的三资企业。第一期投资3000万美元的上海佳通超细化纤有限公司，以生产高新技术产品的市场优势，促使生产规模迅速扩大，外商先后两次增资3800万美元。近几年，马桥镇还利用外资嫁接和改造了一批老企业。以生产肠衣制品为主的星星肠衣公司，与德国一家公司合资后，引进了先进的技术和管理，使产品升级换代，并拓展了国际市场，去年出口创汇2558万美元，成为闵行区的一家“创汇大户”。

马桥镇还重点扶持和发展龙头产品，使之形成规模优势，增加市场份额。近几年，马桥镇以建成铜加工、化妆品、电器电缆、塑料彩印包装等“四大产品”基地为目标，加大投入，精心经营。目前，全镇已初步形成年加工10万吨铜材的加工生产基地。花王、华银等4家以生产化妆品为主的企业，去年的销售额达10多亿元，约占国内市场的十分之一。去年，“四大产品”的产值接近40亿元。

（载1998年2月2日《解放日报》A1版）

盘活存量　扶大放小　优化结构

马桥工业效益增长超过产值增长

去年工业利润达 3.05 亿元，同比增两成，居市郊乡镇首位

本报讯（记者　朱民权）盘活资产存量、坚持扶大放小、优化投资结构，闵行区马桥镇努力做好这三篇文章，使全镇工业经济运行质量明显提高，出现了效益增长高于产值增长的可喜局面。去年这个镇实现工业利润 3.05 亿元，比上年增长两成，上交国家税收 4.2 亿元，居市郊乡镇之首。

马桥镇发展乡镇企业曾创下辉煌业绩，但乡镇企业在异军突起的过程中，也因铺摊子、上项目而造成了负债率较高的被动局面。面对债务沉、包袱重的现实，马桥镇从实际出发，及时作出盘活现有资产存量，减债增效，再创乡镇企业新优势的决策。据了解，近年来马桥镇镇村两级通过资产拍卖、资产重组、出让企业股份、空壳厂房租赁等多种途径盘活资产存量，仅去年一年盘活的存量资产就达 3 亿多元，卸掉了 2 亿多元的债务。与此同时，全镇还通过加强企业管理，做到各项折旧和基金提留、银行借款利息“三到位”，并加大货款回笼力度等办法，降低负债率，用好盘活资产，一些困难企业由此出现转机。这个镇的联建村前些年上了一个项目，连续几年没有效益。去年村里通过拍卖将这个项目转手，既卸掉了 2000 多万元的债务，又救活了企业。

立足“重在有质”，坚持扶大放小，也成为马桥镇提高工业经济运行质量的基本思路和方法。近几年，这个镇积极采取措施，加快培育和发展大企业大集团，促进资产向优势企业流动，以规模促发展、增效益。现在，全镇已形成 20 家产品有市场、有效益的大中型企业和 9 个企业集团，其中旗忠、紫江、申马三个企业集团去年完成产值 40.7 亿元，实现工业利润 1.5 亿元，分别占全镇工业产值和利润的 70％和 49％。在扶大的同时，马桥镇还采取租赁、改制、兼并、外资嫁接等多种形式，放开搞活小企业，并把转制回收的资金集中投入到有市场、有效益的项目中去，使放小和扶大有机结合起来。

近年来，马桥镇还改变了过去以集体借债投入为主的投资方式，坚持以吸引外资为主、鼓励社会资金投向生产，形成集体、外商、社会多元投资的新机制，优化了投资结构。镇村两级通过加大招商引资力度，已吸引外资 2.55 亿美元，兴办了 48 家三资企业。去年全镇三资企业的销售收入达 24.2 亿元，占全镇工业销售收入的 44%，其中创办较早的花王有限公司和佳通超细化纤有限公司两大合资企业，去年实现产值 10.5 亿元，创利税 1.92 亿元。为扩大非公有制经济比重，镇政府还加强对发展私有经济的领导，去年镇里创建了占地 500 亩的江川经济城，以优惠政策吸引了 150 家私营企业和民营科技企业落户。私营经济正在成为马桥镇经济的一个新增长点。

（载 1999 年 2 月 28 日《解放日报》一版）

打响农村改革第一炮

光明公社因地制宜建立生产责任制

沟头田按户分包联产计酬

本报讯（记者　朱民权）奉贤县光明公社因地制宜建立生产责任制，三百多亩小块沟头田已在“三夏”前夕按户分给社员包种粮食，实行联产计酬。目前移栽后的早稻长势喜人。

光明公社逐年整河填浜，造出了成千块沟头田。这些田大块八、九分，小块二、三分，地势要比一般田块低一至两米，不但耕种管理麻烦，不便机械作业，而且只适宜种两熟水稻。以往，每年“三夏”“三抢”大忙季节，开始时干部社员对这些沟头田顾不上，扫尾时只好来一个“大兵团作战”，结果既误了季节，又浪费了人力。再加上平时管理不善，粮食亩产量历年只有二三百斤。一九七九年庙泾五队的两块沟头田，草长得比稻还高，整整一熟颗粒无收。

去年夏秋间，光明公社全面建立生产责任制，一些生产队应群众要求大胆实践，把沟头田按户分给社员包干耕作管理，实行联产计酬，当年就发掘了这些土地的潜力。光明三队五十六户社员包种的沟头田，后季稻亩产量一举达到六百多斤，比往年增产一倍多。事实使公社党委受到启发，生产责任制的形式应当因地制宜，适合生产力的发展水平。小块的沟头田由农户包干，要比集体耕种省工、省本，而又增产增收。

今年春天以来，这个公社的领导部门认真总结沟头田按户包干的成功经验，并在全公社广泛听取群众意见，分批加以推广。目前已有四十六个生产队，把三百多亩沟头田按户包给社员耕种，约占生产队总数的百分之四十五。西湖七队十个劳动力种四十八亩田，年年大忙季节忙得喘不过气来。今年“三夏”时，四块沟头田由各户人家包种，只花一天多时间就完成了早稻的移栽任务。

（载 1981 年 5 月 25 日《解放日报市郊版》一版头条）

对照三中全会精神摆脱“左”的影响

青村公社全面恢复三级所有制

本报讯（记者　朱民权）四年前搞“穷过渡”而出现“过渡穷”局面的奉贤县青村公社，最近在学习贯彻中央工作会议精神时，摆脱了左的思想影响，全面恢复了社队三级所有制经济。

青村公社是郊区闻名的高产单位，早在一九七一年，粮食常年亩产量就已跃过“双纲”，社队工业利润超了百万元。一九七六年初，“四人帮”及其上海余党在郊县大刮“穷过渡”歪风，这个公社曾被列为市重点单位之一，由工作队帮助制订了三级所有制向二级全面过渡的计划，十四个大队全部完成了以生产队为基本核算单位向以大队核算的过渡。

穷过渡的折腾，使青村公社出现了“集体家当散失，劳动管理吃大锅饭，生产安排混乱”的局面。四年来，这个公社的经济每况愈下，公社以下的集体存款，由一百一十三万七千元减少到四十七万元左右，下降了百分之五十八。此外，他们还向国家贷款一百二十七万多元。原高产富队北港十六队，过渡前粮食常年亩产已过一吨，集体积累一九七六年提留了四千八百五十元，社员人均分配一百八十四元八角。可是以大队核算以后，粮食常年亩产却连年上不了“双纲”，去年集体积累只提留九百七十元，社员人均分配加上共享社队工业利润，也只有一百八十五元六角，成了名副其实的穷队。

吃足苦头的青村公社社员和基层干部，早在一九七七年就坚决要求退回到以生产队为基本核算单位，可是公社党委却受“大方向正确”的框框影响，不敢采取行动。以后包袱越背越重，多数大队实际上已经缩小“过渡”后建立起来的耕作队规模，使之成了变相的“生产队”。但公社党委还是怕出乱子，不敢名正言顺地恢复三级所有制。去年秋后，公社召开人代会，代表们纷纷提议恢复三级所有制，社管会表示接受提案，可是仍只提核算单位下放，不提恢复三级所有制。直到这次学习中央工作会议精神，青村公社党委对照三中全会制订的方针路线，这才对多年穷过渡造成的严重后果有了比较深刻的认识。最近他们决定全公社重新恢复三级所有制。为了避免影响春耕生产，党委通过调查研究，提出了处理“过渡”遗留问题的意见，第一步先落实好生产责任制，保证生产队有必需的生产资金；第二步清理“过渡”时大队、生产队的固定资产，通过民主协商，合理进行分配。目前，社员群众心情舒畅，生产积极性高涨。

（载 1981 年 5 月 11 日《解放日报市郊版》一版头条）

上海县委日前作出决定

从六个方面放宽农村经济政策

鼓励集体和社员个人尽快富裕起来

编者按 上海县委从六个方面放宽农村经济政策的一个重要特点，便是强调联产承包责任制中的“承包”两个字。许多地方和单位的情况告诉我们，凡是实行联产承包的，效果都很好。这确实是彻底解决平均主义的一个好办法。看来，联产承包势必会发展到每一个地区，扩展到各个领域，也即从农业到工业、商业、服务业以至科技方面，从农村到城镇。

上海郊区各县社的情况不一样，联产承包也应各具特色，不能搞一刀切、一个样。要从实际出发，寻找不同类型的联产承包办法。

本报讯（记者　朱民权）中共上海县委进一步清除“左”的影响，从本县的实际出发，日前决定从六个方面放宽农村经济政策，让集体和社员个人更快地富起来。

上海县委从六个方面放宽政策的主要内容是：

积极推行联产承包责任制，允许和支持一些社队尊重队情民意，取消工分制，实行包干分配。不论是牧副业还是农业，不论是经济作物还是粮食作物，不论是旱地作物还是水田作物，各社队采取什么形式的生产责任制，放手让群众自己去讨论和选择。县委的责任是正确引导，促进其不断完善。

各公社社办企业可以实行工业大包干。据县有关部门最近调查，杜行、七一、虹桥三个公社的社办企业，在实行工业大包干以后，产品产量和质量明显提高，成本消耗下降，收到了很好的经济效果。县委认为，凡想这样做的社办企业，都可以这样做。

扶持农村专业户、重点户，让他们先富裕起来。全县的水面、十边地、小型养猪场、小宗经济作物等，都可以包干到户，以壮大专业户、重点户的队伍。凡适应城市人民需要的，如养鱼、养奶牛、养奶羊、种鲜花的专业户、重点户，县委和各职能部门更要大力支持。

提倡生产队在搞好农业的前提下办工业。上海县委认为，三匹马拉车，总比两匹马拉车跑得快。上海县地处近郊，发展公社、大队和生产队三级工业，是自己的优势。应该充分利用这一优势。

有计划地试办和发展社队集体商业。允许邻近市区的社队开旅馆、办饭店；允许社队到集镇开设门市部，出售多余的农副产品。县农工商联合公司，要协助社队多方设法疏通和开辟流通渠道。县各有关部门要支持社队办商业，不得横加干涉。要教育社队干部和社员严格遵守政府的政策、法令，服从工商管理。

加强同兄弟省市的协作，发展经济联合。上海县已先后与福建、江苏、浙江、江西、安徽、湖北等地建立了协作关系，相互取长补短，这对解决本县缺饲料、缺能源、缺工业原材料和建筑材料的问题，特别是加速副食品生产的发展，起了很大的作用。今后，县委要更有力地支持发展这种经济联合，进一步搞活农村经济。

上海县委放宽农村经济政策的决定，是在联系十一届三中全会以来的实际，学习十二大文件过程中作出的。

（载 1982 年 11 月 22 日《解放日报》一版）

框框已经突破　人们心里火热

奉贤县二百七十个队实行大包干

县委和公社党委热情支持积极引导

编者按　在上海郊县这样经济比较发达的地区，能不能实行口粮田、包产到户、大包干这一类的联产承包责任制，看来回答应当是肯定的。当然，至于各社队究竟采取哪一种承包责任制形式，各级领导还得尊重队情民意，积极引导，不可强求一律。无论采取什么形式的责任制，都要教育社员群众和基层干部兼顾国家、集体和个人三者利益，确保完成国家下达的种植计划和各种农副产品的交售任务。

本报讯（记者　朱民权）至十一月二十四日为止，奉贤县已有二百七十个生产队实行了大包干责任制。其中，百分之九十六的生产队是今年三秋搞起来的。县委书记陆嘉书告诉记者：现在框框已经冲破，三秋之后，大包干责任制将会在全县出现新的发展趋势。

奉贤县实行大包干责任制的生产队，目前已遍及到十六个公社中的八十个大队。据县委农工部摸底排队，在已经实行大包干的生产队中，农作物产量和社员分配水平在全县居中等以上的，占百分之六十六，居中等以下的所谓低产穷队，只占百分之三十四。看来，只有低产穷队才能搞大包干的估计，并没有多少根据。

大包干责任制，去年就在奉贤县开始出现和逐步发展起来了。头桥公社冯家八队在去年移栽后季稻时“秘密”搞起了大包干。真是一包就灵，后季稻产量跃居全大队第一位，八队后季稻大增产，使周围的队看到了好处，当年秋播时全大队五个队都跟着搞开了。江海公社跃进十队，过去三年两头完不成国家的粮食征购任务，今年实行大包干后，一季早稻就超额完成了全年的粮食征购任务，社员也粮多收入高。不少生产队的干部到十队学习取经，县人大常委会也专门组织委员们去十队视察。大包干带来的大变化，叫人听了看了心里火热，在今年三秋中，全公社实行大包干的队，一下子从三个发展到四十五个。

对于大包干责任制，奉贤县县社两级领导热情支持和积极引导。去年三秋时，肖塘公社肖塘大队十二生产队“按兵不动”，原来是干部和社员争着要搞大包干，而大队党支部一时还不敢表态。公社党委领导同志和县委农工部的有关同志，特地到这个队听取意见，并表示尊重这里的队情民意。大包干便顺利搞开了。江海、肖塘、泰日、青村、钱桥、奉城等公社党委，根据本公社实行大包干责任制比较普及的新情况，组织干部下队蹲点，帮助解决新问题。县委已派出一百零八名干部到实行大包干的社队总结经验，并引导干部和社员接受国家计划指导，保证完成国家下达的各项交售任务。

（载 1982 年 11 月 25 日《解放日报市郊版》一版头条）

避免"上级定人员，党员画圈圈"现象

头桥公社采用差额选举法健全大队领导

一批政治素质好、有能力、肯实干的党员当选

编者按 头桥公社各大队党支部实行差额选举的经验，引起了市委组织部的重视。最近，在市委组织部举办的组织工作业务学习班上，介绍了头桥公社的经验。

本报讯（记者 朱民权）一批政治素质好、有能力、肯实干的共产党员，最近通过差额选举，陆续进入奉贤县头桥公社十九个大队的党支部领导班子。

过去，头桥公社各大队党支部采用等额选举的做法，选举中常常出现"上级定人员，党员画圈圈"的现象。这次，公社党委决心改变过去的做法，实行差额选举。党委宣布：一个大队选几名支委，提几个候选人，谁当候选人，都由党员进行讨论和选择。在选举中，党员们都推选自己信得过的同志。新市大队大多数党员提议让四队队长傅全楼作候选人，大家称赞他领导农业生产有方，工作踏实，责任心强，是个干实事的人。他以得票最多当选以后，新的支委会又推选他担任党支部书记。有一个大队支部书记已当了十几年大队干部。一部分同志觉得他民主作风差，没有提名他当候选人。但有一部分党员认为他工作有魄力，而且对社员造房等切身事一直很关心，应该让他作候选人。全大队三十二名党员，经过两上两下的充分酝酿，热烈讨论，统一了认识，认为他优点突出，一致选他继续担任党支部书记。二桥大队大队长，原先没有进入党支部的领导班子。党员们觉得他年纪轻，有文化，有干劲，肯钻研，这次把他推上了党支部的领导岗位。在这次民主选举中，全公社有二十一名执行方针政策好、年纪轻、能实干的党员进入了党支部领导班子。

实行差额选举，对党员干部实际上是一次考核和鉴定。在民主选举时，蔡桥大队的党员对有的大队干部到社员家吃喝等问题，提出了尖锐批评。这个大队

新的支委会建立后,接受了过去的教训。有一天上午,党支部书记和两名支委到八队处理一起纠纷,闹纠纷的双方争执到吃中饭时还相持不下。当时,在场的生产队干部和社员请他们到家里去吃饭,他们婉言谢绝了。花厅大队有一名党支部委员,去年擅自将自己的儿子安排在大队合作医疗站工作。在民主选举中,党员们既肯定了他的工作的成绩,又严肃批评他利用职权安排儿子工作的错误。这位干部诚恳接受了党员的批评,主动作了检查。选举结束后,他又积极做好妻子和儿子的思想工作,很快就让自己的儿子回队参加农业劳动。

在差额选举开始前,公社党委组织了考察干部的专门班子,通过个别谈心,召开座谈会等形式,对全公社一百一十二名支委干部,逐个进行了全面了解,做到心中有底。朝阳大队有一个原支委干部,组织上已掌握他犯有贪污的错误。但大多数党员不了解这一点,党委发现后,及时找那个支委干部谈话,让他在支委会上作检查,结果,他没有被选入。对于民主选举中落选的人,公社党委也都认真做好思想工作,并根据他们对集体事业的贡献大小和实际情况,适当安排他们的工作。

(载 1982 年 5 月 27 日《解放日报市郊版》一版头条)

家庭副业向社会化商品化专业化发展

虹桥乡养鸡户组成大型联合体

一百三十户形成一条龙，解决了私人养鸡难题

本报讯（记者　朱民权）最近，上海县出现农民家庭养殖业大型联合体。这使家庭副业向社会化、商品化、专业化生产发展迈出了新的步子。这个县的虹桥乡由第二牧场牵头，使一百三十多户养鸡户自愿组成联合体，成为上海县同类型联合体中最大的一个。

有千万富翁之称的上海县虹桥乡，不仅乡村工业发展迅速，集体经济实力雄厚，而且社员家庭副业名目繁多。养鸡在这个乡更有悠久的历史，几乎每户农家都要养上几十只鸡。但农民家庭养鸡，常常会碰到两个难题。一是苗鸡难买，东找门路西托人，还是买不到市区居民喜欢吃的三黄苗鸡。二是肉鸡难销，热天卖不出去，冷天又不够卖。市场上的这种"冷热病"使养鸡人家难以把握。为了解决这个问题，虹桥乡第二牧场在去年十月，培育了一千只"海培科黄鸡"做种鸡。今年四月，牧场又做起牵头人，把全乡一百三十户私人养鸡户作为第一批联合体人员组织了起来，形成了培育种鸡、挑选种蛋、孵化鸡苗、饲养肉鸡、选点销售一条龙，在这个联合体中，实行科学分工和专业化商品生产。乡第二牧场利用集体经济优越性，负责培养种鸡、挑选种蛋、孵化鸡苗，向养鸡户提供优良品种鸡苗，负责并疏通销售渠道，有计划地向市区饭店、菜场供应肉鸡。养鸡户高兴地说，参加了这个联合体，摆脱了过去私人养鸡的两个难题，越养越有劲。

这个联合体促进了家庭养鸡业的发展。据统计，从四月份到现在已出售八万多只"海培科黄鸡"。

目前，虹桥乡的这个家庭养鸡联合体已与市区春雷酒家、良友鸡粥店、福州路菜场等七个单位建立了产销关系。

（载 1984 年 11 月 22 日《解放日报》一版头条）

有了农业服务合作社
莘庄乡承包户种田不愁

本报讯（记者　朱民权）春耕时节，往年家家户户忙备耕，而今在上海县莘庄乡，承包户的备耕工作已由村级农业服务合作社承担起来。全乡8个村级农业服务合作社到目前为止，已为全乡3690个承包户精选好水稻、棉花种子两万七千多公斤，翻耕好水稻育秧基地800多亩，整修开挖了一批积肥潭，同时还为承包户的7500多亩麦子施上了拔节孕穗肥，为2000多亩油菜喷了一次增产菌。

这8个集生产、服务、经营为一体的农业服务合作社，根据承包户的需求，制定了包括农机、耕种、田间管理等在内的10项服务项目。同时，各个村级农业服务合作社还与承包户签订服务承包合同。对出现病虫危害，或因施肥、水浆管理不当而引起作物受害者，合作社负有经济赔偿责任，使承包户放了心。

莘庄乡的村级农业服务合作社，不但发挥了农村社会化服务的功能，还积极开展科技示范，努力当好科技兴农的“二传手”，他们在自己的生产基地上，着重开展了杂交粳稻制种、小苗育秧等科技示范活动，在全乡产生了较强的辐射效果。去年，全乡杂交水稻种植面积达80％，小苗移栽达到40％，名列全县之首，使这个乡的粮、棉、油生产，连续两年实现增产增收。

当然，这8个农业服务合作社在自己的638亩生产基地上也产生了良好的经济效益，去年共产出粮食25万公斤，良种7.5万公斤，棉花120公担，农业和各种经营收入达42万元，从而使以服务为主业的合作社，走上了自我积累、自我发展的道路。

（载1991年3月25日《解放日报》二版要闻）

乡村工业上海模式

马陆：郊区第一“千万富翁”

1981年社队工业净利润达到1016万元

本报讯（记者　朱民权）一九八一年，马陆公社社队两级工业净利润达到一千零一十六万元，成为上海郊区第一个“千万富翁”。

马陆公社在发展社队工业中，注意根据市郊人口密集的特点和市场需要，优先发展手工业、食品工业。该公社的四家玩具厂、三家服装厂及电珠厂、蜡烛厂等都是劳动密集性较强的工厂，一下容纳了三千名职工。食品工厂生产的味精、柠檬酸、淀粉、香菇、蘑菇、肠衣源源不断地进入国内、国际市场。“结晶味精”年产一百八十六吨，仍然供不应求。现在，食品工业的产值已经占马陆公社工业总产值的百分之四十六点七。

马陆公社发展工业的另一个特点是坚持以质量取胜。他们生产的麻醉剂质量稳定，生产的柠檬酸在全国受到好评。

（载1982年1月14日《解放日报市郊版》一版）

1008 万元！社队工业三年大飞跃

横沔公社成为又一个“千万富翁”

本报讯（记者　朱民权）农副工全面发展的南汇县横沔公社，成为上海市郊区又一个“千万富翁”。一九八一年，社队两级工业利润由上一年的六百三十七万元增至一千零八万元，增长幅度达百分之五十八点一九。

横沔公社原先经济底子薄弱，直到一九七八年底，社队工业利润只有二百六十四万元。党的十一届三中全会以后，这个公社的党委坚决排除“左”的思想影响，全面落实党的各项农村政策，想方设法带领农民集体致富。三年来，党委成员常年深入生产第一线，扎扎实实狠抓农业这个基础。尽管气候连年恶劣，一九八一年全公社粮食亩产还是超过前年，油菜籽增产五十多万斤，略为减产的棉花亩产也有一百零五斤。

与此同时，这个公社社队工业迅速发展，三年来，连跳三跳，产值利润每年递增百分之五十以上。一九八一年，公社一级企业已经发展到二十二家，绣衣、雨衣、肉鸡、鸡毛粉、塑料灯具、铰链、窗纱、漆包线以及包装薄产品还远销国外二十多个国家和地区。由于全面实行浮动工资制，去年下半年每投放一元钱工资额得到的利润，已由五元七角猛增到七元五角。农机厂、绣衣厂、家禽厂和电工厂四个单位，全年利润超过一百万元，成为“百万富翁”。

（载 1982 年 1 月 25 日《解放日报市郊版》一版）

上海郊区乡村工业一大新闻

1982年,再现六个“千万富翁”

六个“千万富翁”工业利润一览表

单位名称	社队工业利润额
嘉定县马陆公社	1450万元
南汇县横沔公社	1110万元
嘉定县封浜公社	1066万元
南汇县周浦公社	1054万元
宝山县罗南公社	1042万元
南汇县下沙公社	1016万元

本报讯(记者　朱民权)据本月十五日统计核实:一九八二年上海郊区社队工业利润超过一千万元的有六个公社,比一九八一年增加了四个。

六个“千万富翁”是:嘉定县马陆公社、南汇县横沔公社、嘉定县封浜公社、南汇县周浦公社、宝山县罗南公社和南汇县下沙公社。一九八二年,这六个“千万富翁”农、工、副各业相互促进,齐头并进,都获得了大幅度增长。

八一年的“千万富翁”是马陆公社和横沔公社,八二年这两个公社仍处于领先地位。全郊区社队工业发展迅猛,总产值和利润分别增长了百分之十二和百分之八,除了六家千万富翁,还出现一批利润超过九百万元、接近千万元的公社。但是,郊区仍有大批公社工业基础较差,底子较薄,门路较少,而社队工业又面临着激烈的竞争,要想有新的发展,必须作出艰巨的努力。六个“千万富翁”就是经过艰苦奋斗实现的,它们从多方面为全郊区提供了经验。

(载1983年1月17日《解放日报市郊版》一版头条,是日《解放日报》一版右头条全文转载报道)

马桥马陆，两匹“骏马”领头

市郊涌现33个亿元乡镇

本报讯（记者　朱民权）上海郊区的“富翁”乡镇，已从“千万富翁”跃升为“亿元富翁”。1986年，由上海县马桥乡和嘉定县马陆乡两匹“骏马”领头，出现了三十三个农工副三业总收入超过一亿元的乡镇。

这些亿元乡镇是上海县的马桥、北桥、三林、杜行、虹桥、七宝、新泾、梅陇；嘉定县的马陆、南翔、封浜、戬浜、嘉西、长征、望新、徐行；宝山县的罗店、罗南、杨行镇；南汇县的周浦、六灶、横沔、下沙镇；川沙县的蔡路、孙桥；青浦县的徐泾、白鹤；奉贤县的江海、青村。最可喜的是松江县去年第一次出现了新桥、九亭、泗联、佘山四个亿元乡镇。

（载1987年1月22日《解放日报市郊版》一版头条）

上海县村级经济收入首次突破十亿元

33 个村当上“千万富翁”

全县村办企业发展到 722 家，涌现 60 多个村办农场

本报讯（记者　朱民权）上海县大抓村级经济的发展，使得农村基层组织强身固本，直接为农业发展积蓄了后劲。去年，全县村级经济总收入首次突破 10 亿元大关，有 33 个村跨入了“千万富翁”行列，除县、乡两级投资外，这个县去年村一级用于补农、补副资金达 1500 多万元，有力地推动了农副业生产的发展。这个县去年蔬菜、生猪、鸡蛋的上市量再次名列市郊第一，社会总产值达 39 亿元，比上年增长 10 亿多。

近几年，上海县的县、乡两级政府都把发展村级经济当作农村走向共同富裕的一项战略任务来抓。县、乡领导干部普遍建立了帮村联系点，把发展村级经济纳入各级政府工作之中。县委、县政府组织力量，总结了马桥乡彭渡村、北桥乡光明村等 15 个“千万富翁”村的致富经验，使其成为推动全县村级经济发展的动力。

上海县在发展村级经济中，注重因地制宜地建立起多种形式、多种产业的村级经济实体。马桥、塘湾、杜行、颛桥等一些乡镇工业发达的乡镇，把兴办村办工业作为发展村级经济的重点，使村办工业成了村级经济的支柱产业。现在，这个县的村办企业已发展到 722 家，去年村办工业总产值已突破 10 亿元，比前年增长 87％。龙华、梅陇、华漕等近郊乡村，充分利用地理优势，大力发展第三产业，大部分行政村经济净收入超过 100 万元。以副食品基地著称的虹桥、新泾两个乡的一些行政村，则坚持利用当地资源，大力兴办集体种植业、养殖业，走出了一条“以副致富”的新路子。村级经济的发展，增强了集体的服务功能，为农业发展积蓄了后劲。目前，这个县的 236 个行政村，大都建立了村级农业综合服务体系，推进了农业规模经营，全县涌现出 60 多个村办农场和农业专业队。

（载 1989 年 2 月 10 日《解放日报》）

扶贫工程重实效　“输血”“造血”并举

闵行区26个贫困村全部“摘帽”

一批薄弱村跨入“百万富翁”行列

本报讯（记者　朱民权）实现全区经济四年翻两番的闵行区，日前又传出喜讯，全区25个经济薄弱村去年全部摘掉贫困村帽子。这25个村的净收入为1284万元，劳均收入也从上一年的4476元提高到5670元。其中，有一批村首次跨入了“百万富翁村”行列。

扶贫要办实事、重实效，这是闵行区扶贫工作的一个鲜明特色。在经济发达的闵行区，贫困村的比例虽小，但区委、区政府每年都把扶贫工作列为实事工程，实行倾斜政策，从财力、人力等方面支持贫困村的发展。鲁汇、杜行、陈行三个镇党委和政府积极采取建立领导干部联系制、扶贫工作责任制等措施，扎扎实实为本镇的贫困村排忧解难。去年在资金普遍紧缺的情况下，这三镇通过多种渠道，为贫困村筹措资金7100多万元，解决了发展经济的燃眉之急。

坚持“输血”和“造血”并举，引导贫困村因地制宜发展经济，这是闵行区扶贫工作的又一特色。区委、区政府积极动员社会力量参与扶贫，先后组织了22个局、镇、公司和亿元村，与25个贫困村结成对子，从资金、项目、技术等方面扶持贫困村发展。区工商局去年把全区集贸市场维修业务交给挂钩村经营，一年可为村里增加净收入20多万元。同时，区镇两级政府注意引导贫困村确立依靠自身努力求发展的观念，努力增强“造血”功能。去年，25个贫困村一手抓好78家老企业调整、改造，一手大抓招商引资，新办项目30个，目前已有25个项目正式启动，预计每年可新增产值1亿多元，创利700多万元。

为优化领导班子结构，两年来共选拔了25名年轻干部充实进各村领导班子，并调整了10个村党支部书记、15名村主任。如今，新上任的书记、主任大多已成为带领群众脱贫致富的带头人。

（载 1997 年 2 月 8 日《解放日报》一版右头条）

本报讯（记者　朱民权）闵行区实施“扶贫工程”大见成效，全区仅有的 26 个贫困村去年摘帽后全部跨上了新台阶，共完成社会总产值 5 亿元，净收入达 1800 万元，劳均分配在 6200 元左右，均比扶贫前成倍增长，并实现了集体、个人一起脱贫致富。

在实施“扶贫工程”中，闵行区坚持开发式扶贫帮困，让经济薄弱地区增强造血功能。区政府每年投入数千万元，集中在贫困村较多的浦东三镇修建了“四快二慢”、总长 13 公里的沿浦路和 80 多公里的乡村公路，新建扩建了供电、通讯等设施。同时，先后组织区内 50 多个镇、局、公司和亿元富村与贫困村结对扶持，并增加有效投入，加大招商引资力度，近年来贫困村新办的各种项目共有 88 个，目前已投产的 60 家企业和养殖场、种植场，去年新增产值 3.4 亿元，新增利润 2588 万元。

（摘编自 1998 年 1 月 8 日《解放日报》A2 版要闻）

个体家具厂遍布全乡

头桥家具名扬市场

今年已上市1.2万套，销售额达1400多万元

本报讯（记者　朱民权）本市销售的各式家具中，来自奉贤县头桥乡的已占到七分之一。昔日致富无门的600多名能工巧匠，如今凭借一技之长，在家具生产中唱起了主角。今年以来，这个乡的121爿个体家具厂，已向市场投放各式家具1.2万多套，销售额达1400多万元。

头桥乡众多的家具个体企业伴随农村商品经济发展应运而生。1984年春，在走南闯北中学得一身好手艺的方海龙、陶玉侃等4名能工巧匠，摸准家具市场行情，率先创办了4爿个体家具厂，当年就销售各式家具1500多套，使他们成了水墩村里先富起来的领路人。几户富了全村跟，一村带动众乡亲，隔年春天，水墩村冒出了40爿家具厂，从业人员增加到300多人，全年家具销售额达400多万元。水墩村生产家具声名鹊起，全乡的能工巧匠纷纷仿效，个体家具厂很快就遍布全乡18个村，并出现了明显的专业分工。全乡的家具厂还与本市21个区县的家具商店建立了产销关系，从而使头桥家具名扬于市。

头桥乡能工巧匠走向市场后，以做工精细、造型新颖而在竞争中获胜。擅长制作传统家具的徐永芳，去年设计的S型传统家具，以其优美流畅的线型，使之显得轻盈大方，给人以清秀淡雅的美感，因而产品供不应求。海峰、美容等15爿家具厂，吸收了中国绘画技巧，在传统家具上巧妙地绘制上山水风景和飞禽走兽的图型，增添了家具的艺术魅力，使销售量年年上升。申光、春乐、虹欣、四海等家具厂推出的港式、雅光式、西方组合式等新型组合式家具，既考虑使用者心理上的审美需要，又处理好家具功能和人体关系，使造型和功能更加科学完美。这些组合式家具投放市场后，倍受消费者的青睐，每年的总销售量达4000多套。

（载1987年11月6日《解放日报》一版）

闵行区私营企业向园区集群发展

占地2000多亩的11个经济城，吸纳私企达2250户

本报讯（记者　朱民权）今年以来，市内外100多家私营和民营科技企业，相继到闵行区东方、龙吴、江川等私营经济城置地购房，成为一批飞不走的“金凤凰”。这是闵行区积极引导私营企业向园区集中、向实体型发展而出现的可喜局面。

不再走“村村冒烟”的老路，而是以经济城来引导私营企业向园区集中，这是闵行区发展私营经济的基本方略。1994年以来，这个区15个镇先后开辟了占地2000多亩的11个经济城，并积极筹集资金，大搞经济城的设施建设，建造了20多万平方米的标准厂房及办公用房。同时，各经济城还建立精干班子，搞好园区开发和管理，开展招商活动，吸引私营企业到经济城安营扎寨。去年以来，这个区新增的1000多户私营企业中，有90%以上注册落户在经济城。现在，全区3494户私营企业中，有2250户集中在11个经济城里。

闵行区还鼓励发展生产型、外向型和科技型企业，使实体型企业不断扩大规模、提高档次，在全区私营经济中唱主角。去年，区政府出台了扶持政策，专门设立了民营科技经济发展基金，并把私营企业列入区技改基金享受范围，为私营企业解决技改资金不足的困难。目前，全区各种实体型企业已发展到1397户，占私营企业总数的40%。去年这些企业创造产值18.9亿元，占全区私营经济总产值的65%以上。经过几年的稳步发展和资本积累，这个区不少私营企业的规模日益扩大，户均注册资金上升到43.5万元，注册资金100万元以上的有254户，500万元以上的22户。随着私营企业经营规模的扩大及现代企业制度的建立，有限责任公司、独资公司在私营企业中的比重大大增加，到今年3月底，全区以个人投资为主的有限责任公司达2148户，成为私营企业中比重最大的一种组织形式。

（载1999年5月17日《解放日报》三版经济新闻）

以市兴村　建设规模化综合性市场群

十大专业交易市场点亮“九星”

3.6平方公里区域，建成10多条商业街，荟萃2000多家客商

本报讯（记者　朱民权）在闵行区七宝镇九星村3.6平方公里的土地上，到处是一个个大型专业批发市场。这里不产胶合板，却有华东地区最大的胶合板交易中心；这里不生产五金产品，五金商品的年交易额达4亿元之多；这里不产茶叶，却是茶叶销售基地，每天的商品交易额达600多万元。

九星村利用区位优势走“以市兴村”之路，建设规模化、综合性的市场群。近几年，这个村通过自筹资金和吸引内资，兴建了总面积达22万平方米的3800多间商业房，建成了10多条商业街，先后培育发展了建材、五金、灯饰、食品等十大专业市场，吸引2000多个客商入驻，其中厂商直接销售的占70%。如近日开业的灯饰市场，300多间门店中，80%是广东中山的灯饰企业开设的，这里销售的灯饰，价格低于一般市场价格的10%左右。

（载2000年8月11日《解放日报》三版经济新闻）

依托城市　服务城市　城乡一体

上海乡村工业名列全国榜首

改革开放八年，累计创利税100多亿元，创汇20多亿美元

本报讯（记者　朱民权）近日全国工业普查的结果表明：党的十一届三中全会以来的8年中，上海市乡村工业的经济效益名列全国榜首。去年，上海市郊务工农民全员劳动生产率为8475元，企业百元产值创利税20.2元，百元固定资产创利润36.4元，都高于全国各省市。

持续、健康发展的上海乡村工业，8年多来共获净利润60多亿元，向国家缴纳税金40多亿元，产品出口创汇20多亿美元。今年头8个月，净增产值30亿元，占上海市工业净增额的60%。

基础比较好的上海乡村工业，在农村第一步和第二步改革中蓬勃发展，现有乡村两级9000多个企业。自中共上海市委和市政府提出“城乡经济一体化”的战略方针以后，以城市大工业和科研单位、大专院校为依托，乡村工业正在向技术先进、科学管理、产品高质量、企业高效益的新台阶迈步。市区许多工厂、高校和科研单位，主动将高效益的产品、科学技术和人才向农村扩散，多层次、多形式的工农联营、技术联营企业如雨后春笋，迅速从300多家发展到现在的732家。先进技术、先进设备和科学管理经验，在郊区各县开花结果，使乡村企业增强实力。据2916家乡办企业统计，8年多来共投资25.3亿元，用于更新设备、培养人才、调整产品结构，以提高经济效益和社会效益，从而使全员劳动生产率居全国各省市之首。

上海乡村工业的门类齐全，现有的2万多种产品，分属机电、仪表、纺织、五金、化工、冶炼、家用电器、缝纫等340多个行业。近3年中，随着经济实力和技术力量的增强，产品更新换代步伐大大加快，同时开发了一大批适销对路的新产品。在开发的700多项新产品中，达到国内先进水平的占57%。到去年年底为止，郊区10个县中有429只乡村工业产品分别荣获部、市和局级优质产品称号

以及科技进步奖。川沙的丝绸服装、崇明的胶木电器、嘉定的大颗粒味精、上海县的铁链等上百种出口产品，在国际市场倍受欢迎，有的获得了国际奖。

8年多来的农村改革，把上海乡村工业推上了全市工业经济中举足轻重的地位。去年，乡村工业总产值达108.5亿元，在全市工业总产值中的比重上升到11.24%。乡村工业的兴旺发达，为农村各业发展增添了后劲。8年多来，郊区10个县从工业利润中拿出了10多亿资金，用于支持农副业生产，扶持教育、卫生等事业。

（载1987年9月18日《解放日报》一版右头条）

单体规模扩大　区域储运聚合　服务质量提升

市郊仓储业走向专业一体化

各类物资储存量已占全市80%，价值超过百亿元

本报讯（记者　朱民权）昔日以“五棚起家”的上海农村仓储业，如今出现了仓库单体规模扩大，服务质量提高，经济效益增长的发展新势头。据统计，目前郊区每只仓库的平均面积已达到6500平方米，特别是一些中外合资、中中联营的仓储企业，正朝着上规模、上档次的规模效益方向发展。

仓储业是上海农村70年代发展起来的新兴产业。近几年来，郊区农村商业和房地产业迅猛发展，各地普遍利用地区优势，及时调整，使仓储业逐步向上规模、区域化方向发展。宝山、闵行等区对仓储业作出全面规划，并逐步付诸实施，使分散零星的仓储点，逐步向仓储区转移。有些县（区）还采取利用外资和中中联合等形式，对农村仓储用库进行脱胎换骨的改造，为农村仓储业提高档次、扩大规模开辟了新途径，使一度徘徊的仓储业获得新生机。如今，郊区农村仓储业的各类物资储存量已占到全市物资储存总量的80%左右，储存各类物资的价值超过100多亿元。

增强仓储功能，变单一储存为一业为主，综合经营，这是郊区仓储业发展中出现的新特点。近年来，郊区许多仓储企业，积极开展从仓储到货运的一条龙服务，因而大受储户欢迎。嘉定区的一些仓储企业坚持依托“大众”，服务“大众”，走出了一条以储为主，储运结合，多种经营的新路子。松江、宝山等区县的一些仓储企业还积极开拓以储代销、代理加工等业务，使仓储业向商贸和工贸领域延伸，获得了良好的经济效益。

（载1994年10月4日《解放日报》二版头条）

令人望而生畏的“图章旅行”宣告结束

上海县5天审批项目395个

本报讯（记者　朱民权）在申报新项目过程中，令人望而生畏的“图章旅行”，而今在上海县已告结束。前不久，上海县政府9个职能部门，通过现场联合办公，一天之内就为三林导盲镜厂的上马办妥了全部手续。春节前夕，这个县的计委、建设局和土地局等部门，5天中下乡审批的乡镇企业基建项目就达395个，创造了历史上从未有过的办事高效率。

回顾这几年的改革实践，上海县的领导日益清楚地意识到：扯不完的皮，自己卡自己，办事效率低，已成为干扰改革、妨碍本县生产力发展的一大问题。据统计，以往在县内申报一个项目，需要三四个月时间，稍有曲折，便需一年半载。针对这种状况，上海县抓住“衙门难进”“项目难办”等基层呼声最大的问题，采取措施。县政府在年初提出：对所有申报项目限期审批；紧急项目实行急事急办；重点项目要帮着去办。对一些经济效益确实好，对照有关规定有较大难度的新项目，县委、县政府领导明确表示敢担风险，坚持以积极的态度探索着办。这些意见发到县级各部门及各乡镇，促进职能部门贯彻执行。

上海县县委、县政府最近专门制定了县级机关干部的考核新办法，把为基层服务的好坏、办事效率的高低，作为县级机关干部的考核内容和年终奖励依据。常被人们称之为企业“婆婆”的工商、环保、审计等部门，积极引导业务干部处理好搞活与管理之间的关系，坚持同经济部门站在一个基点上，并采取了简化手续、缩短办证周期、上门咨询服务等新措施，在为基层服务中迈出了可喜的一步。实行联合办公，现在已成为上海县一些职能部门共同采用的新方法，它有效地提高了办事效率。乡镇企业局与环保局每周实行联合办公，减少了文书往来，一周内就能对申报项目发出批文。每当遇到急办项目，有些职能部门实行下乡联合办公，为基层排忧解难。

（载1988年3月7日《解放日报》一版）

依靠科技进步　加快技改步伐

乡镇企业绽放高新技术之花

今年开发五百项产品，半数将达国内外先进水平

本报讯（记者　朱民权）继700多项“星火计划”项目在市郊乡镇企业开花结果之后，市郊又有12项以高新技术产业化为特征的“火炬计划”项目，日前通过专家论证。高新技术进入乡镇企业，这是市郊乡镇工业依靠科技进步，从劳动密集型向技术密集型转变中出现的可喜趋势。

近几年，郊区已有数千家乡镇企业与本市200多个研究所、40多所高校和近百家大中型企业建立了长期稳定的技术和产品开发合作关系，既使一批先进、适用技术在乡镇企业生根开花，又使科技成果迅速转化为生产力。金山县将科研机构和大专院校的科技成果引入乡镇企业，有效地推进了企业的技术进步，今年全县列入“星火计划”项目的“短、平、快”产品，有14项是科技成果转化而成的。乡镇企业还坚持把引进技术、设备，大抓技术改造，作为推进企业技术进步的突破口。去年的引进项目总投资就达2911万美元，接近“七五”期间的引进总量，而且这些引进项目的技术含量高，经济效益好。

近几年，市郊乡镇企业的技术改造也遍地开花，成果累累。去年，乡镇企业的重点技改项目就有140项，总投资达4.2亿元。不少企业还闯出了一条引进、创新、提高的“吸收型”技术改造之路，使企业较快地缩短了与先进水平的差距，形成了新的生产力，如去年已投产的55个重点技改项目，当年就新增产值6亿元，创利税6000多万元。

瞄准国外先进水平，以科技为先导，努力开发起点高、技术含量高的新产品，这是市郊乡镇企业依靠科技进步的又一个新特点。去年，市郊一批乡镇企业依靠引进的科技人员和大批“星期日”工程师，先后开发了103种达到八十年代国际先进水平或填补国内空白的高新技术产品。今年，市郊计划开发的500项高新技术产品，有半数产品将达到国内外先进水平。近几年乡镇企业开发生产的

中程导弹发射车调温系统元件、氧化铝特种工业陶瓷等几十种高新技术产品，连续荣获国际金牌大奖以及国家级和市级奖。

（载 1992 年 5 月 5 日《解放日报》二版要闻头条）

改制企业六成多　盘活资产百亿元

沪郊多种所有制经济繁荣发展

去年国内生产总值和财政收入同比均增近两成

本报讯（记者　朱民权）上海郊区大胆解放思想，不断调整和完善所有制结构，如今，全郊区已初步形成以集体所有制经济为主体，多种所有制经济共同发展的新格局，去年完成国民生产总值958亿元，比上年增长18.8%，约占全市的28.5%；财政收入124.79亿元，比上年增长约18.75%；农民人均纯收入5300元，比上年增加500元左右。

自1992年以来，郊区通过股份合作、产权交易、资产重组、收购兼并等多种形式，平均每年有近2000多家集体乡镇企业改制为股份合作制等资产混合制企业，共盘活存量资产105亿元。目前，全郊区已改制的乡镇企业有12565家，改制面达65.8%。

郊区各地还大胆探索公有制的多种实现形式。过去，郊区乡镇企业集体投入的比重达80%—90%，目前郊区外资投入由原来的10%左右增加到60%。三资企业迅猛发展，全郊区累计批准三资企业8633家，协议吸收外资147.9亿美元，利用外资年均增幅65.4%，高出全市30%左右。去年郊区已投产的5780家三资企业，实现销售收入428.6亿元，出口创汇27.3亿美元，实现利润9.7亿元，出口交货值已占郊区工业交货值的80%以上。此外，随着市郊83个经济小区的落成，非公有制经济迅速发展，到去年底在郊区注册的个体工商户达10万多个，私营企业5万多家，实现产值和营业额共365.5亿元。经过几年改革，郊区所有制结构逐步形成集体经济、外资经济、民营经济等多种经济成份并存的局面。

市郊各地还注重探索和研究农村集体资产管理体制和运行机制，最近，市农委又提出正确处理“三个关系”、实现“四个基本形成”的目标和措施。“三个关系”是改革、发展与稳定的关系，改制与转制的关系，企业、政府与社会的关系；

“四个基本形成”是基本形成以公有制为主体的多种所有制经济共同发展的局面，基本形成以股份合作制为主的现代企业制度框架，基本形成农村集体资产保值增值的运行机制，基本形成农村经济管理的新体制。

（载 1998 年 1 月 26 日《解放日报》A2 版头条）

资产重组　调整结构　组建集团

闵行区加速形成规模经济

大型集团企业产值占全区经济总量六成

本报讯（记者　朱民权）由10多家中小商业企业改制而成的闵行商业集团公司，日前正式投入运作。这是闵行区以资产重组为突破口，实施大企业、大集团发展战略，加快经济结构调整的又一新举措。

通过资产重组发展大企业、大集团，是闵行区加速形成规模经济的一条重要途径。早在90年代初，这个区就着手引导具备条件的乡镇骨干企业和区属企业以资产为纽带，通过兼并、联合等多种形式，组建以骨干企业为核心层的企业集团，形成行业巨头，提高整体效益。靠一二十万元起家的紫江集团、金球集团在资产重组中不断扩张企业规模、营造集约优势，如今这两个集团各拥有20多家控股、参股企业，净资产达数亿元。旗忠、裕隆、海星集团经过资产重组扩张、滚动发展，现在也已发展成为年产值10亿元以上的大型企业集团。今年，闵行区的29家企业集团和36家产值超亿元的大型骨干企业所创造的产值，将占到全区经济总量的60%左右，利税占到70%以上。

在资产重组过程中，闵行区依托优势企业、优势产品，并以此为龙头优化企业结构，盘活存量资产。今年，全区先后有一批小企业和劣势企业，将存量资产和生产要素向优势企业聚合，置换资产高达1.2亿多元。马桥、曹行等镇以市场覆盖面广、发展前景看好的铜管、碳黑两大产品为龙头，联合相关企业组成申马集团和亿腾集团，形成新的生产力。今年申马集团各类铜管产品产量已占到全市60%，亿腾集团的碳黑产品在全国的市场占有率更高达70%。

为推进企业资产重组，加速大企业、大集团发展步伐，闵行区加大资产重组的工作力度。区镇两级相继建立了产权经营的管理机构，以保证资产重组运作的规范化。今年，区政府制定了增量税收返回、技改资金倾斜等政策措施，扶持大企业、大集团加速自我扩张，营造规模优势。区里还制定了资产经营目标，落实资产保值增值责任制，引导企业经营者将生产经营和资产经营结合起来，保障资产的良好运营和保值增值。

（载 1996 年 12 月 6 日《解放日报》一版头条）

申城菜篮子工程建设

长征公社坚持“以菜为主”保持连续增产势头

每天可供应50万人吃菜

上市量增长31000担，占比全市四分之一

本报讯（记者　朱民权）在全市蔬菜供应总量月月不足的今年，嘉定县长征公社自7月份以来，蔬菜生产一直保持连续增产的势头。上市量比去年同期增31000多担，每天可解决50万人的吃菜问题。

转机是在6月份出现的。在这以前的头5个月，这个公社的蔬菜上市量曾比去年同期减少了30万担，亏损70万元。原因是气候条件不好，致使一些干部产生了蔬菜损失工副业补的想法和做法。有的队靠出租土地赢利，有的队发动社员自找赚钱门路，有的队热衷于兴办工厂。菜田劳力比例本来就偏紧的长征公社，一度离开了“以菜为主”的方针。最典型的新宅3队，30多个强劳力竟然出走了15个。看着他们一天能赚10多元钱，田里做的社员个个没劲，抗灾措施全部落空。

蔬菜上市量一蹶不振，促使公社党委下决心进行整顿。他们从抓思想入手，引导干部社员摆正蔬菜生产和工副业项目、集体致富和个人致富的位置，使大家把自己的切身利益同市区600万人民的整体利益结合起来。同时党委提出8条措施，狠煞土地出租风和劳力外流风。两个公社干部专程去新宅3队帮助工作，外出的社员2天之内全部回队。真北大队已经从一个市属工厂联系到一年4万元利润的加工任务，但他们考虑到抽调70多个劳力会影响蔬菜生产，主动把部分生活让给了人多地少的新村大队。

精力劳力一集中，措施办法跟着来。大面积的茄瓜类作物，遭受到连绵阴雨和暴雨的威胁，他们千方百计延长这些庄稼的寿命。全公社迅速改善菜田的生产条件，将长仑改作短仑、平仑改作坟仑、阔仑改作狭仑、浅沟改作深沟，有效地排除了地面水，降低了地下水位；同时他们采用打洞施肥，确保了作物生长所需要的营养。2000多亩茄子、豇豆的生育期，普遍比往年延长半个多月，到8月底

还有上市。低温多雨的气候,有利于绿叶菜的生长。他们当机立断,化不利因素为有利因素,在6月下旬抢种火菜2040亩,7月份又抢种了3170亩。这一招,见效快,当月就使全公社的蔬菜上市量由减转盈,增加了3万多担。

那些日子,在全市蔬菜日供应量中,长征公社的上市量要占1/4,最高时达到40%。意料不到的结果出现了:这个公社的蔬菜产值两个月拉回了51万元。社员们高兴地说:蔬菜损失,还是要靠蔬菜生产补回来。

(载1980年8月25日《解放日报市郊版》一版头条)

抓好蔬菜生产刻不容缓

这篇报道提出了一个值得深思的问题:在多灾多难的气候条件下,长征公社的蔬菜生产为什么会大减大增?看来,关键还是取决于人,取决于人们的精神状态和生产积极性。精力劳力一集中,措施办法跟着来,这是很自然的事情。

目前灾情还在继续发展,全市的蔬菜供应量缺口很大,抓好蔬菜生产刻不容缓。可是菜区仍有一些地方不重视蔬菜生产,有的还片面地提出了"蔬菜损失工副业补"的口号,劳动力大批外流出去钻门路。这种倾向必须立即纠正。社队各级领导要像长征公社党委那样负起领导责任,从上到下采取有力措施,把菜区干部社员的精力和劳力纳入"以菜为主"的轨道。要教育菜农把自己的切身利益同市区人民的整体利益结合起来,把解决市区人民的吃菜问题看作是自己义不容辞的责任;同时要让大家看到,政府和人民是不会叫菜农吃亏的,蔬菜生产上去了,菜农肯定富得起来。长征公社两个月增收 51 万元,就是一个有说服力的事实。

破解“卖猪难”“卖禽蛋难”等问题

上海县开辟多层次多形式流通渠道

就地产销肉猪8000多头，肉鸡10多万只，鲜蛋40多万斤

本报讯（记者　朱民权）开辟多层次、多形式的流通渠道，使上海县一度出现过的问题迎刃而解。而今，这个县通过主渠道上市的猪、禽、蛋、鱼等副食品都比去年同期增长，大批计划外的副食品也源源不断地流向市场，促进了全县商品生产的发展。

随着农村产业结构的调整，上海县十八个乡的猪、禽、蛋等主要副食品的商品率大大提高。面对新形势，这个县注意在开拓新的销售市场上做文章，全县先后开辟了四条新的流通渠道。如有些乡、村，把发展商品生产与发展第三产业结合起来，全县开办了二十二家肉庄、饭店和副食品销售门市部，就地销售和消化了肉猪八千多头，肉用鸡十多万只，鲜蛋四十多万斤；纪王、华漕等乡发展以腌制皮蛋、咸蛋为主的副食品加工行业，使二十多万斤鸭蛋找到了新的销售市场；新泾、马桥、曹行等乡，同附近的大工厂、大饭店和宾馆建立了副食品购销关系，为本乡的计划外副食品打开了销路。

开辟多层次、多形式的流通渠道，使一些乡村和专业户发展副食品生产的积极性高涨。现在，全县已涌现出了一批养猪、养鸡专业村，养猪、禽的专业户也日益增多。塘湾乡在今年上半年就涌现出了二十三户饲养母猪的专业户，共饲养了五百七十六头母猪，占全乡母猪饲养量的百分之七十二。全县的精养鱼塘比去年增加了九百六十七亩，各种鱼苗的放养量比去年增加了五分之一以上。同时，全县还扩大了饲养瘦肉型猪、三黄鸡、异育银鲫等市场热销的优良品种的饲养量。深受市民欢迎的红壳鸡蛋的生产量和上市量也比去年同期大幅度增长。

（载1985年10月13日《解放日报市郊版》一版头条）

中泰合资大型现代化农牧企业

上海大江公司日产肉鸡四万羽项目投产

为市郊首家种养加、贸工农一体化生产出口基地

本报讯（记者　朱民权　朱瑞华　臧利春）总投资为一千六百零九万美元的上海市郊第一个种、养、加结合，贸、工、农一体的大型联合企业——中泰合资大江有限公司，经过不到一年时间的筹建，日前正式投产。

被称为世界四大名鸡之一的美国AA鸡“祖父母”，在佘山脚下安家落户半年后，现正开始“生儿育女”，首批一万八千羽肉鸡不日将宰杀加工后出口。与此同时，AA鸡的母辈也在洞泾乡产下了大批种蛋。再过三个月的时间，这家公司每天将有五万枚种蛋入房孵化，四万多羽苗鸡破壳而出，四万羽肉用鸡出口创汇。其投产速度之快，令外方惊讶不已。泰国正大集团总裁考察后称赞：“大江”的建设高速度，这在国外也很难做到。

上海大江有限公司由松江县与泰国正大集团合资兴建，首期工程包括产三十六吨全价配合饲料的饲料厂，可饲养九千套祖代肉用种鸡的种鸡场和一个七天内产二十五万羽苗鸡的孵化厂。同时，由县内十个乡投资四千万元、公司负责提供从国外引进名牌鸡种和先进设备兴建，并配套供应饲料、苗禽、防疫实行代养经营的，一家年产一千五百五十万枚种蛋的“父母代”种鸡场和八家年产一千二百六十万羽的商品代肉鸡场。还与华阳桥乡联合投资五百七十万元，筹建一个每小时宰杀四千羽出口肉鸡的“上海大江肉食品厂”。整个公司将饲料加工、鸡种繁育、肉鸡饲养、宰杀加工、内外销售连成一体，实行专业化、系列化生产，总占地面积达二千七百亩，建筑设施面积为二十四万平方米。

“大江”是改革、开放、搞活的产物，“大江”的建设更是处处体现了改革精神。上海大江有限公司自去年七月上旬双方签订合同后，仅一个月就办妥了合资企业所需要的一切手续。自去年九月公司动工建设后，做到建成一个、投产一个，尽快形成生产能力。不到一年时间，就初步建成了“祖代”“父母代”两个种鸡场

和一个孵化厂。泗联、新桥、车墩、华阳桥等乡，在资金紧缺的情况下，优先保证商品代肉鸡场的建设，使这些配套工程按期竣工投产。而“祖代”“父母代”两个种场作为公司骨干企业，在市、县有关领导部门的支持下，只花三个月时间，就在八百多亩的土地上，造起了二十多幢、长度达一百零四米的现代化鸡舍，引进的八万九千多套“祖代”和“父母代”AA种鸡，现已进入了产蛋期。

上海大江有限公司的兴建投产，为本市郊区开辟了一个农牧业和食品加工业方面“外引内联”的基地。有关专家说，首期工程全部投产后，仅肉鸡生产一项，预计每年可供出口和内销的肉种鸡苗禽二十四万套，商品肉鸡一千二百万羽，不仅出口创汇可比一般肉鸡高出百分之十五至二十，而且每羽可节省饲料一公斤以上，全年预计可节省饲料一千多万公斤。

（综合1986年7月28日和7月24日《解放日报》《解放日报市郊版》一版头条报道）

为城市服务中实行战略性转变

上海县兴建专业化副食品商品基地

涌现75个千头猪场、14个万羽蛋鸡场、10个百头奶牛场，上半年蔬菜调市量占全市三分之一、鲜蛋占四分之一

本报讯（记者　朱民权）一大批具有现代化设施，实行专业化生产，社会化服务的副食品商品基地正在上海县18个乡、镇蓬勃兴起。6万名从事副食品生产的农民已由过去的“小而全”经营转向专业化生产，并取得了可喜成果。今年上半年，市区居民菜篮子里的1/3蔬菜和郊县鲜蛋调市量的1/4来自上海县副食品商品基地。这个县上半年上市的生猪达22.96万头，比去年同期增5.8万头，禽和牛奶等副食品均高于去年同期，其中生猪的调市量和鲜牛奶的增长幅度占郊县之首。

加快副食品商品基地建设，是上海县在为城市服务中实行的战略性转变。这个县的副食品生产在本市久负盛名，并有潜在优势。近几年，他们在发展副食品生产中，改变过去那种“撒胡椒面”，搞“小而全”的生产方式，集中财力、物力投入副食品商品基地建设，使一大批具有产业规模的猪、禽、蛋、奶商品基地迅速崛起。去年以来，县、乡、村三级在资金较紧的情况下，仍然拿出1200多万元投向副食品基地建设，全县建成了75个“千头养猪场”，14个“万羽半机械化蛋鸡场”，10个百头奶牛场，大大提高了副食品生产的商品率。虹桥乡去年兴建的26个“千头养猪场”，今年已上市肉猪3.9万头。新泾乡的15个鲜蛋生产场，上半年已为城市提供鲜蛋240万公斤。

上海县在建设副食品商品基地时，注意从市场需要出发，不断调整副食品生产结构，并向多品种、高质量、大批量方向发展。为了适应居民喜爱吃红壳鸡蛋的需求，全县及时调整了蛋鸡品种，先后兴办了34个红壳鸡蛋生产场，使红壳鸡蛋的上市量从调整前的100多万公斤增长到300多万公斤。近年来，这个县还扩大了市场需要量较大的鲜鱼、肉禽、奶牛、瘦肉型猪的饲养量，这些副食品的总

饲养量都比调整前增长了1至2倍。与此同时，全县还兴建了一批良种繁育、孵化基地，为大规模发展优质副食品配套。

上海县副食品商品基地的发展，还得力于科学技术和现代化生产设施建设。近几年，这个县先后试验和扩大了瘦肉型猪的生产开发、奶牛高产牛群、蛋鸡增加光照试验等30多项新技术，同时还推广了一系列科学种菜新技术和科学喂养禽畜新方法。11个蔬菜生产基地，一方面坚持以菜田基础设施建设为中心，进行25项综合设施建设，以提高菜田的抗灾能力，一方面推广地膜覆盖、电加温应用、工厂化育苗等20项新技术，使蔬菜生产得以稳定发展。今年上半年虽然气候反常，但蔬菜生产仍然实现了增产增值，上市量去年同期增加了19万公担。

（载1987年7月3日《解放日报市郊版》一版头条，8月8日《解放日报》一版头条全文刊载）

市政府为稳定改善“菜篮子”办实事

上海兴建5000亩蔬菜特约生产基地

确保100万吨蔬菜实行保护价均衡上市

本报讯（记者　朱民权）今年，市郊菜区将建立5000亩冬、夏淡季蔬菜特约生产基地，并实行保护价收购。这是市政府为改善本市蔬菜淡季供应紧张状况而要办的一件力所能及的实事。

本市蔬菜工作一直得到市委和市政府领导的关注和重视。为使全市蔬菜供应达到数量充沛、上市均衡、品种多样、质量提高、菜价稳定、购买方便的新水平，市政府已于去年12月出台蔬菜产销工作10条新措施，强调蔬菜批发企业要改革经销形式、改革购销办法、改革核算形式、改革外调经营体制；零售菜场除继续推行“三级承包”和租赁经营外，可以作些个人或合伙经营的改革探索，并采取措施，鼓励菜场和营业员多卖菜，搞活经营，搞好服务。为基本稳定“菜篮子”价格，市政府一方面拟定了新的蔬菜销售价格方针，一方面继续实行“以工补菜”和保护菜农利益的政策，以稳定和调动菜农的种菜积极性。同时，还将增加投入新建4000亩温室和中管棚保护地生产设施，增强菜区抗灾能力，确保今年100万吨蔬菜均衡上市。

（载1988年1月15日《解放日报》一版）

上海县蔬菜生产走上设施农业新路子

摆脱“靠天吃饭” 乡乡增产增值

今年头5月上市量和总产值增幅均居市郊首位

本报讯（记者 朱民权）注重“菜园子”设施建设，使上海县菜区逐渐摆脱靠天种菜的被动局面，保持了蔬菜生产连续稳产高产纪录。今年头5个月，这个县的蔬菜生产又实现乡乡增产增值，全县的蔬菜上市量和总产值分别比去年同期增长20%和32%，增长幅度居市郊之首。

上海县在加强“菜园子”设施建设时，针对蔬菜生产受自然条件制约较大的特点，坚持在改革田间小气候、提高抗灾能力上做文章，使蔬菜生产逐步走上设施农业的路子。

近年来，县政府大力推广虹桥乡井亭、先锋村进行种苗、排灌、农机等“5个系列化”的试点经验，在县内8个以菜为主的乡里，兴建起了蔬菜工厂化育苗设施53座、铺设喷灌6万多亩、建造水泥大明沟13公里，使“露天工厂”增强了抵御旱涝灾害的能力，为菜田稳产高产创造了条件。同时，这个县还针对上海气候情况，大力发展保护地栽培生产设施，到目前为止，全县蔬菜保护地已发展到3万多亩，为蔬菜生长创造了适宜环境，实现了蔬菜早熟、高产、优质的目标，并增加了“冬淡”和“夏淡”期间的蔬菜上市量。

围绕为城市服务，使蔬菜生产做到“早、多、净”，获取良好的社会效益和经济效益，这已成为上海县进行“菜园子”设施建设的新目标。

近两年中，这个县集中大量财力，扩建了3000多亩管棚群，开创了蔬菜早熟栽培的新局面，全县今年的早熟栽培面积比前几年增加3000多亩，早熟品种已发展到10多个，早番茄、早黄瓜，今年3月16日就开始上市让居民尝新。为了使蔬菜保持鲜嫩，免遭污染，这个县还在菜区陆续兴建了390套净菜设施，使净菜质量提高，品种增多，上市量占到蔬菜总上市量的15%。

副县长庞廉向记者透露，今年这个县正在实施的11个菜田建设项目中，乡、村各级投入的资金就有1400万元,这是历史上投入菜田建设资金最多的一年。这些项目竣工后,上海县的6万亩菜田的设施总值将达6000万元。初步形成的种苗、排灌、保护田栽培等一整套系列化生产设施,将使上海县的蔬菜生产水平跃上一个新台阶。

(载1989年6月22日《解放日报》一版)

采摘屠宰到供应　相隔仅三四小时

上海第一家农民菜场开张营业

红金农贸货栈落户田林新村，日销12种时鲜蔬菜肉禽水产
直供市民；朱镕基、庄晓天、倪鸿福相继到场调查指导

本报讯（记者　朱民权）上海市第一家农民进城创办产销直接见面的小菜场——红金农副产品贸易货栈，昨天在田林新村正式开张。当天下午应市的番茄、丝瓜、冬瓜等12种时鲜蔬菜和肉类、家禽、海鲜等农副产品吸引了一批又一批提篮买菜的居民。

这家农副产品贸易货栈，是由上海县梅陇乡农业公司与田林街道工贸公司联合创办的。为了方便当地居民，这家货栈将采取两班制供应办法，每天除早市供应外，还增设午市，供应当天采收的蔬菜，努力使居民买到新鲜的副食品。

（载1988年6月12日《解放日报》一版）

本报讯（记者　朱民权）田林新村的一些居民，以亲身感受赞誉本市第一家农民菜场——红金贸易货栈善于在鲜字上做文章。

两年来，这家农民菜场一直采取直线进货的办法，使梅陇乡的蔬菜、龙华肉类厂的猪肉，以最佳新鲜度出现在柜台上。据介绍，这里供应的蔬菜和热气肉，从采摘、屠宰到上柜供应，一般只相隔三、四个小时。这家农民菜场开张后，市长朱镕基、副市长庄晓天、倪鸿福相继到菜场调查、指导，要求他们发挥优势。

说起农民菜场的前景，菜场经理面露难色，他恳切盼望各级政府、有关部门要一如既往地帮助农民菜场排忧解难，以使农民菜场健康发展。

（载1990年6月11日《解放日报》二版要闻）

年内建设宣告完成
上海特色“菜篮子工程”初具规模效应

副食品生产上市量均有较大幅度增长，
90年代第一春年货供应丰盈

本报记者述评（记者　朱民权）90年代第一个春节即将来临。随着嘉封50万羽肉禽场日前建成并通过验收，市民关心的“菜篮子工程”年内建设任务已告全部完成。如何把上海的年货供应办得丰盈、实惠，这是“菜篮子工程”40万大军以及各级领导的共同心愿。

近两年来，市委、市政府提出的建设具有上海特色的“菜篮子工程”，使郊区的副食品基地建设得以迅速发展，副食品的自给水平逐年提高，实物销售量显著增长，现已初具规模、初见实效。据介绍，去年郊区副食品的生产量和上市量都比往年有较大幅度增长。蔬菜上市量仍稳定在110万吨左右，生猪的饲养量和上市量同步增长，家禽、鲜蛋、牛奶、水产品等上市量也都超过计划上市任务。目前猪肉的自给率上升到30%左右，鲜蛋的自给率达到73%，淡水鱼和牛奶已实现基本自给，出现了货源充沛、价格稳定、实物销售量明显增长的可喜局面。

据有关部门预测，本市今年春节副食品市场投放量的总值将达到2.4亿元，比上年同期增长35%。春节期间，每户人家将能从主渠道买到100多元丰富多样的副食品。一些行家分析认为，春节副食品市场具有4个明显特点：一是国家主渠道货源充沛，品种多样，质量较好，价格平稳。肉类、蛋类和鱼类等的投放量，分别比去年同期增加70%、78%和25%以上。蔬菜和豆制品也供应充足，品种丰富。二是“公费过年”降温，零售市场有望。三是动销提早，求好求廉。目前市区居民家庭已有80%左右备有冰箱，“见好就买”现象比较普遍。四是多渠道经营，市场竞争激烈。面对市场供应的形势特点，当前特别要克服松劲麻痹情绪，提高组织供应年货的积极性。那种认为“春节市场不大会旺”的想法是没有根据的，也是不符合历年实物销售事实的。

为了使市民们过春节得到实惠，作为“菜篮子工程”终端的菜场，不但要千方百计把定量供应商品落实到市民手里，而且要严格执行供应政策，严肃处理损害消费者利益的人和事，确保市政府采取的补贴措施，真正施惠于民。此外，还要有优良服务相配套。现在，一些区副食品公司正在组织菜场增设摊位、增加称手，开设便民服务项目，开展为孤老和烈军属送货活动，这些创优良服务之举，已经受到了市民们的好评。

随着春节供应高峰的到来，应当十分强调农商双方的共同合作，批发和零售单位之间的密切配合。如果市郊副食品基地的30万生产大军，继续发扬为城市服务的好风格，把已经落实的货源按时、按计划上市，那么，菜场就不会有商品脱销之忧虑了。批发部门要积极为菜场调度货源，调整商品结构，为市民买到好货、买得实惠创造条件。只要生产、批发、零售三方步调一致，今年春节的副食品供应一定能做到丰富多彩，价格平稳，服务创优。

（综合1990年1月16日《解放日报》二版头条等相关报道）

试点单位27个　生产基地5500亩

本市销售规格化蔬菜万余吨

“菜篮子工程”政府实事提前完成

本报讯（记者　朱民权）被列为今年市政府实事项目的1万吨规格化蔬菜销售指标已经超额完成，到11月1日全市共销售规格化蔬菜10010吨，比原计划提前了60天。

今年以来，本市规格化蔬菜日均供应量为33.2吨，比去年上升60.6%。13个试点菜场日均供应规格化蔬菜的品种在30个以上，累计供应品种达到116个，比年初自定目标增加16个。规格化蔬菜的零售价格，比集市价低13.6%，达到了规格化蔬菜的零售价总体上低于集市价的目标。

目前，全市的试点单位已从去年的20个发展到27个，规格化蔬菜的配套生产基地已增加到5500亩。

（载1991年11月24日《解放日报》二版要闻头条）

本报讯（记者　朱民权）自5月1日起，本市将有8家菜场开辟蔬菜超级化销售市场，以小包装规格化菜替代“拖泥带水”的蔬菜，并提出了今年鲜菜超级化销售试点要有新突破，优质净菜上市量控制在总上市量15%左右的新目标。

蔬菜实行小包装供应，逐步实现超级化销售，是今年1月朱镕基市长在川沙县农村调查时对上海菜篮子工程提出的新要求。有关部门制定的试点方案，选择5个乡定为小包装规格化净菜上市试点单位，包括川沙县严桥、杨思，上海虹桥，嘉定县长征和宝山区彭浦；销售试点设在三角地、金陵、福州、陕北、襄北、巨鹿、西康、平凉等8家菜场；塘桥、杨思、兰溪、中山西、公兴桥等5个蔬菜购销站作为配套试点单位。

（载1990年2月25日《解放日报》一版）

蔬菜市场初步形成大流通格局

上海蔬菜四分之一来自客菜

本报讯(记者　朱民权)“上海人吃菜可以从南方吃到北方”,一些买菜人这样打趣地说。正当本市蔬菜进入夏淡时,一批批浙江芋艿、山西青椒、内蒙古土豆,源源不断地涌入本市南、北副食品交易市场。8 月以来,每天进入这两家交易市场的蔬菜品种少则 10 多只,多则 30 多只,蔬菜日平均交易量 450 吨左右,占全市夏淡蔬菜供应总量的 25%。全国各地的蔬菜大批量流入本市,这是本市蔬菜部分销售领域初步形成大流通格局后出现的繁荣景象。

近年来,随着有计划商品经济的发展,具有相当规模的上海南、北副食品交易市场也得以日益兴旺,流通范围已从区域性向全国性的大流通发展。今年 1 至 7 月的蔬菜交易量达 11 万吨,成交额 1.14 亿元,比去年同期增长 40%。

上海南、北副食品交易市场,以环节少、开放式的经营特点,吸引着众多客商参加交易活动。今年以来每天进入这两个交易市场的全国各地货主约 200 余人,本市的 200 多家菜场和集市中的几万名商贩,都是交易市场买卖的参加者。批发市场上的蔬菜价格,大多随行就市,因而进场交易的蔬菜一般都能高速集散,很少出现积压。一位山西的青椒运销户说,他从 8 月初以来,每天运到北市场的 50 吨青椒,一般只用一个小时就销售一空。

如今,上海市民既能吃到市郊的时鲜蔬菜,又可以品尝到我国南方和北方的 20 多种地方蔬菜。蔬菜公司一位经理说,过去上海市场上的番茄、青椒等蔬菜,一般只延续供应几个月,现在,这些品种蔬菜已长年有供应,市民们可以一年吃到头。

(载 1991 年 9 月 5 日《解放日报》一版)

市场供求平衡　流通渠道灵活　菜场机制转变

上海蔬菜放开赢得“三满意”

4家蔬菜交易市场先行一月放开经营；全面改革放开首月，日均上市量达6万吨，售价稳中有降

本报讯（记者　朱民权）基本放开生产品种、放开市场、放开价格等“放、管、建”相配套的蔬菜产销改革措施，给上海的蔬菜产销工作注入了新活力。蔬菜放开后的第一个月，全市蔬菜市场供求平衡，价格平稳，基本上达到了生产者、经营者和消费者“三满意”。

蔬菜放开后的11月份，本市蔬菜上市量为6.2万吨。菜场供应的蔬菜品种，一般都在40只左右，三角地、八仙桥等菜场供应的蔬菜品种多达50余只。特别是细品种蔬菜增加较多，荠菜、塔菜等20多种细品种蔬菜，几乎每个菜场里都有供应。

自从蔬菜由计划收购、定点分配改为交易市场自由选购后，郊区菜农的商品意识和市场观念大为增强，因而上市的蔬菜质量有了较大提高，目前菜场供应的蔬菜与集市上的蔬菜质量的差距已明显缩小。一些菜场也纷纷自己动手，对上市的蔬菜进行加工处理，使上柜的蔬菜更加鲜嫩、洁净。“马大嫂”们反映，现在卖出来的圆萝卜泥土少了，叶菜的黄叶少了，卷心菜、白菜加工成了“光菜”，可食率大大提高。

在制定蔬菜产销改革方案时，从上到下议论最多、担心最大的菜价涨幅问题，如今也使大家放下了心。据了解，放开后的第一个月，市区的蔬菜零售价格与放开前的10月份相比，稳中有降，大部分品种每500克的零售价稳定在2至3角之间，青菜、蓬蒿菜等品种的价格已跌进2角之内，花菜、荠菜等一些细品种蔬菜价格，比去年同期下降50%以上。

随着市场放开，一个以批发交易市场为中枢，由菜场、个体商贩等共同参与经营的多层次、多渠道流通格局正在逐步形成，从而使菜农“卖菜难”的状况得到

了缓解。放开后第一个月，尽管蔬菜生产是旺季，但蔬菜的返销量却明显减少。11 月份的蔬菜返销量比去年同期减少 3.75 万吨，减幅为 5.28 倍。市场放开也促使一些菜场转变蔬菜经营机制，一个月中，全市建立蔬菜销售承包责任制的菜场达 60 多家。为了多卖菜、卖好菜，一些菜场还扩大进货渠道，并将原来一天进一次货改为每天早上和下午两次进货，有效地提高了蔬菜的新鲜度。如今，菜场里多年没听见的叫卖声，也已经重新叫响了。

本市蔬菜产销改革所以能够起步顺利，初见成效，关键在于近几年郊区菜田建设日益加强，生产水平不断提高，这就为蔬菜产销改革奠定了可靠的物质基础。在改革蔬菜产销体制过程中，各级领导重视，各方积极配合，并从组织上、思想上作了长达一年之久的充分准备，也是使各项改革措施顺利进行的重要保证。菜区的干部和群众也从全局出发，积极调整蔬菜品种结构，保证了蔬菜多品种均衡上市。

（载 1991 年 12 月 13 日《解放日报》一版头条）

本报讯（记者　朱民权）上海沪西、塘桥、兰溪路、公兴桥 4 个蔬菜交易市场，率先对蔬菜试行放开经营，成交价格上下浮动，从而打破了长期以来蔬菜统购包销的局面。

这 4 个蔬菜交易市场，是从 10 月 16 日开始放开经营试点工作的。过去实行蔬菜定点进销时，生产单位缺乏销售自主权，菜场对蔬菜选择余地较小。如今生产单位可以看价卖菜；零售菜场可以自由选购，哪个交易市场的蔬菜质量好、价格低，采购员们就到那里去进货。据放开经营后的头 10 天统计，菜场到交易市场的平均采购量为 244 吨，比过去提高约 20％。

先行试点的 4 个蔬菜交易市场，对进入批发交易市场的蔬菜，采取“无盖无底”的价格政策，买卖双方根据品种、质量和供求情况协商成交价格。据了解，10 多天来，4 个交易市场的蔬菜成交价都低于集市价，而生产者的收益增加了一成左右。

市有关部门决定，从下月起对本市 22 个蔬菜交易市场的进销价再作改革。

（载 1991 年 10 月 26 日《解放日报》一版右头条）

改革要有胆略

菜市繁荣，菜价适中，近一个月来，上海街巷之间，市民纷纷称道。这种喜人景象，是在改革副食品产销体制，实行蔬菜放开经营之后出现的。1985 年，本市率先对水果流通体制进行改革，实行水果放开经营，随后又让水产、家禽放开，今年 11 月 1 日起，又对蔬菜、豆制品放开经营。现在看来，改革每跨出一步，都取得了令人欣慰的效果，市场出现前所未有的活跃，数量充沛、品种增加、价格平稳、质量有所提高，买卖比较公道，市民普遍感到满意。事实证明，上海副食品体制的改革是成功的。

上海副食品体制改革的实践，深刻地告诉我们，改革要有勇气，胆子要大一点。这就是说，看准的事情就要坚决去做，要敢于冒一点风险，不失时机地开创新局面。像蔬菜那样的基本生活资料，放开经营，牵涉面那么广，可能发生的问题那么多，制约生产、流通的自然灾害也属未定之数，风险不可谓不大，如果没有敢于开拓、勇于负责的勇气，是很难走出成功的一步的。我们正在从事的改革，是社会主义在探索中坚持和开辟自己的道路，风险的存在是改革的常态，发扬积极进取、勇于探索的创造精神，在坚持社会主义方向的前提下，改革冒一点风险，是每一个改革者应有的精神状态。我们所说的冒风险，并不是任何一种鲁莽、轻率和胡来，而是基于对于风险的清醒认识，坚持马克思主义实事求是的思想路线，有足够的思想准备，去承担深化改革过程中可能带来的难以避免的失误和阵痛。我们已经有了十年改革的物质的体制的和社会心理方面的基础，尤其是在改革中形成的一条马克思主义思想路线和丰富的经验，我们完全能够承受这种风险。如果因为怕冒风险而裹足不前，那么体制转换时期的各种矛盾就将沉淀淤积，矛盾不得解决，反而会产生新的不稳定因素。因此，改革会有风险，这种风险我们能承受；而停止甚至倒退，是决没有出路的。

上海副食品体制改革的实践还启示我们，改革要跨出成功的一步，步子必须要稳。步子要稳是指必须在充分调查研究基础上，进行科学的决策，制订科学的方略，并且要把握好时机。上海人的早晨是从拎菜篮子开始的。副食品流通体制改革、蔬菜放开经营，事涉千家万户，这是一个极为敏感的改革课题。因而，市委、市府领导和有关职能部门近年来曾多次进行调查研究，专题讨论蔬菜改革方案，从改革目标到放开时间，都作出了具体决定。市人大也对改革方案提出了建设性意见，并组织部分代表赴蔬菜先行放开城市考察，吸取有益经验。各区、县的领导既注重放开前的宣传教育和思想发动，又检查督促各基层单位认真做好各项准备工作。未雨绸缪，改革措施才达到预定效果。无论是宏观还是局部的改革，都不能搞"眉头一皱，计上心来"的仓促行事。凡百事之成，必在敬之。既要大胆，又要谨慎；既要有敢冒风险的勇气，又要有科学严谨的决策。"胆""略"相济，说到底，就是解放思想，实事求是。这是我们从事一切改革的根本思想路线。

作为本市副食品产销改革中勇敢和成功的一步，蔬菜放开经营至今而言，固然还仅仅是第一步，还需要不断面对新情况，解决新问题。但这勇敢和成功的一步，对于上海深化改革的各项事业所提供的哲理，却值得我们认真研究，举一反三。

（载 1991 年 12 月 13 日《解放日报》一版）

市、区(县)、镇三级共同努力

申城菜园子完成大转移

全市常年菜田扩增至17.5万亩

本报讯(记者　朱民权)本市郊区实施“菜园子”大转移、大建设的新战役，经过各级政府近三年的共同奋战，已见实效。目前，向中远郊转移的9万多亩新“菜园子”正在成为丰富市民“菜篮子”的主力军；全市常年菜田保持15万亩的目标已大大突破；在高起点上建设起来的新一轮“菜园子”的有效供给不断增加；蔬菜规模化、集约化生产的新体系已基本形成。

1993年，市委、市政府及时作出了“菜园子”向中远郊转移的决策，南汇、青浦、宝山等区、县政府立即进行统筹规划，当年就完成了近2万亩“菜园子”向远郊转移的任务。去年以来，闵行、嘉定和浦东新区，以及郊区6县一齐行动，并由区、县长挂帅抓“菜园子”建设，使这场大转移实现了平稳过渡，当年就初见成效。现在，全市常年菜田面积达到17.5万多亩，蔬菜总产量大幅度增长。

在“菜园子”战略性大转移中，市政府决定在松江、金山、青浦、奉贤、崇明等县开辟35个新菜区，这样，不仅使蔬菜生产基地相对稳定，而且有利于发展区域性生产，使蔬菜产销流向更趋合理，并为优化蔬菜生产环境，多生产洁净蔬菜创造了条件。现在，新老菜区的规模化生产格局也已基本形成，全市87个种植蔬菜的镇、乡、场中，种菜面积在2000亩以上的就有36个。松江、金山、崇明等县有60%的蔬菜面积，实行集中布局，连片种植，规模经营。

坚持高起点、高标准，用改革的新思路抓好“菜园子”现代化设施建设，促进蔬菜生产向“高、优、高”方向发展，这是新一轮“菜园子”建设的一大特色。近三年，市、区(县)、镇(乡)三级共同投资3.8亿元，在新老菜区掀起了大规模建设菜田现代化设施的高潮。在短短的两年间，每个新菜区都已新建了一个占地面积100亩，投资100万元的蔬菜种苗场，使全市的蔬菜种苗场增加到249个。尤其可喜的是，新建的24个拥有一流现代化设施的园艺场，在全市蔬菜生产中发挥了示范作用。除此之外，菜区还拥有工厂化育苗设施185座，钢架和铝合金温室258座，管棚设施6万多套，明沟1500多公里，以及喷灌设施、机作和植保机械，为使新一轮“菜园子”尽快形成育苗工厂化、栽培保护化、排灌沟渠化、耕作、植保机械化等奠定了坚实基础。稳固的蔬菜生产基地和良好的菜田设施，使近两年蔬菜上市量明显增加，去年的蔬菜总上市量已提高到84万吨，比上一年增加11万吨。节日期间的蔬菜供应也做到数量充沛，品种多。“冬淡”和“夏淡”的供应量也能保持稳定，基本实现了淡季不缺菜、旺季少烂菜、供求保平衡的目标。

（载1995年6月8日《解放日报》一版）

本报讯（记者　朱民权）市政府作出再新增2万亩市属常年菜田的决定，年前就已全部落实到位。市郊27个乡镇夏收前均已备足了种子、秧苗、化肥等物资。宝山、崇明、松江等区县的新菜区还组织力量抓投产，使新菜田迅速形成了生产能力。市农科院近期也推出了优质抗病青菜“小叶青”，早熟卷心菜新品种“延春”以及优质黄皮洋葱“OK黄”、西洋南瓜等十大蔬菜新品种，在新老菜区推广种植。

（摘编自1995年6月15日《解放日报》二版要闻头条）

本市蔬菜基地延伸到中远郊

11万亩新建菜田丰富了“菜篮子”

全市蔬菜总产120多万吨，比3年前增40万吨

本报讯（记者　朱民权）去年远郊新增的1.7万亩新菜田最近相继投入生产，本市蔬菜生产基地由近郊向中远郊转移胜利完成，一个近郊和中远郊相结合的生产基地新格局已形成，其中在中远郊新建的11万亩菜田逐步成为丰富市民“菜篮子”的主力军。去年，市郊18万亩常年菜田的蔬菜总产量达120多万吨，比3年前增加40多万吨。

自市政府决定在生态环境较好的中远郊地区新辟35个菜区后，本市各级积极探索布局集中、规模经营的新路。现在，全市从事蔬菜生产的89个乡、镇、场中，种菜面积在2000亩以上的有36个，40%以上的菜田实行规模经营。崇明县在规划落实新菜田时，采取集中成片种植的形式，使每片生产规模保持在千亩之上。

加大科技投入力度，提高“菜园子”的设施化、园艺化水平，使蔬菜生产方式逐步走向现代化，这是新一轮“菜园子”建设又一特点。目前，全市蔬菜种苗园艺场发展到298个，其中24个拥有一流的现代化设施。去年本市又大力实施“温室工程”，闵行、宝山、南汇等地先后引进5套先进的大型温室，为“菜园子”建设向技术密集型方向发展作出示范。同时，各菜区还积极搞好菜田的配套设施建设，迄今建设工厂化育苗设施185座，管棚设施6万多套，水泥明沟2180公里，喷灌面积907万亩。

近几年，市、县（区）两级政府还大力扶持菜区走产加销一体化道路，在菜区先后投资新建和扩建了23家农办批发交易市场，发展了52个多层次、多形式的蔬菜运销服务组织，这些产销新体系的形成，既缓解了菜农“卖菜难”，又增加了市场有效供给。同时，菜区各级还引导菜农按市场需求和消费变化不断调整种植结构和品种结构，如今，从国外引进种植的荷兰豆、美国芹菜等20多种“洋菜”

已在菜区遍地开花结果;50多种特色蔬菜的种植面积扩大到1万多亩;"夏菜冬吃"已屡见不鲜;黄瓜、辣椒等实现了周年生产和供应。

（载1997年1月4日《解放日报》一版）

扶持龙头企业　建立四大基地

上海畜牧业产业化框架形成

170 家产加销一体化企业年销售逾 35 亿元

本报讯（记者　朱民权）上海市郊畜牧业产业化的框架已经形成，全市 170 多家畜牧业产加销一体化经营企业，去年销售额超过 35 亿元。前天开幕的市郊畜牧业产业化产品展示会向人们展示了所取得的成果，并提出了“九五”期间发展畜牧业产业化的新构想。

据了解，“九五”期间市郊将推出新举措：一是继续大力扶持产加销一体化龙头企业，积极培育一批后继龙头企业，并要鼓励龙头企业上水平，出名品，占领市场；二是加强畜牧业产业化四大基地：即副食品生产基地、农副产品深加工基地、种畜种禽繁育基地和畜产品出口创汇基地；三是抓好乌骨鸡、肉鸽、肉羊、牛肉加工等 5 个名特优新产品的推广发展；四是进一步开拓畜牧品市场，在部分县建立自成体系的生猪产销运行模式，试行鲜鸡蛋产销直挂。

（载 1997 年 1 月 26 日《解放日报》二版要闻右头条）

本报讯（记者　朱民权　陈启甸）立足郊区，不断深化产销体制改革，大力培育市场机制，积极建立产加销一体化的“产业链”，上海食品（集团）公司通过一系列举措，在肉蛋经营中走出一条集约化、市场化的新路，去年压缩政策性亏损 6 亿多元。

以资产为纽带集约化经营，积极发展产销联合体。上海食品（集团）公司对内实行经营体制改革，着手组建白肉批发、肉类经营、家禽蛋品等八大经营板块；对外拆除“围墙”发展农商联合，先后以龙华、大场、吴淞等肉联厂为龙头，通过农商共同参股的形式，在郊区建立 26 个紧密型生猪基地场，年生产生猪近 50 万头，占集团收购生猪总量的三分之一。

构筑现代化食品加工体系，通过发展精深加工来开拓新的市场。目前已形成年加工100多吨的冷却肉系列产品。与美商合资成立的荷尔美食品有限公司，开发生产的培根、鸡尾肠、精选火腿等十多个新品，销售网点发展到320余个，销售量月月直线上升。日冷公司、牛羊肉公司等也开发新产品58个，全年深精加工的肉食品数量成倍增长，内销市场占有率也保持领先地位。

近几年，食品（集团）公司加快批发市场建设，先后开设了三个生猪批发市场、两个白肉批发市场、两个蛋品市场和一个活牛批发交易市场，初步形成了肉蛋经营市场化新格局。还积极向零售行业渗透，使各类超市和销售网点增加到200多家，去年实现销售额近4亿元。

（摘编自1998年3月24日《解放日报》B1版经济新闻）

批发市场形式多　农民运销规模大　直批直供效果佳

申城蔬菜形成产销一体化新格局

目前上市量占总供应40%,全市一半蔬菜来自农办市场

本报讯(记者　朱民权)长期困扰着蔬菜生产的流通问题,在市郊深化产销体制改革中出现了重大突破。蔬菜多渠道流通、产销一体化的新格局已经初步形成。今年头两个月,通过多渠道上市的蔬菜已占到全市蔬菜总供应量的40%左右。

蔬菜流通一向是菜篮子工程中的一个难点。近两年来,市、县(区)两级政府领导把改革蔬菜流通体制,鼓励农民参与流通,加快产销一体化进程,作为加强菜篮子工程建设的重点来抓,并且从建立、完善多层次蔬菜批发市场着手,一方面办好商业部门原有的蔬菜批发市场,一方面大胆鼓励和扶持菜区创建农办或农商联办的蔬菜批发交易市场,同时还有步骤地在乡镇发展蔬菜运销公司或蔬菜配送中心,以形成流通网络。嘉定、宝山、金山新老菜区,去年新建和扩建了13个农办及农商联办的蔬菜批发市场。这些建立在菜区内的批发市场,在连接生产和零售市场中发挥了中枢作用。今年头两个月的蔬菜交易量达58000多吨,占全市蔬菜总供应量的32%。菜区新组建的32家蔬菜运销公司及配送中心,积极促进产销市场联手,使大批量的郊菜和客菜快速进入市区市场。

区县合作,农商联手组建利益共享、风险共担的产销联合体,这是本市菜区拓展蔬菜流通渠道的又一新尝试。南汇县与静安区首创了双向联合、直供直销的办法后,有效地疏通了城乡流通渠道,使蔬菜与其他副食品的销售通畅,拓展了市场。去年以来,闵行区与卢湾区,青浦县与杨浦区,也积极进行区县合作,共建产销联合体的形式。青浦县与杨浦区联合投资组建的双浦农贸发展总公司,一改过去生产与流通相分离的被动局面,使蔬菜这个鲜嫩商品的销售一下子活了起来,5个月的销售额达78万元。现在,由乡镇与市区商业部门联办的产销联合体日益增多,蔬菜流通新渠道也越来越多。

这两年，菜区涌现出几千名蔬菜运销员队伍，采用直批、直挂、直供、直销等形式，将蔬菜直接运进市区菜场、宾馆及国有企业食堂。闵行区通过建立农民运销队伍，已与市区147家宾馆、工厂和大专院校建立了直供、直销关系，去年直销蔬菜占到全区总上市量的16.9%。浦东新区的严桥，金山县的亭林、张埝等乡镇还积极鼓励有运销条件的农民开展自产自销，提高了菜农的种菜经济效益。

（载1995年3月27日《解放日报》一版头条）

本报讯（记者　朱民权）市郊19家农办蔬菜批发市场千方百计组织郊菜、吸纳客菜上市。据统计，4月上半月本市供应的蔬菜中，有50%左右来自农办批发市场。

4月以来，本地区菜源减少，农办蔬菜市场主动与农业公司联手，下菜区动员菜农进场交易，黄渡、九亭、外冈等农办市场，4月上半月经营总量已达2.9万吨。金山县亭林农办市场派人常驻浙江菜区，组织调运青菜、卷心菜和花色品种蔬菜进场成交，每天数量达150吨左右。华亭、七宝等农办市场还派人深入到竹、毛笋产地，组织到不少货源。

（摘编自1996年4月18日《解放日报》二版要闻）

上海蔬菜集团成立

蔬菜批销主渠道拓宽

拥有19个全资和控股子企业单位，年批发蔬菜达108万吨

本报讯（记者　朱民权　高国营）上海市蔬菜总公司提前完成“方便菜肴制作中心”“江桥批发市场”等今年市府实事项目，在推出5大系列方便菜肴的同时，年蔬菜批发量也增加到108万吨，创历史新纪录。

市蔬菜总公司承担全市60%左右的蔬菜供应任务。为让市民轻松下厨，公司以绿苑配销公司为龙头，配备清洗机、切丁切片切丝机、真空包装机等冷链机械设备，开发减少市民厨房劳动量的产品，提前51天形成了小包装规格化蔬菜、真空小包装净菜、低盐度盐渍菜、家庭套菜、微波菜等5个系列的方便菜肴。同时拓宽营销渠道，形成东、南、西、北、中的配销网络，全年可配销2.7万吨蔬菜副食品，配销客户达500余家，其中超市252家。从9月份开始，公司的配销业务又向社区延伸，先后在静安的华山街道、普陀的真光街道等开设16个社区网点，大大方便了“马大嫂”。

蔬菜批发是市蔬菜总公司的主业务。今年，公司在市内外建立9个生产基地，为江桥批发市场的吸纳货源打下基础。公司还以多种优惠政策吸引商贩入场，到12月中旬，江桥批发市场已经营蔬菜6万吨，预计全年可达6.3万吨。此外，公司的真空预冷生鲜蔬菜物流冷藏链示范工程也在建设中，到今年11月底已进行29批（次）试验，经过真空预冷的蔬菜除在本市销售外，还东进日本、北上北京、南下深圳，为上海蔬菜走向全国走出国门迈出了坚实一步。

（载1998年12月23日《解放日报》五版经济新闻）

本报讯（记者　朱民权　陈启甸）本市副食品流通体制改革揭开新的一页，

由上海市蔬菜总公司改制，并吸收上海市商业投资公司和江苏无锡朝阳股份有限公司组建的上海蔬菜集团和上海蔬菜（集团）有限公司昨天正式成立。

1991 年 11 月，全市蔬菜产销实行了放开经营、放开价格，出现多元化经营的格局。市蔬菜总公司积极转换经营机制，重振国有批发主渠道的雄风，并形成以蔬菜批发、食品加工、生鲜食品配送为主力的多业种、多业态格局。该公司蔬菜批发经营量连年突破 100 万吨，目前已占全社会供应总量的 65%左右，成为本市批发销售 50 强之一。

这次新组建的上海蔬菜集团和上海蔬菜（集团）有限公司拥有全资子企业 14 个、控股子企业和相关单位 5 个，同时还在市内外 10 多家企业参股。集团将对经营结构、资产结构和经营者经营等进行全面调整，进一步完善以蔬菜批发、生鲜食品配送和食品加工为主，餐饮、运输、房产开发等综合发展的经营格局，争取用 5 年时间使总体实力翻一番。

（载 1999 年 3 月 27 日《解放日报》二版要闻）

市长抓“菜篮子”　县长抓“菜园子”　区长抓“菜摊子”

新一轮“菜篮子工程”成果丰硕

近三年共投入7亿多元资金，建成常年菜田18万亩，其中管棚保护田面积2.4万亩，蔬菜种苗园艺场249个，引进15公顷蔬菜温室；建成饲养基地722个，其中万头养猪场有69个，蛋鸡饲养全部实现规模化、机械化，还建成一批淡水产品养殖基地。市郊长年蔬菜生产总量达105万吨，同比增加20万吨。

本报讯（记者　朱民权）认真落实行政首长负责制，充分发挥市、区（县）两级政府的积极性，在高起点上建设新一轮“菜园子”和“菜摊子”，确保菜篮子商品的有效供给年年增长，以达到市场繁荣、价格平稳、使人民满意的目标，这是本市新一轮“菜篮子工程”建设中形成的一个鲜明特色。

近年来，市政府在建设新一轮菜篮子工程时，制订和完善了一系列法规，并建立了行政首长工作负责制和干部任期、目标考核制，进一步明确了市长抓“菜篮子”、县长抓“菜园子”、区长抓“菜摊子”的职责，在全市形成各级政府共同关心，齐抓共管“菜篮子”的局面。前几年，在市政府作出蔬菜基地向中远郊转移的战略决策后，松江、金山、南汇、青浦等县政府及时进行全面规划，并由县长挂帅抓“菜园子”建设，经过3年多时间的共同奋斗，建成了11万亩新菜田，使这场大转移实现平稳过渡，大见成效。黄浦、虹口、卢湾等区的四套班子的领导，齐心协力抓好“菜摊子”建设，确保本地副食品的有序供应和价格稳定。

高起点、高标准地抓好蔬菜副食品基地规模化、现代化建设，是落实“菜篮子”首长负责制的一个重要目标。近三年中，本市市、区（县）两级政府共投入7亿多元资金用于基地建设，目前已建成常年菜田18万亩，其中管棚保护田面积2.4万亩，蔬菜种苗园艺场249个。去年，市政府作出了发展蔬菜“温室工程”的决策，闵行、宝山、南汇等区县，先后从荷兰、以色列引进15公顷蔬菜温室，开创了蔬菜现代化生产新局面。去年，市郊长年菜田的蔬菜生产总量达105万吨，比上年增加20万吨。近几年，本市的猪禽蛋生产逐步形成集约化、规模化经营，现在市郊已有一定规模的饲养基地722个，其中万头养猪场有69个，千头养猪场有310个，蛋鸡饲养已全部实现规模化、机械化；同时还建成了一批淡水鱼、河蟹、罗氏沼虾等淡水产品养殖基地，丰富了市场供应。

从抓规划入手，引入竞争机制，加快建成网络化、现代化的副食品批发市场网络，这是本市实行“菜篮子”首长负责制后的又一新成果。近几年，由市长任组长的市菜篮子工程领导小组，从抓好制定大市场建设的规划入手，并采取多渠道筹资的办法，加快江桥、北蔡、闵行等3个国家级大型农产品批发市场的规划、建设步伐，同时还对全市51个区域性蔬菜副食品批发市场作出了改造发展规划，并鼓励农口组建了绿叶发展总公司、畜牧总公司，使全市初步形成以国家级批发市场为龙头，区域性批发市场为基础，农办批发市场为补充的三级批发市场网络。目前，全市已建成农副产品市场325家，年成交各类农副产品300多万吨，成交额65亿多元。同时，市、区两级政府还结合老城区改造，及时调整副食品零售市场布局，加快形成菜场、集市、超市和便民店多层次的副食品零售网络，为市民买菜带来了方便。

（载1996年10月15日《解放日报》二版要闻头条）

申城菜篮子重点工程启动

浦东新区:首推种子工程
宝山区:小小菜种成产业

市郊菜区建立良种基地1400多亩,一体化良种培育覆盖率达70%,全国有五分之一番茄种子为长征良种场培育

本报讯(记者　朱民权)作为本市新一轮菜篮子工程重点项目的种子工程,日前率先在浦东新区启动。今年该区将建设50亩区级种子场,并充实区种子站和拥有2000亩以上蔬菜镇、村的种子科技人员,加大良种繁育和新品种引进推广力度。

据悉,浦东新区将花四年时间,开发引进蔬菜新品种10至15个,并对当前普遍使用的13类38只品种进行提纯复壮,使区内蔬菜良种化率达95%以上,生产用种达到一级纯度;区镇两级供种体系培育的种子,在区内的市场占有率达60%以上。

新区菜办积极抓好蔬菜新品种的引种示范推广工作。具有本区特色和较高知名度的申花杂交花菜系列品种、洋杂粉红番茄、洋泾黄瓜等14个蔬菜品种的提纯复壮将为繁育和配制优质的生产用种打好扎实基础。去年引进的日本樱子菜、桃太郎番茄系列、台湾农友花茄等近20个新品种已开展生产示范,在全区有计划地推广。

(载1996年3月26日《解放日报》二版要闻右头条)

本报讯(记者　朱民权)一粒粒小小的蔬菜种子形成效益可观的产业——本市蔬菜"种子工程"中的这一目标已在宝山区成为现实。目前,这个区培育的黄瓜、茄子等,从种子选育、推广到应用,形成一体化,良种在全郊区的覆盖率达70%。

宝山区推进种子产业化舍得花本钱,先后投资4000多万元,建成现代化园

艺场、横沙种子场等 6 个种子场，育种面积达 18 公顷，每个种子场都有实验楼、连栋温室、滴灌喷灌等设施。他们还利用外省市特有的气候资源，选择适宜留种、隔离条件好的地区为外繁基地。如黄瓜种子外繁安排在山东，花菜留种落实在云南。

良种选育是种子繁育的基础。近年来，宝山区每年拨出资金用于育种科研，开设了 7 个育种课题，重点开展“杂交一代”和蔬菜新品种研究，并通过不断定向选育，筛选材料、配组测试，先后培育出茄子、黄瓜等 30 多个新品种。这些新品种都表现出高产、稳产、商品性好、抗性强等特点，成为宝山的拳头产品。去年该区生产蔬菜良种 1.5 万公斤，“宝杨”黄瓜、“江丰”茄子等 10 多个良种在国内 18 个省市开花结果，推广种植面积达 7.6 万亩，增加社会经济效益 4000 多万元。目前，该区又创办了“上海黄瓜研究中心”，进一步推进了种子产业化，这是我国南方地区第一家黄瓜研究机构。

（载 1999 年 4 月 6 日《解放日报版经济新闻右头条）

本报讯（记者　朱民权）过去冬天才有的大白菜、白萝卜，如今在“夏淡”季节也有供应了；原先皮白质硬的豇豆，现已为淡绿色、有糯性、上口好的品种所取代。蔬菜市场上发生的这些变化，是本市实施蔬菜“种子工程”出现的结果。

为了推进种子工程，市蔬菜技术推广站积极帮助菜区 40 个蔬菜种子场，落实“三圃”田 253 亩，建立良种繁育基地 1400 多亩，去年采收到蔬菜原种和良种 48600 多公斤。同时，对番茄、花菜、甘蓝、刀豆等 14 只蔬菜当家品种，全面进行了提纯复壮。还从国内外引进了日本小镇萝卜、台湾芝麻条茄、秋豇 512、夏丰早熟大白菜等 30 多只蔬菜新品种。

（摘编自 1997 年 8 月 16 日《解放日报》二版要闻头条）

现代化蔬菜园艺场成为科技辐射点

上海蔬菜温室工程走向全国

42座“长征温室”在12省市开花结果，价格仅为洋温室一半

本报讯（记者　朱民权）记者昨天获悉，上海长征温室制造有限公司参与研制开发的连栋塑料薄膜温室和铝合金玻璃温室，不仅在上海温室工程中唱主角，而且走向全国，仅去年就有42座国产温室在12个省市的菜区开花结果。

长征温室制造有限公司是我国首家生产系列化园艺设施的企业，产品多次荣获国家级和上海重大科技成果奖。1995年，本市从荷兰、以色列引进的洋温室相继落户郊区后，他们主动与有关科研单位合作，消化吸收国外先进技术，经过两年多的研制，一种适合国情和我国气候特点的连栋塑料温室诞生了。这种国产化温室的总体性能可与国外产品竞争，而价格只有洋温室的一半左右，因而广受关注，国内20多个省市的蔬菜、花卉基地采用这种温室。

不断的技术创新和产品创新，使“长征温室”更适应生产和市场需求，成为全国温室产业龙头。该公司聘请国内专家攻关研制的尖屋面、拱形屋顶连栋塑料温室，采用加大跨度、多连栋组合、减少天沟投影等创新技术，提高温室小气候稳定性，确保温室在温湿多雨、光照不足季节里的良好采光和保温性能，受到市郊和我国南方菜区的普遍欢迎，销售量日益上升。

（载2000年2月23日《解放日报》四版经济新闻）

蔬菜副食品基地稳固　产调销机制畅通高效

市民菜篮子里盛满喜悦

本报讯（记者　朱民权）如今的上海，无论在菜场，还是在集市、超市，到处都有品种丰富的蔬菜副食品；无论是早晨还是傍晚，市民们随时可买到水灵灵的蔬菜、鲜蹦活跳的鱼虾、规格多样的肉禽商品；无论是生产旺季，还是生产淡季，人们都能吃到春夏秋冬、天南海北的菜。

菜篮子里盛满喜悦。经过全市上下历时十多年的努力，特别是近三年来的新一轮“菜篮子工程”建设，本市已建成一批稳固高效的蔬菜副食品基地，初步形成规模化、集约化、科技化生产新体系，建立起多层次、畅通高效的产销运行机制，蔬菜副食品供应充足，价格平稳，广大市民得到了实惠。

在 1988 年到 1993 年的第一轮“菜篮子工程”建设中，上海各级政府以解决“菜篮子”商品紧缺为重点，大力加强“菜园子”“菜摊子”建设，逐步扭转了供求紧张的局面。始于 1994 年的新一轮“菜篮子工程”，市委、市政府明确提出要用改革的新思路，以提高“菜篮子”商品质量、确保市场均衡供应为目标。在这一轮“菜篮子工程”中，全市实施蔬菜副食品生产基地向中远郊战略大转移，市、区（县）各级政府投入 11.4 亿元，大规模开展菜田基础设施建设，4 年中扩建新菜田 11 万亩，使常年菜田面积扩大到 18 万亩，形成了近、中、远郊相结合的蔬菜生产基地新格局，蔬菜生产的年产量从 1993 年的 73 万吨增长到 1996 年的 120 万吨。1995 年，市政府作出了发展蔬菜“温室工程”的决策，浦东新区、闵行、南汇和农工商集团等先后从荷兰、以色列引进 15 公顷蔬菜温室，开创了蔬菜现代化生产新局面。现在全市已有管棚保护田面积 3 万多亩，喷灌面积 10.6 万亩，拥有现代化设施的园艺场 294 个。

猪禽蛋生产逐步形成规模化、机械化生产经营。目前，市郊已有一定规模的生猪饲养场 722 个，其中万头以上养猪场 88 个，生猪生产的规模经营比例达到 50%，蛋鸡全部实现规模化、机械化饲养，同时还建成了一批淡水鱼、河蟹、罗氏沼虾等水产养殖基地,本市猪肉、鲜蛋供应的自给率稳定在30%和50%左右,淡水鱼基本自给。

建设大市场,发展大流通。近几年来,本市采取在副食品基金中切一块,区县政府补一块,副食品经营企业自筹一块等办法,多方筹集资金,加快市场建设,使之形成以国家级批发市场为龙头、区域性批发市场为骨干、产地市场作补充的市场新体系。现在,全市已有蔬菜副食品批发市场175个,蔬菜副食品的年交易量达190万吨,占上市总量的70.5%。

鼓励生产向流通拓展,流通向生产延伸,以形成产销双向拓展,农商竞争经营的新局面。1994年农口创建了绿叶总公司,新建和扩建了23家农办蔬菜批发市场,开辟了蔬菜流通新渠道。今年上半年,农办批发市场的蔬菜交易量,在全市蔬菜上市量中占了"半壁江山"。近几年,本市食品、蔬菜、水产三大集团公司,以资产为纽带,在本市和外省市建立起了一批产销、流通联合体,为"菜篮子"商品进入上海市场开辟了"直达快车"。

现在,本市已构筑了多层次、多渠道的蔬菜副食品零售网络。政府每年都把菜场改造入室作为实事工程来抓,至今,全市已有231家"马路菜场"相继"登堂入室"。商场化、全日制经营已成为沪上新一代菜场的标志。菜场经营的"菜篮子"商品达到3000多种,规格化、小包装"菜篮子"商品成了菜场的热门货。在此同时,上海还大力推进"超市便民店卖菜""集市卖菜""菜篮子工程车流动卖菜",从而形成了296家菜场和306家分菜场、400多家超市便民店、324个集市和460辆"菜篮子工程车"组成的多层次、多渠道副食品零售网络。如今,市区平均在每平方公里内,就有2.5个供应网点,"马大嫂"拎"菜篮子"是越来越方便了。

(载1997年9月6日《解放日报》一版头条)

绿色包装　绿色产品　绿色消费

本市启动“绿色营销工程”

本报讯（记者　朱民权）记者从市商委获悉，旨在推进绿色生产、倡导绿色包装、培育绿色市场、引导绿色消费的“绿色营销工程”，目前已在上海商业系统全面启动。

据了解，“绿色营销工程”将在四个方面重点突破：一、市区主要商业街、百货商店积极推行使用纸质包装袋，大幅度减少塑料袋的使用；超市门店的塑料袋使用有明显减少，进入超市的产品要减少过度包装。二、积极开发“绿色产品”，主副食品、家用电器、装潢材料等要积极倡导开发和销售绿色产品；结合“三绿工程”“厨房工程”和“放心工程”，进行“绿色链”（即生产建立绿色基地、流通培养绿色市场、消费营造绿色氛围）试点建设。三、市区主要饭店、快餐店逐步取消一次性木筷和不可降解塑料餐具；宾馆、酒店客房认真设置有关标志牌，引导住客增强绿色意识，减少资源耗费，开展绿色消费。四、抓好废旧物资的回收利用，从集中回收废电池着手，防止废旧物资对环境的污染。

为推动“绿色营销工程”建设，今年本市还要重点组织绿色日用工业品、绿色主副食品的货源采购和基地建设，在本市和外省市有条件的地方落实绿色农产品的货源基地，建立水产品远洋捕捞和近海养殖基地，主副食品要开展绿色深精加工，以提高产品的质量和档次。同时，要引进先进技术，培养专业人才，提高绿色营销的运作质量，重点解决产品的包装和保鲜技术问题，使产品的安全、优质、营养上有新的突破，年内“绿色链”建设要初步形成框架。

（载 2000 年 4 月 9 日《解放日报》二版要闻头条）

上海菜篮子主打品牌争创名品

首批注册30多个农产品商标，推出20个副食品品牌，19家现代化园艺场被定为品牌蔬菜重点场

本报讯（记者　朱民权）为了提高菜篮子商品质量，本市实施副食品品牌战略。大江鸡、大盈鸭、上食牌食品系列和绿苑牌规格化蔬菜等20种副食品，最近被首批列入争创副食品名品行列。

市有关部门目前正在组织生产和流通部门制定各副食品的品牌标准，并对每个品牌的产销率和市场占有率提出了明确目标，市政府将对列入争创名牌的产品给予一定的扶持政策。列入今年争创副食品名牌的产品还有酱菜、水产品、乳制品、熟食制品等系列产品。

（载1997年4月29日《解放日报》二版要闻）

本报讯（记者　朱民权）过去只见工业产品有商标，如今农产品同样扛着商标闯市场，"虹园"洁净蔬菜、"皇上皇"肉制品、"香穗"牌大米等，纷纷在超市、粮店亮相。据统计，仅去年就有30多个农产品注册了商标。

为农产品注册商标参与竞争，表明了市郊农民品牌意识和市场意识不断增强。金山区漕泾镇近年来相继引种了"迷你型"西瓜、日本厚皮甜瓜，去年该镇为当地的"迷你型"西瓜注册了"多利康"商标，使自家产的优质西瓜有了品牌；久负盛名的杨行黄瓜过去常被假冒，去年宝山区黄瓜研究中心注册了"宝杨黄瓜"的商标，不仅使杨行黄瓜有了响当当的"大名"，而且保护了生产者权益。从蔬菜、大米、西甜瓜到牛奶、蜂蜜、饲料……如今，农产品注册商标已在市郊遍地开花。

农产品注册商标，形成一笔可观的无形资产。闵行区虹桥园艺场为蔬菜注册商标后，知名度和信誉度大为提高，每天的蔬菜销售量比注册商标前翻了几番；大团蜜露桃注册了"团丰"商标，结果每公斤桃子卖到10元；崇明的"寒优湘

晴”水稻米质好，去年裕达粮饲公司为其注册“香穗”商标，“香穗”牌大米销量大增，今年该县农民种植“寒优湘晴”的面积增加到10万余亩。

（载1999年4月21日《解放日报》三版经济新闻右头条）

本报讯（记者　朱民权）孙桥、宝杨、绿奉、金篮子等18种品牌蔬菜，昨天起在华联、联华、农工商、顶顶鲜、百佳等五大超市的70多家连锁店进行展销。组织品牌蔬菜集中展销，在本市尚属首次。

让市民吃到优质菜、放心菜，这是本市发展蔬菜生产的一大战略目标。1995年，闵行区虹桥园艺场在全市首先为蔬菜注册商标，开创了上市“商标蔬菜”的先河。今年年初，市菜办从全市200多家蔬菜园艺场中，挑选出马桥、中日、东海等19家现代化蔬菜园艺场，作为发展品牌蔬菜的重点场。这些园艺场年生产各类优质蔬菜在1万吨左右，月均可上市蔬菜品种50—60只，而且基本达到优质净菜标准，目前已有12家园艺场为蔬菜注册了商标。

（载1999年9月30日《解放日报》四版经济新闻）

上食集团实施品牌战略

十八大类二百余种肉食品牌归一

去年冷却肉销售同比增3000多吨

本报讯(记者　朱民权　高国营)“上食”牌冷却肉、“上食”牌罐装食品、“上食”牌生鲜配菜……上海食品集团打出“上食”品牌的统一形象后，18大类200余种产品成为市民“菜篮子”里的新宠。去年，集团冷却肉销售比1996年猛增3000多吨。

上海食品集团是上海最大的食品生产经营实体，肉类食品在本市市场占有率一度达95％，但近半个世纪这家企业没有留下一个知名品牌。近年来，人们的消费需求已由数量型转向质量型，优秀品牌成为决定消费取向的关键。从前年开始，上食集团决定实施以市场为导向、以科技为依托的品牌发展战略，通过品牌经营来提高产品附加值，扩大市场占有率。

统一品牌形象，是上食集团打品牌的关键一招。上食集团是上海市民肉类消费的主渠道，下属大场、吴淞、龙华等肉联厂曾先后推出龙塔、申鹤等品牌，但由于品牌太多，缺乏统一的形象，市民很少知道上食集团及其品牌。集团果断废弃海豚、申鹤、申凤等12个品牌，逐步将各厂的198个产品纳入“上食”系列，集中力量推出“上食”这一主打品牌，并要求各所属企业从商品销售额中提取不低于5％的广告费来支持品牌工作。去年，上食集团开发的50个新品以及原来的100多个老产品已全部改用新“上食”品牌包装上市。

打品牌需要优质产品为依托。上食集团先后投资3600万元，引进冷却肉生产流水线和冷藏链等先进设施，开发生产高保鲜、无污染、营养保全、口感特鲜的猪肉升级换代产品——冷却肉，并以此作为打“上食”品牌的突破口。在先后推出冷却猪肉、冷却牛羊肉、冷却家禽的基础上，上食集团又延伸到中式熟制品、速冻点心、腌腊制品等，壮大了品牌队伍。对纳入“上食”品牌体系的产品，集团实施严格的品牌质控，形成厂级、车间、班组三级质量管理网络，将质量与各部门的奖金考核指标挂钩，有效地保证了品牌产品的质量。

以有限的资金获取最大的品牌效应是上食集团实施品牌战略的另一特点。他们通过健全销售网络，将“上食”品牌产品打进600多个销售网点，并利用下属为民超市的60多个网点开辟特色专柜，利用橱窗、灯箱、海报等宣传“上食”品牌。上食集团的20多家工厂和仓库也竖起广告牌，80辆冷藏车均成了流动广告载体，甚至在全球因特网上，“上食”品牌也有了一席之地。

（载1999年1月13日《解放日报》三版经济新闻右头条）

引进与开发结硕果　市民菜篮子好丰富

申城蔬菜品种知多少？830 多种

本报讯（记者　朱民权）碧绿挺拔的龙绿黄瓜、小红灯笼似的甜椒、鸽蛋般的卷心菜、马兰头状的珍珠菜……一只只蔬菜新品种的问世，使上海蔬菜品种增加到 830 多个，市场呈现琳琅满目的景象，这是本市依托科技，发展蔬菜生产所结出的累累硕果。

为了适应上海市民求新求异的消费需求，丰富蔬菜品种，近几年来本市先后从国内外引进 60 多个新品种，其中有被称为“绿色食品”的健康型品种、适宜市民口味的特色型品种。如从湖南引进的湖研三号辣椒，果型大、产量高、品质好；引进的龙绿黄瓜，产量比原来的津研系列黄瓜高一成以上，而且结果性状好、质量佳、吃口脆。过去，只有在宾馆亮相的黄皮洋葱、樱桃番茄、日本黄瓜等“洋菜”，如今已成为市民家里的盘中餐。小整萝卜、日本大白菜、夏阳白菜等 10 多个品种，在蔬菜生产供应的夏淡中登场亮相。与此同时，本市还积极发挥自身优势，培育、开发本地的新品种。近年来先后成功地培育出宝扬早熟黄瓜、江粉一号番茄、江配一号卷心菜、汇丰一号茄子和申花花菜等 10 多个新品种。全市 40 多个蔬菜种子场也对番茄、花菜等 14 个蔬菜品种进行提纯复壮。去年全市建立起“三圃”面积 442 亩、良种繁育面积 2437 亩，收到良种 7.6 万公斤，全市蔬菜良种覆盖率达到 80%以上。

市郊菜区还运用蔬菜杂交技术，开发蔬菜新品，提高蔬菜品质。原来市民在 5 月中旬才能买到的沪产甜椒，现在经过杂交制种，可四季生产供应。果型圆大的江粉系列番茄、烧熟后酥而不烂的花菜、抗热性好又不涩口的萝卜等杂交新品投放市场后，深受市民好评。蔬菜杂交技术的推广，使菜区年年增产增收，菜农得到实惠。沪产甜椒、番茄的亩产分别从 750 和 2250 公斤增加到 1800 和 4500 公斤左右，加上杂交蔬菜成熟期早，上市提前，能卖到好价钱。目前杂交番茄、茄子、甜椒、花菜等普及率已超过 90%，杂交技术在全国处于领先地位，这为上海市民多吃菜、吃好菜奠定了坚实的基础。

（载 1998 年 6 月 23 日《解放日报》五版经济新闻头条）

特色品种五花八门　礼盒包装琳琅满目

“洋蔬菜”走俏申城

全市引进生产300余种，日均供应逾十吨

本报讯（记者　朱民权）春节期间，中日园艺场、虹桥园艺场等市郊现代化蔬菜园艺场的“洋蔬菜”畅销，用礼盒包装的樱桃番茄、灯笼甜椒、紫甘蓝、蛋茄等“洋蔬菜”日均销售就达2000多盒。

为丰富上海蔬菜市场，市郊菜区从日本、荷兰、以色列等地引进各类特色蔬菜品种，使落户本市的“洋蔬菜”品种达50大类300多个品种。全市形成的20多公顷现代化蔬菜温室和200多家配套先进设施的园艺场，已成为生产这些“洋蔬菜”的基地，每年可向市场提供3万多吨产品。经过多年实践，本市在“洋蔬菜”的选种、留种技术等方面大有进步，“洋蔬菜”种子也逐步走向“国产化”，其中生菜、荷兰芹、三叶芹、萝卜等可自行留种。为让更多的“洋蔬菜”走进千家万户，市有关部门今年确定加大培育和引进新品种的步伐，生产更多的优质特色“洋蔬菜”，以满足不同层次的消费需求。

（载1999年2月24日《解放日报》三版经济新闻组合头条）

本报讯（记者　朱民权）越来越多的“洋蔬菜”落户沪上，给春节市场增添了色彩。据有关部门透露，今年春节期间每天有10吨以上的“洋蔬菜”投放市场。

到目前为止，落户上海郊区的“洋蔬菜”有荷兰黄瓜、日本白萝卜、樱桃番茄、黄秋葵等50大类300多品种，每年上市量达2万多吨。全市已拥有5套现代温室和28个园艺场的生产基地，“洋蔬菜”产量、品种不断增加。

（载1998年1月26日《解放日报》B1版经济要闻）

上海确定新世纪蔬菜生产发展重点

发掘野生药用观赏特色菜
发展高精细鲜优无公害菜

上年蔬菜生产总量达 140 万吨，日均上市鲜菜 4500 吨以上

本报讯（记者　朱民权）在保证市场供应、增加菜农收入的前提下，重点搞好品种结构调整，提高蔬菜品质，开拓国内外市场。这是日前召开的市蔬菜工作会议提出的目标。

为了实现这个目标，市菜办确定了今年蔬菜工作的三大重点：一是积极调整调优品种，提高蔬菜品质，充分发挥现代园艺场等设施优势，发展高、精、细、鲜优质无公害蔬菜，有重点建设一批有机蔬菜生产基地。挖掘和发挥郊区传统的地方优质特色品种，如野生蔬菜、药用蔬菜、保健蔬菜、观赏蔬菜，以满足不同层次的消费需求。二是加大发展出口蔬菜的力度，力争全年出口蔬菜达到 4 万吨。三是进一步应用科技，建设蔬菜“种子、种苗工程”，实现生产用种基本良种化，使日均上市蔬菜的品种保持 60 只以上。同时，继续抓好“温室工程”，进一步增强蔬菜的抗波动能力。

据了解，去年上海菜区战胜自然灾害与市场风险的挑战，全市蔬菜生产总量达 140 万吨，常年菜田亩产值逾 5500 元，实现总产值 11 亿元。全年日均上市鲜菜始终保持在 4500 吨以上。

（载 2000 年 3 月 3 日《解放日报》一版）

科技进田头　洋菜上餐桌　菜市多网点

申城菜篮子工程跃上新台阶

本报讯(记者　朱民权　高国营)无论是旺季,还是淡季,上海每天上市的蔬菜品种都在50个以上;数百种来自荷兰、日本、美国的洋菜,登上市民的餐桌;市区平均每平方公里内,就有2.5个供应网点;一年四季上海的蔬菜副食品价格始终保持稳定。由于市委、市政府围绕市民需求,不断推进菜篮子工程建设,如今,本市蔬菜副食品供应呈现出量足、质优、价稳的新局面,并由保数量向规格化、洁净化、优质化转变,市民菜篮子里装上了"科技菜"。

上海作为拥有1000多万人口的特大型城市,市民的吃菜是件大事情。谁都掂得出,菜篮子在上海市民生活中的分量。要有稳定的市场,必须有稳定的生产。上海各级领导非常重视菜篮子工程建设,并坚持第一把手亲自抓,做到"市长抓菜篮子,区长抓菜摊子,县长抓菜园子"。各地还积极筹措资金,建设蔬菜副食品生产基地。生产基地的建立,为保障市场供应打下了坚实的基础。在实施菜篮子工程前,上海人日均享用蔬菜不足半斤,肉、禽、蛋、奶、鱼、豆制品等还要凭票供应;实施菜篮子工程后,上海的蔬菜副食品供应逐步告别短缺,票证也从市民的生活中相继消失。

菜市的丰盈,还来自于本市以改革的姿态,转换蔬菜副食品的生产、经营机制。近几年来,本市积极打破农商分割、产销分离的旧体制,实行产销双向拓展和延伸。到目前为止,本市建立起170多个蔬菜副食品运销组织,实行直供直销,减少中间流通环节。市政府还向菜区配备了460辆菜篮子工程专用车,加上遍布大街小巷的菜场、集市、超市等1600多个供应网点,使上海蔬菜副食品的零售形成多层次、多渠道的格局,人们买菜随时可就近选购。同时,本市加大投资力度,积极提高蔬菜副食品生产的设施化程度,近4年来,本市陆续投入大量资金,建设管棚保护地3万亩,喷灌面积10.6万亩,现代化园艺场294个……在畜牧业方面,本市积极推进规模化、集约化生产,建成一大批百头以上奶牛场、千头以上养猪场、万羽以上肉(蛋)鸡场和万亩养鱼场。目前规模化生产基地上市的肉猪占上市量的5成以上,肉鸡、鲜蛋占8成以上,鲜奶基本实现自给,上海蔬菜副食品市场抗波动的能力大大增强。

告别短缺后,人们对蔬菜副食品又讲究起“新、鲜、奇、优”。市委、市府领导把人们的新需求,作为菜篮子工程建设的新目标,大力推进科技化、园艺化、设施化,促使产品创新创优,让市民的菜篮子盛满了“科技菜”。近几年来,上海积极向国外引进现代自控温室等先进设备和技术,并加以消化,开发出上海适用的新设备、新技术,先后推广了工厂化育苗、保护地设施栽培等30多项先进适用技术,并通过提纯复壮、良种繁育和杂交制种等,使蔬菜种子基本达到良种化。同时,本市还从荷兰、以色列、日本等国引进樱桃番茄、生菜、小南瓜等300多个品种。目前,本市蔬菜生产的新品种、新试剂、新材料、新技术的普及率达85%以上,从而使市民菜篮子里的“内容”不断“翻新”。

(载1998年10月14日《解放日报》一版右头条)

“十五”期间从六个方面推进产销新发展

上海蔬菜业：逐步形成四大体系

努力达到世界先进大都市现代化发展水平

本报讯（记者　朱民权）“十五”期间，上海的蔬菜产销将进入新的发展阶段，届时要逐步形成公正规范的市场流通体系、优质高效的出口贸易体系、安全发达精深加工体系和科学合理的产品结构体系，使蔬菜业努力达到世界先进大都市现代化发展水平。

据介绍，“十五”期间，上海的蔬菜产销将从六个方面来推进新的发展。

一、大力推进良种建设，利用国内外资源，加强种质资源的研究、创新和利用；每年从各地引进30多种新品种，大面积推广野生、药用、保健、观赏等名、特、优、奇品种；提高种子处理技术，逐步实现种子包衣化、种苗生产工厂化，每年杂交种子的覆盖面积争取达到1000万亩次，番茄、黄瓜、青菜、甘蓝等14个特色品种占有全国市场的30%以上，最终实现种子生产专业化、育繁推销一体化、经营企业化、管理规范化、用种商品化。

二、继续改善生态条件，按照可持续发展的原则，营造绿色生产过程，提供绿色食品，构建绿色环境；大力发展有机型基质蔬菜栽培，研制有机质肥料和低毒高效农药，以此来生产绿色蔬菜和无公害蔬菜；运用良种技术、生物技术、装备技术和信息技术，生产更多的质优品佳蔬菜，并利用现有生态环境较好的蔬菜园艺场，逐步扩大建成10万亩出口蔬菜基地。

三、全面实施标准化建设，制定和出台标准化法规规章，建立相关专业监测与认证机构，进一步完善蔬菜质量快速检测手段和体系，逐步推进商标品牌、产地标识、安全产品标识制度。

四、进一步提高组织化程度，建立健全各类龙头企业，扶持各种农民营销组织和经纪人队伍，壮大30个左右日均配送量10吨以上的配送中心；加快信息网络建设，完善产销信息发布制度。

五、努力提高加工增值水平，吸引跨国公司、国际财团来投资加工企业，发展具有高新技术的包装、保险、贮运、深加工等项目，实现产品升级换代、增值增效；大力发展电子商务现代营销，不断拓展新的市场。

六、不断提高蔬菜产业外向度，与现代农业园区建设相结合，高标准地建设起一批出口蔬菜基地，扩大蔬菜出口，到 2005 年，出口蔬菜基地发展到 20 万亩，出口量达 30 万吨。

（载 2000 年 11 月 23 日《解放日报》九版经济新闻右头条）

推进上海城乡一体化

实行以镇管村新体制

市郊十乡首批撤乡建镇

本报讯(记者　朱民权)经上海市人民政府批准,上海县的颛桥、嘉定县的娄塘、宝山县的杨行、川沙县的北蔡、南汇县的下沙、奉贤县的奉城、松江县的佘山、金山县的吕巷、青浦县的金泽、崇明县的新河共十个乡,已被列入首批撤乡建镇的试点单位。这些试点单位可望在今年上半年完成撤乡建镇的任务,实行"以镇管村"的新体制。

实行撤乡建镇、"以镇管村"的体制,是继农村政社分设建立乡政府后的又一项重大体制改革。撤乡建镇后,户口性质不变,单位的所有制性质不变,职工的福利待遇不变,国家对原来乡村企业的税收政策不变。

(载 1986 年 6 月 8 日《解放日报》一版)

依法建制　以制治村

闵行获全国村民自治模范区称号

全面实现民主选举、民主决策、民主管理、民主监督

本报讯(记者　朱民权)荣获全国村民自治模范区称号的闵行区,依法建制,以制治村,全区的村级组织在农村两个文明建设中发挥了重要作用,全区社会稳定。

闵行区区镇两级政府建立了专门领导机构,每年举办村委主任培训班,及时总结交流经验,使村民自治示范村由点到面,逐步扩展,现在全区185个村中已有81%的村成为村民自治示范村。

闵行区注重抓住民主选举、民主决策、民主管理、民主监督等环节,使村民自治示范活动走上制度化、规范化的轨道,提高村民自治水平。近几年,这个区本着公开、择优的原则,组织村民依法民主选举村委会,使村委会干部的选举既合法,又符合村民意愿。同时,这个区还普遍建立了村民代表议事制度,让村民代表参与村务决策,群众高兴地称赞村民代表议事制度是村级人代会。为了使村民行使民主管理和民主监督的权利,这个区还制定《村民自治章程》,把民主管理落实到各项村务管理中,村民的主人翁地位也得到显著提高。

(载1996年6月17日《解放日报》三版综合新闻)

市郊改革传统农村经济模式

三分之二乡镇建立集体资产管理机构

本报讯(记者　朱民权)改革传统的农村集体资产管理模式,建立乡镇集体资产管理新体制,已经成为郊区深化农村改革的一项重要内容。目前,沪郊约有三分之二的乡镇建立了集体资产管理组织,从体制上确保集体资产的保值增值。

近年来,沪郊农村所有制结构发生了重大变化,为了防止农村集体资产流失,确保集体资产保值增值,本市从去年年初起,在郊区全面开展清产核资,摸清集体资产家底的基础上,加快了改革和完善集体资产管理体制的步伐。市有关部门通过嘉定、闵行、宝山、青浦等区县的试点工作,推广了乡镇建立集体资产经营公司的做法,使之成为加强农村集体资产经营和管理的新的组织形式。各县区还积极探索恢复社区农民代表会议和理事会制度,以保障农民对集体资产行使监督权和决策权。

转变资产管理方式,提高资产经营效益,确保集体资产保值增值,巩固和发展农村集体经济,已成为市郊农村集体资产管理机构的共同目标。

闵行区各个镇的集体资产经营公司,对集体资产管理实行从实物形态管理向价值形态管理转变、从静态管理向动态管理转变、从行政管理向主体管理转变,探索出了资产管理的一条新路。嘉定区的集体资产经营组织,以直接管理经营和委托经营等办法,努力搞好资产经营,从而提高了集体资产的增值率,去年全区的集体资产增值率达 14.3%。

(载 1998 年 9 月 23 日《解放日报》五版经济新闻右头条)

国务院批准撤销闵行区上海县

上海设立新的闵行区

本报讯（记者　朱民权　周继红）上海市体制改革又有大动作。经国务院批准，本市撤销闵行区、上海县，设立新的闵行区。昨天，市委、市政府在马桥乡召开新的闵行区干部大会，部署“撤二建一”工作。

这次闵行区和上海县的“撤二建一”，是在新的形势下，本市理顺城乡管理体制的继续，是本市在城乡一体化、加快区域经济发展方面迈出的又一大步。市委副书记陈铁迪在会上指出，“撤二建一”是为了实施市委、市政府正在研究制定的九十年代上海国民经济和社会发展的总体目标，朝着“两级政府、两级管理、调动两个积极性”的改革方向，逐步形成城市中心区、郊区和县三个管理层次。她认为，通过这次调整，可以从体制上解决这一地区的区划矛盾，有利于加强新区的统一规划、统一开发、统一管理，使区、县优势得到互补，加快经济建设的步伐；同时也可以使本市的行政区划进一步趋向合理，有利于我市总体规划和经济发展战略的顺利实施。

陈铁迪在会上要求新区的各级干部要讲大局、讲党性，加强团结，坚持“两手抓”，一手抓好今年各项任务的落实，一手抓好对撤建工作的领导，在撤建工作中做到思想不乱、工作不断、作风不散。她还要求新区的工作从一开始就要有一个比较高的起点，要认真处理好眼前与长远的关系，兼顾地区、农村工作的不同起点，集中全区人民的智慧，加快改革开放的步伐，促使闵行地区的经济和社会发展尽快迈上一个新台阶。

新上任的中共闵行区委书记包信宝昨天代表新区区委和全区人民表示，坚决拥护国务院的决定。他说，区、县合并后，新的闵行区有了更多的优势，加快发展有了更优越的条件。他要求新区广大干部在“撤二建一”工作中积极、稳妥地开展各项工作，使新区机构尽快吻合、衔接、运转。

市委组织部部长罗世谦宣布了中共闵行区委常委领导班子名单。黄富荣、罗云芳、黄玉凤三人任闵行区委副书记，6 名常委是：凌志俭、郭祖光、谢克明、朱才根、罗廷尧、乔正余。

上海市副市长庄晓天主持了昨天的干部大会，并宣读了国务院的批复。市人大常委会副主任胡传治、市政协副主席吴增亮等有关领导出席了大会。

（载 1992 年 11 月 5 日《解放日报》一版头条）

“城乡一体化”和“两个立足点”深入人心

上海郊区农副工三业持续协调发展

1986年工农业总产值达177亿元，同比增15.2%

本报讯（记者　朱民权　臧利春）大地回春时节，上海郊区农村传来喜讯。去年，粮食总产量达到了二百三十六万八千吨，比上年增长百分之十。上市鸡、鸭、鹅二千八百多万只（含出口部分），增长幅度高达百分之五十五。年产鲜牛奶十五万多吨，日供鲜奶一百二十万瓶。猪肉、蔬菜、淡水鱼充盈市场。郊区工业产值达一百零六亿元，首次突破百亿元大关。去年，郊区工农业总产值总计达一百七十七亿四千万元，比上年增长百分之十五点二，超过历史上的任何一年。郊区的同志认为，出现这些令人欣喜的景象，是市委、市政府提出的“城乡一体化”“两个立足点”和农副工“三业协调发展”的方针深入人心的结果。

去年初，市委、市政府领导在深入郊区农村调查研究的基础上，针对郊区农村经济全面发展后部分地区出现的忽视粮食生产的情况，提出了“城乡一体化”“两个立足点”“三业协调发展”的正确指导方针，相应制定了一系列政策措施。为加强对农业的领导，市农村党委和市农委专门举办了县委书记学习班，通过学习，大家进一步认识到在新形势下重视农业、抓好粮食生产的重要性。去年，各县调整种植业结构，扩大了二十万亩粮田，还增加了对农业的资金和物资投入。一九八六年，郊区十个县的地方财政用于农业的投资总额达六千九百万元，比上年增加了百分之五十三。各乡、镇、村还提取了一亿多元的“以工补农”资金，用于农田水利基本建设、发展农业机械和强化、健全农村商品经济服务体系。据统计，去年冬春，郊区十个县整修、扩建农田水利工程的总土方达二千二百多万立方米，比前一年增加了百分之六十二，为农业丰收打下了良好的基础。

为进一步推动郊区农村经济的发展，去年上半年，市政府相应颁布了促进猪、禽、蛋生产和扶持郊区发展经济的优惠政策。上海、川沙、嘉定、崇明等县还采取“局乡挂钩”“富队帮穷队”“干部定点扶贫”等措施，使郊区一些经济薄弱的乡、村逐步摆脱了贫困,走上了富裕之路。青浦、奉贤、金山、松江、南汇、宝山等县还利用本地资源,大力开发优质米、蘑菇、水果、对虾、蔬菜等创汇农业,在国际市场上赢得了声誉。

去年,郊区农村经济发展的另一个新特点,是在市委、市政府"城乡一体化"战略思想的指导下,出现了"以城带乡、以乡促城"的新气象。市工交系统各局通过产品扩散、零部件加工和工艺性协作等形式,在郊区乡(镇)、村中布设了八百六十多个生产点,把一批乡(镇)、村办企业变成了城市大工业的重要组成部分;市科委、科协决定在"七五"期间每年拨出三百万元资金支持郊区逐步实现"星火计划",他们还组织了相应的"智囊团"下乡,为农民和乡(镇)、村办企业提供技术示范和咨询服务;市教育部门从市区机关、学校抽调一批干部、老师下乡任教和培训教师,加强了郊区的基础教育。到目前为止,郊区总共有四十五万青壮年在各类文化、技术学校接受了文化和技术培训。新的技术和新的信息,使农村青年农民的思想观念发生了很大变化,从而给农村经济的振兴带来了活力。

(载 1987 年 2 月 6 日《解放日报》一版)

市郊"八五"高起点高标准发展

城市化建设创三个之最

本报讯(记者　朱民权)记者昨天从市农委获悉:"八五"期间,郊区广大干部群众高起点、高标准地加快农村城市化建设,开创了三个历史之最,即:经济增长幅度最高、农村面貌变化最大、人民生活提高最快。

"八五"期间,历届市委、市政府领导每年都几次亲自带队深入市郊农村调查研究,逐县(区)明确功能定位,指导郊区干部解放思想,拓展思路,发展农村经济。郊区大力加强"米袋子"和"菜篮子"建设,加大产业结构、产业布局调整的力度,农村经济连续5年实现快速发展,创造了历史最高的经济增长速度。与此同时,郊区农业科技贡献率则由"七五"末的40.3%提高到45%左右,高于全国平均水平。

市郊各级大抓以路、桥为重点,水电、通讯设施相配套的基础设施建设,加快农村城市化进程。5年中郊区累计投入资金80亿元,相继建成了青浦318国道、南汇沪南公路及其延伸段、金山申通车客渡码头,奉浦大桥等重大路、桥工程,初步形成了由国道、高速公路、干线公路组成的主干道路框架。5年多来,郊区还投入资金50亿元,建成35千伏以上变电站200多座;至1995年底,郊区集镇建成面积约200平方公里,城市化人口达到35%左右。

农村经济的连续快速发展,使"八五"期间成为郊区农民生活水平提高最快的时期,贫困村已下降到村级总数10%以下。1994年,郊区在全国率先全面完成农村改水工作,农民基本实现吃用井水和自来水,郊区43%的农户已用上了煤气或液化气。

郊区农村经济连续5年实现快速发展

项目	1995年完成数	比1990年	年均增长
国内生产总值	650亿元	增137%	18.86%

续　表

项目	1995 年完成数	比 1990 年	年均增长
工业利润	72 亿元		22%
电力	新增装机容量 500 万千瓦	增 1 倍	
道路	新增 1000 多公里		
电话总用户	超过 40 万门	增 4 倍	
住宅电话用户	超过 30 万门	增 10 倍	
农民人均纯收入	4000 元		3.6%

（载 1996 年 1 月 24 日《解放日报》二版要闻头条）

城市和乡镇企业联营加速发展

上海呈现城乡工业一体化发展格局

今年城乡工业联合体产值逾70亿元，出口拨交额近19亿元

本报讯（记者　朱民权）运行于不同轨道上的上海城市工业与市郊乡镇工业，正在更为广泛和深刻的程度上呈现出城乡工业一体化的崭新格局。据统计，今年1至11月，各种城乡工业联合体的产值达70多亿元，市郊外贸出口拨交额接近19亿元，前者占郊区乡村工业总产值的70%左右，后者占10%左右。

另据市政府有关部门透露，现在，全市工业产值每增长1%，必须以市郊乡镇工业增长4%的产值给予配套。

以城市大工业辐射为特征的城乡工业一体化，是城乡经济体制改革的产物。近几年来，郊区农村在实行联产承包责任制后，出现了大量剩余劳动力，同时还拥有一定的资金积累和丰富的土地资源，它为接受城市大工业的扩散提供了优越条件。

市委和市政府提出“城乡一体化”的战略方针以后，市区的工业、外贸、大专院校和科研单位，纷纷将工业产品和科学技术向郊区扩散，使多层次、多形式的工农、工贸联营企业迅速发展。目前，郊区的各种联营企业已有1100家，拥有职工24万名，今年11个月中，联营企业创造产值38.5亿元，占郊区乡村企业总产值的36.7%。

城乡工业一体化，使郊区乡村工业扩大了与大工业协作配套的生产规模，并形成了一批城乡联合的企业集团。现在，郊区已建立起以大工业为“龙头”的机械、纺织、化工、胶木电器等30多种配套生产工业体系，同时还涌现了汽车、自行车、照明、旅游鞋等一批企业集团。乡村工业今年为大工业协作配套生产的产品产值可达40亿元左右。素以“胶木之乡”著称的崇明县，近年来发展了60多家胶木产品加工企业，产品的年产量占全国总产量的一半以上。宝山区加入永久、凤凰自行车企业集团的14家协作生产厂，每年向两个企业集团提供可安装600

万辆自行车的配套件，增加 1 亿多元产值。

城乡工业一体化的发展，加速了郊区出口商品基地建设，成为本市出口商品的重要资源基地。近年来，本市丝绸服装、文体用品、五金矿产等 16 家外贸公司和市区的出口生产企业，以农贸联营、产销挂钩等多种形式，在郊区发展了 650 多家生产出口产品的专业工厂，并形成了一批重点出口商品生产企业。如川沙县的 12 家丝绸服装厂，每年生产的出口绣衣和丝绸时装，占到上海出口量的一半左右。

（载 1988 年 12 月 19 日《解放日报》一版）

划出8平方公里区域　筹资6000万夯实基础

松江九亭创建大工业扩散基地

机床总公司新基地率先投建，12个中外合资项目首批落户

本报讯（记者　朱民权）如今，地处近郊的松江九亭地区，正成为本市大工业调整转移和外商投资的一方热土。上海机床总公司以4000万元的投资，率先在这个区内建立新基地。

去年以来，松江县政府就开始筹划在九亭、泗泾等沪松公路沿线建设几个大工业扩散基地，决定利用九亭镇与机场、地铁、高速公路相近的区位优势，划出8平方公里土地，创建一个以先进技术型、出口创汇型为主的现代化、综合型发展区。

区内形成了分设出口加工区、“中中外”企业区和商业区的板块结构。在首期工程开发建设中，管委会筹集6000多万元资金，用于建设一流的基础设施，在区内建成6条纵横交叉的主干道路，变电站、自来水厂、程控电话等配套设施也已一应俱全。近一年来，市区的一批批大企业，日本等国家和台湾、香港等地区的客商纷纷到九亭洽谈投资办厂或参与成片开发。目前已有12个中外合资合作项目在区内落户，已有意向和正在洽谈中的项目达20多个。

（载1994年12月3日《解放日报》一版）

以高起点规划为先导　创一流综合开发设施

闵行全面进军莘庄市级工业区

占地13.65平方公里，建三横两竖主干道，率先创建ISO14000国家示范区

本报讯（记者　朱民权）市级工业区的后起之秀——上海莘庄工业区，高起点吸收外资，大规模引进高、新、大项目。如今，国际上知名的美国英特尔、日本大金、泰国正大等大公司已相继在这里投资建厂，安营扎寨。

以高起点的规划为先导，创造一流的综合开发条件，是莘庄工业区增强对外吸引力的关键所在。莘庄工业区依傍沪闵公路，占地13.65平方公里，其开发建设之初，区政府领导就会同专家对工业区的总体布局、设施建设和产业发展进行全面规划和功能定位，形成工业、商业以及市政、绿化建设的规划框架并按高起点规划兴建一流水准的基础设施。目前，区域内三横两竖、宽达45米的主干道，使工业区与320国道连成一体；专门架设的一座22万伏变电站和4座3.5万伏变电站，为工业区企业的生产备足了电力；自来水、程控电话等设施一应俱全，用于生产与生活的煤气也可满足需求，这在市级工业区是不多见的。

闵行区政府积极发挥政府的职能服务作用，加快莘庄工业区的各项建设。区委、区政府除有2名区领导直接分管工业区的开发建设外，还提倡领导亲自抓大项目的招商引资工作。一年前大霸电子公司来闵行区寻觅合作伙伴时，区委书记、区长黄富荣先后与其洽谈五六次之多，使外商坚定了投资决心。现在这个合作项目已进入建设阶段。大霸电子公司还发挥"样板效应"，为工业区引来了两家分别投入1000多万元的外资企业。

闵行区建立并健全招商引资法规，对莘庄工业区实行政策扶持。最近，区政府进一步作出决定，对工业区范围内的土地批租金收入、土地有偿使用费等5个方面实行倾斜政策，使工业区增强活力。同时制定各种鼓励措施引导各镇和街道参与工业区的开发建设。如今，一些镇、村在工业区的开发项目已有30多个，

形成了区、镇、村全面进军市级工业区的开发局面。今年8月底，莘庄工业区招商成功的项目已有52个，协议吸收外资达2.2亿多美元，其中项目投资在500万至3000万美元之间的外资项目有16个，年产值可望破50亿元。

（载1995年9月2日《解放日报》一版）

本报讯（记者 朱民权）创建ISO14000国家示范区活动，最近在闵行区的莘庄工业区正式启动。这个在9大市级工业区中的独创之举，标志着本市开发区、工业区建立ISO14000环境管理体系进入起步阶段，也意味着莘庄工业区走上了与国际接轨、争取国际绿色通行证，营造环境招商新优势的一条新路。

莘庄工业区从建区之日起，就高度重视环境保护，在市级工业区中率先完成区域环保规划。同时严格控制污染项目，实行工业污染物排放总量控制和污染集中控制，实现了环境噪声达标和大气污染排放达标。区内还实施集中供气，建设了与环境保护相关的城市基础设施和大批绿地，使工业区具有一流的环境硬件和环境优势，增强了对外商的吸引力，目前已引进外资企业148家，吸引外资8亿多美元，其中世界500强企业有14家，初步形成以电子、通信、生物工程等为主体的高新技术、无污染的产业群体。

莘庄工业区按照国际标准化组织制定的ISO14000环境管理标准，在区域内开展创建ISO14000国家示范区活动，着手建立一套程序化、标准化、科学化的环境管理体系，使工业区尽快取得“绿色护照”，确保出口产品畅通无阻地走向国际市场。

（载2000年7月18日《解放日报》三版经济新闻）

闵行营建申城西南经济中心

高新技术产业成群，商业房地产业兴旺，城市化环境已形成

本报讯（记者　朱民权）紧紧围绕把闵行区建成上海西南地区经济中心的战略目标，组织全区上下齐心合力发展经济，全方位开展城市建设，"撤二建一"后的闵行区实现了国民经济连续两年快速发展，城市建设硕果累累。去年这个区的国内生产总值达54亿元，实现了两年翻一番。近两年新崛起的一个个工业园区，一批批住宅群、大型商场和新建成的一条条宽敞的道路，使闵行区的城镇面貌焕然一新。

近两年来，闵行区坚持把建设现代化工业卫星城放在首要位置来抓，并形成了调整投资主体，以发展三资企业为突破口，带动全区经济发展的新思路。经过两年来的广泛招商引资，这个区去年已到位的外资达5亿多美元，已建成的三资企业有353家，全区建立起了电子、通讯、光纤光缆、精细化工等一批高新技术产业群，大幅度提高了技术密集型产品的比重。去年全区三资企业实现产值45亿元，占全区工业总产值四分之一多。全区的外贸拨交额也从两年前的12.3亿元上升到34亿元。在此同时，这个区还大力调整工业布局和产品结构，全区开辟了两批工业园区，产生了良好的集聚效应。闵行区在调整工业产品结构时，还对铜加工、包装材料、日用化工、系列食品等具有优势的传统产业，加大技术投入，扩大生产规模，去年涌现出10家产值超亿元的大型骨干企业。

作为实施经济发展战略重要环节的商业、房地产业在闵行区也欣欣向荣。近两年来，区、镇两级政府投入大量资金，在闵行、梅陇、七宝等人口集中地区，新建成了10万平方米相当于6个市百一店面积的兰坪商厦、南方商城、七宝商城等三个高档次的商业城区。一个现代化大型商贸中心——上海莘城，今年也在莘庄地区启动建设。这个区还利用地理优势，作出了在全区建设25个住宅小区的规划。近两年中已有5个设施配套的住宅小区相继建成，近两年建成交付使

用的商品住宅达500多万平方米，使全区成为接纳中心城动迁户的大基地。近几年，这个区的镇属商业、旅游服务业等第三产业也蓬勃发展。去年第三产业增加值占国民生产总值的39％，全区经济走上了二、三产业双向拉动的发展道路。

一手抓经济建设，一手抓城市建设，闵行区营造出了一个崭新的城市化环境。近两年，闵行区坚持经济建设与城市建设并重发展的方针，先后投资8亿多元资金，全面展开以道路为重点的市政、基础设施建设。两年中已完成了20多公里区内骨干道路的扩建任务；地铁一号线延伸、漕宝路、吴建路扩建等工程也相继开工；闵行、莘庄两个水厂已搞好扩建并投入使用；22万伏变电站和9座3.5万伏变电站也相继开工或建成；上焦5线煤气工程已南北贯通，全区气化率达90％以上；全区通讯实现了程控化。城市建设跃上新水平，为闵行区实现建成上海西南地区经济中心的发展战略目标奠定了良好基础。

（载1995年2月2日《解放日报》一版头条）

完善投资环境　形成优势企业　积极内联外引

奉贤打造沪南工业新基地

先后建立20多个产业相对集中的工业小区

本报讯（记者　朱民权　朱桂林　朱瑞华）奉贤县顺应市区大工业调整结构的潮流，加大力度完善投资环境，敞开大门接受内外辐射，正迅速崛起为上海南端的一块工业新基地。

进入九十年代以来，为全方位接受市区大工业的扩散和辐射，奉贤县委、县政府针对远离市区、交通不便等薄弱环节，先后多方筹资6亿多元，加快建设奉浦大桥、亭大公路等路、桥工程。同时，相应完善了供电、供水等基础设施，并率先在市郊实现电话程控化。奉贤县还依据市工业扩散的总体规划和全县现有产业布局的特点，先后建立起了20多个产业相对集中的工业小区。日益优化的投资环境，吸引了兰生集团、市文体、针织、服装、化工等进出口公司和汽车、钢铁等100多家大中型企业前来投资合作办厂。

实现自我膨胀，形成优势企业，以自己的魅力“内联外引”，是奉贤县建设南上海工业新基地的一项重要举措。去年产值、利润名列全市校办工业第一、全国第二的柘中实业总公司，是县内一家上规模生产电控设备的优势企业。2年来，有9家市内外企业投入“柘中”的怀抱。全县相继形成“城乡”“广电”“凯托”“古华”“伊利达”等10多家集团型优势企业，形成了电控电站设备、冷暖空调设备、新型建材等6大骨干产业。

去年，这个县推出了一批乡村企业，以资产转让和出让股权的形式，吸引市区大中型企业“嫁接”或联手共建，有12家具有一定规模的乡村企业被市区大中型企业和外贸公司相中，为双方共同发展带来了良好契机。去年，头桥镇决定将投资大、效益差的冠达针织内衣厂产权转让的消息披露后，使正在寻找置换基地的上海大华纺织装饰用品厂如获至宝，双方一拍即合。大华厂在较短时间内开辟了新的生产基地，2年内预计可创产值1.5亿元。头桥镇通过转让冠达厂产权，盘活了1600万元存量资产，并得到了良好的辐射效应。最近，县政府在总结资产置换这个新经验的基础上，又郑重推出100家乡村企业，实施资产置换，以开创新一轮城乡工业合作的新局面。

（载1995年5月19日《解放日报》一版右头条）

金山县用规划展示港口石化产业优势

招商引资与吸纳市区大工业扩散并举

已有369家三资企业落户,14家年产值超亿元

本报讯(记者　朱民权)运用规划展示开展大规模招商引资的新方略,使金山县打开了今年招商引资的新局面。昨天,日本、韩国、印尼等10多个国家的驻沪领事、国外商社和跨国公司的外商共400多人,兴致勃勃地参加了金山县政府举办的规划展示活动,并于当天签署了10多个合资、合作项目合同。市长徐匡迪、副市长赵启正、孟建柱等昨天察看了正在展示的金山县发展规划。

近几年,金山县政府充分发挥港口优势和产业优势,积极开展招商引资工作,到目前为止,已有369家三资企业落户金山,协议吸收外资3.3亿美元,其中有上海油脂化工、中轻石油钢管以及金兴陶瓷等14家年产值超亿元或年创税超千万元的合资、合作大项目。金山县外贸拨交额连续两年以60%的速度快速增长。

为了加大招商引资力度,金山县政府今年还确定了招外商与吸引市区大工业扩散并举、招商与引导外商增资并举、招工业项目与一产、三产项目并举的招商引资新措施。今年头三个月,全县立项和批准的三资企业项目有30多个。

(载1995年4月25日《解放日报》一版)

经国务院批准，总面积 1.98 平方公里

上海松江出口加工区封关运行

本报讯（记者　朱民权　通讯员　吴纪盛）昨天下午，上海松江出口加工区正式封关运行。建立出口加工区是上海改革开放的一件新鲜事，标志着上海地区加工贸易的发展进入新的阶段，对上海优化出口商品结构，促进外贸增长，实施"引进来、走出去"并举的开放战略，具有重大意义。国家海关总署副署长赵光华等出席昨天的验收及颁证大会。

设在松江工业区内的上海松江出口加工区，是国务院批准的首批 15 个出口加工区试点单位之一，总面积 1.98 平方公里。市委、市政府十分重视出口加工区建设，成立了以市委常委、副市长蒋以任为组长的筹建领导小组，制定了《上海松江出口加工区管理暂行办法》。松江区也投入 4.9 亿元，按时完成了封关工程。如今，绿色的隔离网把出口加工区围得严严实实，该区实行人、货分流，设立两道关卡。工作人员介绍，进关集装箱经过智能化通道时，能自动、正确地采集集装箱编码图像、车牌图像，自动实施远程货物的报关单、舱单等数据与现场采集到的数据进行核对，整个通关过程不超过 15 分钟。昨天上午，由国家有关部门组成的联合验收小组认为，上海松江出口加工区具备了正式运行的条件。

设立出口加工区，是完善加工贸易管理的一项新尝试，为上海投资环境的改善和外向型经济的发展注入了新的活力。上海松江出口加工区在筹建的短短半年中，已吸引外资项目 25 个，总投资 16.55 亿美元。据测算，至"十五"期末，这个出口加工区每年将形成 150 亿美元的生产能力，出口创汇 120 亿美元。

（载 2000 年 11 月 9 日《解放日报》一版头条）

以建设科技城发展高新产业为强区之本

院所加盟嘉定区国家级高科技园区

377 家企业入驻形成产业群，引进项目 151 个、达 5 亿多美元

本报讯（记者　朱民权）嘉定区以做大科技板块为突破口，推进招商引资，取得突破性进展，今年 1 到 10 月全区引进外资项目 151 个，吸引外资 5 亿多美元，比去年同期增长 2 倍以上。昨天，该区政府与市科委、中科院上海分院、复旦大学复华集团联合举办的嘉定区国家级高科技园区招商说明会又传出喜讯，当场签约外资项目 12 个，总投资 2. 2 亿美元；内资项目 12 个，总投资 3. 3 亿元。蒋以任副市长和全国人大常委会委员严义埙出席招商说明会，称赞嘉定区与科研部门联合招商引资是一大创新。

嘉定区以建设科技城为目标，把引进高新技术项目、发展高新技术产业作为强区之本。近年来，积极利用区域内科研单位多、科技力量强等优势，加强与科研院所的合作，逐步形成地方经济和科研院所共同发展的双赢模式。他们还与复旦大学、中科院上海分院等单位联手，开发建设嘉定、复华、中科 3 个高科技园区，从而增强了集聚效应。到目前为止，有 377 家企业入驻这些高科技园区，初步形成了光机电、信息技术、新材料、生物制药等高新技术企业群体。据预测，到“十五”期末，全区高新技术产业的产值将占到全区工业总产值 20％以上。

积极宣传自身现有和潜在的优势，采取多种形式向投资者提供产业发展信息和商机行情，以增强对投资者的吸引力，嘉定区这一“攻心为上”的招商引资策略，吸引国内外客商纷至沓来。近年来，这个区利用“上海大众”地处当地安亭的优势，把发展汽车产业作为招商引资的重中之重，外出招商时，大力向国内外客商宣传优势和潜在的商机，并提供行情信息，使许多客商怦然心动。如今，已有科世达高阳、德尔福派克电器等 145 家汽车零配件企业前来落户。为引进美国光联有限公司来此建设光电子生产基地，区领导亲自上门到该公司总部，宣传良好的投资环境，告诉外方本土还有一家光机所科研单位，外方见嘉定优势足，又

有科研单位作后盾，当即决定投资1600万美元。

嘉定区还积极营造良好的创业环境，扶持高新技术产业发展，使各地客商纷纷追加投资。今年以来，先锋、灿坤、富士通等外资企业都追加投资5000万美元以上，富士通、ABS、小车灯等企业增资建立了技术研发中心。昨天，嘉定区政府又推出增加科技发展基金的基数，支持各类科技型企业发展；对高新技术成果转化、孵化项目的中试用房，实行3年内零租金；对设立技术开发机构的企业，给予一次性资助，并在用地、购置生产用房等方面提供优惠条件等16条意见，产生了新的吸引力。

（载2000年11月29日《解放日报》一版右头条）

向南方各省市车流物流敞开大门

大型现代化南方商城兴建招商

占地二百多亩，设置三千摊店楼宇，集商品交易、停车场为一体

本报讯（记者　朱民权）一座既可供外地来沪车辆停放，又集商品交易和吃、住、行、娱乐为一体的现代化多功能商城——上海南方商城，昨天开始招商，共有108个单位向商城招商部提出了进城经商要求。据悉，在此之前，已有广东、浙江等省的200多家客商前来洽谈，200多家外地驻沪机构要求在商城安营扎寨。

据介绍，长期困扰本市西南地区交通的宜山路停车场搬迁之后，为本市敞开南大门，吸纳来自南方数省的车流、人流、物流创造了条件。上海县和市公安局几经磋商，最终决定由华东汽车服务总公司、市公安局宜山路停车场和梅陇乡工业公司三方合作，在锦江乐园西侧、莘松高速公路入口处的黄金地段，辟出210亩土地建造商城，总投资额为一点六亿元。商城内建有两千个摊位的现代化商场、由80个营业门店组成的特色食街，以及能容纳八百辆车位的停车场，同时还将建造一幢20层楼的宾馆、两幢中低档旅馆、一幢商务中心和商住两用楼宇。上海县还制定了9条优惠政策，包括对进入商城经营的企业和个体工商户实行免征流转税、所得税两年，市场管理费从优收取，贷款从优安排，营业房和设备租金从优收费等。

（载1992年8月20日《解放日报》一版）

市郊各级政府引导农民按规划建住宅

百万农户迁入新居　人均住房逾30平方米

本报讯（记者　朱民权）农村经济的发展加快了上海郊区村镇建设的步伐。1979年以来，郊区建造的农民住宅总面积达1.2亿平方米，超过前30年建房面积总和。10年中郊区有102万户农民迁入新居，人均居住面积达32.7平方米。

面对迅速发展的村镇建设，郊区的县、乡两级政府，都注意抓好村镇建设规划，初步改变了村镇建设中的放任自流状况。从1982年起，郊区就全面开展了村镇规划工作。现在，207个乡镇都有了一套集镇和村庄建设方案，许多乡村积极引导农民按规划进行建设，按设计图纸进行施工。全郊区的8.2万多个分散的自然村，正在按规划合并为4.5万多个新村镇。据有关部门介绍，这个规划全部实施后，可以节约耕地3.4万亩。为了使农民住宅向多样化发展，市建委于前年就委托设计部门编制了20套农民住宅通用设计图纸，供农民选用。上海、奉贤、青浦等县还采用以点带面的办法，建造了一批样板房，使农民住宅改变了单调呆板的局面，形成了多样化的建筑形式。

村镇建设的蓬勃发展，改善了农村的文化生活，美化了农村环境。10多年来，郊区新建的公共建筑面积达1300多万平方米，许多村镇投入大量资金，新建了电影院、文化馆等文化娱乐设施。现在，郊区的电影院已从1979年的近20家增加到118家，许多农村电影院的结构、设施都可与市区影院媲美。10多年来，郊区还新建了1.2万多公里乡村道路，既解决了农村的“行路难”，又沟通了城乡交往，促进了农村经济繁荣发展。上海从50年代初建设曹杨新村起，新的住宅建筑群体不断拔地而起。40年来，全市用于住宅建设的投资达126.46亿元，已建成住宅5790万平方米，相当于1949年全市住宅建筑面积的2.5倍。

（载1989年10月3日《解放日报》一版头条）

旧城镇换新颜　新城镇在兴起

市郊大地广建“都市”

城区扩至100多平方公里，城镇人口达100万

本报讯（记者　朱民权）随着城乡一体化战略的实施，一座座规划起点高，综合功能全的新城镇正在市郊兴起，一个个旧时的小城镇，旧貌换了新颜。据统计，郊区目前已拥有200多个小城镇，城区面积已由45年前的20平方公里扩展到100多平方公里，城镇人口达100万人。

发展小城镇，走向城市化，是郊区实现农村城市化的一个战略目标。近几年来，郊区各县、乡（镇）投入70多亿元资金，大规模地开展基础设施建设，提高小城镇的综合功能，吸纳农民进城落户，推动农村经济发展。

以乡镇企业合理集聚，带动郊区小城镇发展，是郊区小城镇建设的新特点。近几年，郊区一些乡镇抓住乡镇企业逐步由分散布局向团地式、园区式开发建设的契机，把新开辟的196个乡级工业小区的建设和小城镇的建设紧密结合起来，小城镇规模在近三年中扩展了35平方公里。

运用典型引路，推进小城镇建设，是郊区各县（区）普遍采用的方法。市农委先后推广了奉贤县洪庙镇、松江县小昆山镇等一批小城镇建设的典型经验，推进了郊区小城镇发展。

（载1994年10月27日《解放日报》二版要闻头条）

奉贤县江海乡集资建设住宅小区

4500多户农民进镇落户

老一辈留恋的田园生活被新一代农民改写

本报讯（记者　朱民权）老一辈农民留恋的“桃花源”生活方式，如今已被奉贤县江海乡新一代年轻农民改写。近6年中，这个乡的年轻农民纷纷举家到乡里统一规划建设的江海住宅小区落户，像城里人一样住进了煤卫设施齐全的新住宅。目前已有26.23％的农民户“进城镇”落户，其中年轻农民户占到90％以上，大多是从事二、三产业的乡镇企业职工、干部，以及个体经营者。

江海乡年轻农民能够进镇落户，这是江海乡政府坚持以规划为先导，集资建设江海住宅小区带来的结果。1987年以来，这个乡依托紧靠县城的优势，把建设江海住宅小区作为加快农村城市化进程的一项战略措施。乡政府立足高起点，制定了江海住宅小区的建设规划，由乡人代会讨论通过，使规划列入法制化轨道，有效保证了实施规划的连续性。6年来，乡里的乡长、书记调过三任，但集资建设江海小区的规划依然实施。6年中，全乡已集资1.5亿多元，小区建筑面积从开始时的13.7公顷扩展到35公顷，已有4580多户本乡与外乡农民落户江海住宅小区。如今，这个住宅小区与南桥镇浑然一体，商业、教育和文化娱乐设施一应俱全，去年被县政府命名为“优美的江海小区”。

（载1994年7月14日《解放日报》二版要闻）

设施建设城市化　镇村企业小区化　农民住宅新村化

虹桥镇农民实现都市梦

全镇90%以上劳动力进入二三产业就业

本报讯（记者　朱民权）世世代代居住在炊烟相望、鸡犬相闻的老村宅里的400户虹桥镇农民，这几天喜气洋洋搬进了绿树成荫、道路洁净的农民住宅区，这样，虹桥镇里已有近半数农户住进了镇政府统一规划建设的农民新家园。“农民变居民”，实现了几代人难圆的都市梦。这是虹桥镇在向农村城市化迈进中实现的一次大跨跃。

虹桥镇近年来抓住上海老城区向近郊拓展的契机，高起点对未来的城镇形态、产业布局、生活区域和各项配套设施建设等城市化建设内容进行统一规划、统一建设。他们一步一个脚印地进行了农民生活区、工业小区和社区设施建设，短短几年时间，就完成全镇生活、生产用电线路工程；开通了3万门程控电话；实现了全镇煤气化；新建了一流的托儿所、幼儿园；一些过去只有城市拥有的大商场及游泳池、保龄球馆等，如今也已在虹桥悄然兴起。

虹桥镇还把推进镇村企业小区化、农民住宅新村化，作为把农村引向现代化和城市化的“桥梁”。前几年，这个镇在房地产开发热到来之时，努力做活土地开发利用这篇文章，将全镇土地按照规划，科学地进行功能定位。在虹桥镇旁建起了一座工业城，在10个村里开辟了10个工业区域，以构成集聚优势。如今，镇村企业已逐步向工业区域集中，全镇已投产和试产的105家三资企业，大都落户在工业区内，一个小区性工业经济中心已经形成，全镇90%以上的劳动力已进入二、三产业。为从根本上改善乡村面貌和农民居住环境，镇政府还在镇区内规划建造上虹新村、红春公寓等15个面积达60万平方米的住宅区，到2000年，全镇农民将全部告别自然村庄，住进农民住宅区。

（载1996年11月23日《解放日报》一版）

城镇园林化　居住公寓化　产业园区化

七宝:古镇焕发现代文明

被确定为首批全国创建文明小城镇示范点
七宝庙会恢复1500盏民间彩灯蜿蜒1200米

本报讯(记者　朱民权　张伟光)古镇七宝展现出现代文明的新姿:小区化农民住宅群,别墅、公寓错落有致;规模型社区商业圈,商厦、超市林林总总;各村图书室、活动室、谈心室、卫生室和健身苑设施齐全;全镇绿化、道路、有线电视等覆盖率分别达到38%、98%和100%……日前,在由中宣部、中央文明办和建设部、农业部、国家环保总局确定的首批全国创建文明小城镇示范点中,七宝镇“金榜”有名。

让古老城镇焕发现代文明,是历届七宝镇领导的战略目标。近年来,他们在相继摘取市文明镇、市一级卫生镇和全国绿化百佳镇、全国出口创汇先进单位等桂冠后,进一步把它作为促进当地持续发展的重要抓手,聘请上海交通大学、同济大学和市政府发展研究中心等单位专家学者,高起点、高标准、超前性地设计全镇的整体规划和发展蓝图。同时,对镇区村落、产业园区和道路、河道等分别进行改造、调整和整治,将漕宝路、七莘路和南北老街等建设成城区景观大街,投资建造一流的商业、教育、卫生、文化、娱乐等设施,花大力气整治清理河道、铺植绿化带片以及推行农村垃圾集中处置。对农副工产业实行划片规模发展,将原分散在各村的作业块、养殖场和企业全部集中到各产业园区里进行发展,对有污染的企业(场)积极实行关停和改造,招商引资中坚决拒绝有污染的企业。

如今,市郊乡镇中环境最优美的农民住宅小区在七宝,设计最先进的教育艺术中心和娱乐休闲广场在七宝,功能最完善的学校、医院和群众活动室在七宝,绿色环保程度最高的产业园区也在七宝。镇中心已形成“小徐家汇”式商业圈,白天车水马龙,晚上灯火辉煌。全镇的镇区地带、居住小区、道路两侧、河道两旁处处见绿,初步实现“镇在林中、居在绿中”,大气污染物排放和环境超声控制均达标创先。农村的文明程度大大提高，全镇9个行政村有6个跻身市文明村行列，2个获得区文明村称号，29个小区有19个被评为市、区级文明小区。

现代文明新貌增强了对外吸引力，德国欧培德、英国百安居等一批国际著名集团公司纷纷前来投资落户。今年1到11月份合同吸引外资4747.8万美元，比去年全年增长250%。地区经济快速发展，1到11月份完成GDP比去年同期增长21%以上，税收同比增长95.85%，提前两年完成翻番的目标。

（载2001年12月22日《解放日报》二版要闻头条）

本报讯（记者　朱民权）“玉兔捧七宝、鹊桥相会、八仙过海……”沉寂近30年的“三月半七宝庙会”今天在七宝镇九星村批发城东路一条街恢复，由1500盏民间彩灯组成的大型灯展，蜿蜒1200米，将九星村衬托得“眉清目秀”。

据了解，这次灯展共设4个景区、30个大型灯组。灯展期间还举行风情各异的舞龙、江南丝竹、腰鼓、木偶、荡河船、空中飞人、马戏、时装、歌舞等表演，还特地从河南省请来现代杂技“空中飞车”“走钢丝”等惊险表演。

（载1999年4月3日《解放日报》三版右头条）

清泉流进社员家　农民心里乐开花

市郊建成自来水厂 152 座

100 多万农民和城镇居民饮用自来水

本报讯（记者　朱民权）一座每日供水量一百吨的自来水厂，八月十九日在邬桥公社所在地邬桥镇上落成。至此，本市郊区已建成自来水厂一百五十二座，其中社、队两级就有一百二十七座；共有一百多万农民和城镇居民饮用上了自来水。在市郊第一座压力水罐式自来水厂诞生单位——金山县枫围公社新华大队，一位老人欣喜地对记者说：清泉流进家，心里乐开花。

早在六十年代初，郊区就开始兴建了一批简易自来水厂，但后来发展速度缓慢。直至一九七九年时，全郊区总共只有五十七座自来水厂。近三年来，市、县两级政府，对发展郊区自来水厂十分重视。每年都作出建厂规划，并从资金、物资和技术等各个方面加以扶持。如国家为建设郊区自来水厂，三年拨出的水泥就有一万二千吨。各县、社（镇）也积极自筹资金，加强自来水厂的建设速度。金山县这几年用于兴建自来水厂的资金共一百五十多万元，其中社队自筹资金一百二十多万元。奉贤县政府专项拨出五十万元，资助四个经济较薄弱的公社，县计委和物资部门还优先供应建厂用材，使其两年内都建造了自来水厂。

为推进郊区自来水厂的建设发展，市、县卫生防疫部门经常组织专业人员下乡，进行水源水质调查，开展技术指导。许多社、队还健全完善水厂管理制度，改造更新供水设备，减少水源污染，进一步提高水质，使群众饮水既卫生又安全。奉贤县庄行公社新村大队自建设办起自来水厂后，两年多来没有发生一例肠道感染疾病，其他传染病的发病率也明显下降。

（载 1982 年 8 月 26 日《解放日报市郊版》一版头条、同日《解放日报》一版全文转载）

市政府实事工程25万农户粪缸改厕超额完成

沪郊40多万农户建家庭卫生厕所

本报讯（记者　朱民权）列入今年市政府实事工程的市郊25万农户粪缸改厕任务，已超额完成目标，最近通过市级考核验收。目前，市郊已有42.9万户农民家庭用上了多种类型家庭卫生厕所，普及率达到32%，其中12.8万户为抽水马桶。

涉及农村千家万户的改厕工作，今年列入市府实事项目之后，各县（区）、乡（镇）政府加强宣传教育，促使农民改变用厕的老习惯、老观念。同时，各级政府和有关责任部门采取政府贴一点、集体补一点、农户出一点的筹资办法，加大改厕的资金投入，使农户改厕任务落到实处。

（载1995年12月2日《解放日报》二版要闻右头条）

上海深化农村合作医疗改革

九成农业人口享受医疗保障

全郊区形成四级合作医疗网络，农村覆盖率达96.4%

本报讯（记者　朱民权　胡国强）金山区金山卫镇14岁的农家子王辉，去年做头颅积液手术一下子花掉5万多元，区、镇两级合作医疗机构为此及时从大病统筹基金中为其支付补偿费2.3万元。据统计，去年以来，市郊农村共有1460名像王辉这样的大病患者得到经济补偿，不断巩固和发展的农村合作医疗制度，给市郊身患疾病的农民带来了福音。

上海市郊的农村合作医疗制度创建于50年代后期。进入90年代后，传统的农村合作医疗制度面临严峻挑战。为巩固和发展农村合作医疗制度，满足市郊农民医疗需求的增长，按照市政府要求，市农委和市卫生局共同组织力量对新形势下农村合作医疗的投保对象、办医形式、组织管理等进行了专题研究，并提出了一系列政策措施。市郊各县、区也把办好农村合作医疗作为为民办实事的重要内容，并从财力物力上给予积极支持。据统计，到去年底，上海市郊已形成市、县（区）、乡（镇）、村四级合作医疗管理网络，其中205个乡镇已全部实行合作医疗，2841个行政村合作医疗覆盖率达96.4%，市郊农民享受各类医疗保障的人数达320.8万人，占农业人口总数的90.2%。这些指标都在全国居于领先地位。

近年来，市郊深化农村合作医疗制度改革，逐步引入保险机制，变“福利型”为“福利风险型”。过去，市郊农村合作医疗的资金主要依赖集体投入，由于资金不足，少数地方合作医疗陷入了困境。在改革中，市郊采取个人投保为主，辅之以企业统筹和政府扶持，开始形成多渠道筹集合作医疗资金的新机制。据统计，去年，上海市郊共筹集合作医疗基金1.8亿元，其中农民投保占60%左右。市郊农村合作医疗管理体制改革这几年也有新的突破，大部分乡镇的合作医疗已由原来村办村管发展为村办乡管或乡办乡管，明显提高了农民的医疗保障水平。

（载 1999 年 2 月 22 日《解放日报》一版右头条）

市区大医院和乡镇小医院对口创办

上海县兴起 11 家城乡医疗联合体

两年多市内外 1500 多名患者医护出院

本报讯(记者　朱民权)一种以市区大医院和农村卫生院结成对子的医疗联合体,正在上海县农村兴起。到 7 月底,这个县已有 11 家这样的医疗联合体。城乡医院挂钩开展联合医疗,给农村小医院增添了活力,同时也缓解了各地患者来沪看病难、住院难的矛盾。2 年多来,来自全国各地的 1500 多名外伤性截瘫患者和慢性病患者,在这里得到了住院治疗。

1984 年,上海县的 16 家乡镇卫生院在进行定编、定员、定任务的改革之后,普遍出现了人员富余、医疗设备和病床利用率较低的状况。面对这种现实,七宝、程桥等 4 家卫生院率先与市区大医院挂钩,联合开设了一批康复病房,将大医院的一些手术前或术后患者以及康复病人安排到这些医院治疗和护理。这样,大医院加快了病床周转率,减轻了患者甚多、病床紧张的压力。乡镇卫生院有了大医院作后盾,门诊和住院病人大为增加,床位和医疗设备也得以充分利用。县卫生局及时总结和推广了这个经验,从而使这种新型的医疗联合体逐年增多,联合的领域也日益扩大,收到了良好的社会效益和经济效益。

城乡医疗联合体的建立,使上海县一些乡镇卫生院提高了医疗水平,增加了医疗服务项目,为本地区患病农民带来了方便。过去,一些乡镇卫生院只能做些下腹部的简单手术,每当遇到重病患者,大多向市区大医院一转了事。建立医疗联合体后,市区大医院每周都派专家或主治医师下乡会诊,并以组织讲课、病历讨论等形式开展“传帮带”,为一些患者在当地住院治疗创造了条件。梅陇卫生院与华山医院结成医疗联合体后的 2 年多来,先后收治了本地区和外省市的 130 多名伤残和截瘫患者,同时还将一些重病人从死亡线上救了回来。虹桥卫生院与中医学院、第八人民医院开展联合医疗时,利用大医院的技术优势,先后开设了心血管中医科和胃镜B超等5项特色门诊，使4000多名患者在家门口找到了好大夫诊治。

（载1987年8月10日《解放日报》二版要闻）

闵行区以大思路构建经济发展新框架

投资七亿建莘闵轨道交通
辟地延伸扩展闵行开发区

建设方案得到市领导肯定，由闵行区自筹资金投建；
四号线北段道路工程兴建

本报讯（记者　朱民权）闵行区与上海县合并后的新闵行区传来令人振奋的消息，一条连通市区与闵行的重要通道——莘闵轻型铁路建设方案，最近得到市委、市政府领导的肯定和赞赏。这条将由闵行区和市内外10多个单位自筹资金联合投资建设的轻型铁路，是新成立的闵行区委经过两个多月调查研究后作出的决策，目前7亿多资金已基本落实，它是闵行区委立足高起点，以大思路构建发展经济框架的具体体现。

新闵行区将通过全方位引进外资和先进技术，促使全区工业尽快与国际市场接轨。去年以来，闵行区三资企业发展迅速，全区新批准三资企业230多家，吸收外资1.7亿多美元。新区委主要领导到任后，及时组织力量，加快新批准三资项目的建设、开工、投产。并抓好已投产三资企业的管理，提高产出率和创汇率。与此同时，区委领导从战略高度出发，调整和完善全区外向型经济的发展规划，在建设好原有的三个区管工业区的基础上，正在规划在闵行开发区外围，辟出2平方公里土地，开发建设一个外向型经济工业区，既使已经“饱满的”闵行开发区得以延伸扩展，又将推动全区外向型经济上一个新台阶。最近，区委明确提出了今年再新建150家三资企业，吸收外资2亿美元的新目标。同时鼓励乡镇和街道“跨洋过海”到境外开窗口、建公司、办企业，开辟外向型经济的新路子。

闵行区委还将闵行区建设成为上海西南地区商业分中心作为战略目标，大胆地把发展第三产业放到“龙头”地位来抓，形成了重点发展以商业、房地产、仓储业为支柱的第三产业发展新构想。在三、五年内将建成南方商城、兰坪商厦等一批上规模、上档次的商业区。区委最近还筹划在莘庄镇西建设一个集商业、娱

乐等为一体的现代化商业中心区。同时还打算在黄浦江沿岸、市郊结合部等地区建设几个大型仓储、堆场和大型交易市场，逐步形成以批发市场为中心的市场体系。

新闵行区虽然农业在全区经济中的比重下降为9%，但区委清醒地意识到农业的基础地位不能变，立足为城市服务的思想不能动摇。最近，区委加强了设施农业和副食品基地建设。今年，这个区将投入大量资金，在马桥乡建设一个500亩左右、迄今为止全国最大规模的蔬菜无土栽培基地。并在七宝等10个乡镇建设10个现代化蔬菜园艺场和综合性园艺场。区里还计划在今年建两个年加工肉猪1万头和年上市商品乌骨鸡100万羽的产销一体化企业。

（载1993年1月6日《解放日报》一版头条）

本报讯（记者　朱民权）闵行区四号线北段（奉浦大桥——外环线）道路首期工程投建。

四号线北段全长11公里，1998年底建成后将在南郊形成一条南北快速干道，沟通上海市区与闵行、奉贤、金山及杭州湾地区的交通。

（载1996年11月28日《解放日报》二版要闻）

城乡同唱“筑路歌”

上海建成二十多条高等级公路

全市主干道路骨架网络初步建成，总长度约350公里，密度达0.6，本报三位记者被评为市立功竞赛优秀个人

本报讯（记者　朱民权）近三年多时间里，本市城乡已建成20多条高等级公路，实现了上海公路建设由“普及型”向高等级的战略转移。一个以国道和环路为骨架的高等级公路网络将在本市城乡形成。

近年来，本市从上到下，都把公路建设作为改善投资环境、带动经济发展的一件大事来抓。市政府每年都将建设高等级公路列入市政府实事工程。今年又将内环线浦东段、罗山路、龙阳路两座互通式大立交桥等6项公路建设列为市府实事工程。一些县（区）的书记、县长亲自抓筑路，使本市实现了一级公路零的突破。据统计，近年来本市新建高速公路和一级公路98公里，改造扩建二级公路120多公里，相当于以前几十年的总和。去年，以杨高路、沪青平公路为代表的高等级公路建成投入使用，揭开了本市公路建设史上新的一页。

改革公路建设投资机制，集中财力建设“主骨架”公路，这是本市高等级公路建设迅速发展的重要因素。这几年，本市在财政比较紧的情况下，每年拿出巨额资金用于高等级公路建设，且投资额一年比一年多。市政府还出台了一系列扶持政策，拓宽公路建设的资金来源。市公路处举债建路，多渠道筹集公路建设资金。郊区各县（区）也积极采取相应措施，使得公路建设中最棘手的征用土地、劳力安置等问题解决快，花钱少。金山、崇明、奉贤等一些县对急需修建的高等级公路用的土地、劳力安置等费用不要国家花钱，全部由县里消化，大大加快了高等级公路的建设速度。

建设高等级公路，是本市公路建设的长远战略目标。据介绍，本市在“八五”后三年及“九五”期间，将着力于建设和扩建沪嘉、沪宁、沪杭等3条高速公路；着手新建和改造5条国道和沪太路、沪南公路、城市外环线、郊区环线等7条市中

心到郊区的干线公路。届时，本市将建成一个现代化的高级公路网络，可以使市中心与郊区血脉相连，以促进城乡进一步开放和繁荣。

（载 1993 年 7 月 31 日《解放日报》二版头条）

本报讯（记者　朱民权）本市城乡同唱一曲“筑路歌”：3 年内建成沪宁、沪杭高速公路（上海段）和沪太公路、嘉浏公路等一批总长度约 350 公里的高等级公路；初步建成 7 条市级放射线公路；动工建设外环线一期工程；在全市初步建成公路骨架网络。这是昨天结束的“上海公路工作会议”透露的信息。副市长夏克强出席会议并讲话。

近两年来，上海城乡累计筹措筑路资金 52.40 亿元，新建改建城乡公路 293.54 公里，使上海城乡公路网密度达到了每平方公里 0.6 公里，人均占有公路里程 1.98 米，全市二级以上公路通车里程年递增率达到 31.2%，比全国平均增长水平高出了 16 个百分点。

（摘编自 1995 年 8 月 24 日《解放日报》二版要闻右头条）

本报讯（记者　邱怀友）昨天下午，上海市召开市重点工程实事立功竞赛部分新闻记者、文艺工作者、机关干部表彰座谈会，倪天增副市长出席并讲话。

去年，本市新闻和文艺单位积极支持市实事工程和重点工程建设。一年中，各新闻单位发表稿件数百篇，从不同角度，用各种形式讴歌了重点工程、实事建设中涌现出的感人事迹和先进人物，实事求是地报道了工程进展情况；广大文艺工作者及时为辛勤劳动的建设者送去一台台文艺节目，鼓舞了建设者们的士气，为工程建设作出贡献。

本报工交财贸部和记者朱民权、吴文骥、杨义生分别被评为市重点工程实事立功竞赛的优秀集体和个人，昨天也同时受到表彰。

（载 1991 年 3 月 2 日《解放日报》一版）

政府牵头　多方融资　综合开发

金山县加快迈向城市化建设步伐

城乡之间公路全部贯通，总长度翻倍增至355公里

本报讯（记者　朱民权）重大基础设施由国家单一投资建设的传统模式，在金山县已经被突破。县长程志强日前向记者透露，由金山县政府和香港招商局共同参股、联合开发的一项总投资3亿港元的基础设施工程，经过8轮洽谈后于前天签约。政府牵头，多方融资，综合开发，大规模推进基础设施建设的新格局，使金山县加快了迈向城市化的建设步伐。

地处上海远郊的金山县，面对基础设施严重滞后的现实，县委、县政府抓住交通这个主要矛盾，积极推行"以路兴业，以地生财"的综合开发新办法。近几年，这个县先后拓建了长达51公里的亭枫、亭卫两条主干道公路，又新建和拓建了100多公里乡村公路，使全县的公路总长度增加到355公里。目前，全县城乡之间公路已全部贯通。

在大规模展开基础设施建设时，这个县变政府直接投资为政府牵头，采取多方合作，谁投资谁得益的做法来筹措资金。他们还将公路建成后沿线土地升值获取的经济收益，再投入到新的基础设施建设中去，实现了资金的滚动发展。今年以来，县、乡二级又以"贴地筑路"等措施，吸引外商承建公路，并经上级有关部门批准，采取预收过桥费，"借债造桥、收费还债"等办法，为建造枫泾铁路立交桥筹措到了前期建设资金，使这项喊了多年的重大工程可望在今年底动工兴建。据悉，这个县明年将通过多方融资4亿多元，掀起以道路建设为重点的大规模基础设施建设。

目前，新一轮高起点、大规模基础设施建设已在金山县拉开序幕。今后3年内，全县的100多公里公路主干道，将由现在的四车道拓宽到六车道或八车道；为开发金山腹地将兴建全长20公里的县内第三条南北大动脉新卫公路；从亭林

开始,沿亭卫公路将建设全长 19 公里的 10 万吨级污水排海工程已进入筹资阶段;金山嘴港区的渔货、散货和集装箱码头建设正在加紧规划之中。

(载 1993 年 11 月 2 日《解放日报》二版要闻头条)

市政基础设施与经济建设同步推进

大交通拉近与中心城区距离

15万市区居民在闵行安下新家

本报讯（记者　朱民权）吴纪路和北翟路两条高等级公路的相继建成，给闵行区北部腹地诸翟镇带来了新一轮开发热，继外商投资的上海美国学校建成之后，中美合作的优为华网球俱乐部公寓又开始建设，意大利客商开发的马可波罗广场也做好了建设规划。这是闵行区建设大交通再造区位新优势，从而带动经济发展的一个缩影。

从80年代中期开始，作为闵行区前身的上海县就大搞乡村道路建设，7年中先后修建了115公里道路，基本实现了村村通公路。但当时境内交通干道密度低、等级低、路况较差的状况没有根本改变，“六七十年代的交通承载着八九十年代的产业”。面对呻吟的“大动脉”，闵行区在“撤二建一”后，及时提出市政基础设施与经济建设同步推进的发展战略，并把加快公路建设，发展大交通作为“重中之重”。从1993年起，全区掀起公路建设热潮，到去年底先后投入30多亿元，建成了虹梅南路、申春路、莲花路等纵横相连的27条总长近200公里的高等级公路。现代化的公路网格把闵行区与上海中心城区的距离“拉”得更近，新的区位优势开始凸现出来，近5年中，闵行区仅商品房开发竣工面积就有982万平方米之多，15万中心城区居民已在闵行区安下新家。

加快区域道路建设，缩短区镇之间的时空距离，使之形成“半小时经济圈”交通优势，也是闵行区道路建设成就的生动写照。这几年，闵行区加大区镇道路建设，先后新建和拓建了吴纪路、沿浦路、马桥大道等20多条近百公里的区镇道路，形成以区府所在地莘庄为中心、两公里见方的网格型道路网络。如今，从莘庄到最远镇的行车时间缩短到半小时左右，这在5年前是不可想象的。“半小时经济圈”的形成，大大改善了闵行区的投资环境，全区出现了许多新的经济增长点。过去经济相对落后的鲁汇镇，随着沿浦路建成和镇区间7条道路的开通，这几年吸引900多家私营企业落户东方经济城,去年实现税收6000多万元。更引人注目的是,道路建设推进了闵行的城市化进程,目前全区非农人口已占总人口的60%以上,比市郊平均高出12个百分点。

闵行区始终坚持高标准,把道路建设和环境建设紧密结合起来。近几年,这个区建设的120多公里主干道路,地下各类管网齐全,地面路灯入夜通明。区里还精心规划道路绿化,努力营造优美环境。仅最近两年全区就投资4亿多元,在沪闵路、七莘路等12条骨干道路两侧建成公共绿地和景观绿带350多公顷,绿带总长度110公里,种植经济林带100多公顷,使这些地区的生态环境大为改观。

建设大交通,造就了闵行区经济发展的新优势,在连续5年经济持续稳定快速增长的基础上,去年全区国内生产总值又比上年增长14.5%。今年,闵行区还将完成东川路、银都路、虹井路等6条道路的连接扫尾工程,并和久事公司联手开工建设莘闵轻轨。随着大交通战略的进一步实施,上海西南新城——闵行区将变得更加绚丽。

(载1999年3月14日《解放日报》一版右头条)

古城整容绿化净化美化

松江展现都市水乡画卷

新建37万平方米大型公共绿地，重塑水乡风光

本报讯（记者　朱民权　通讯员　吴纪盛）古城松江靓起来了！昔日河水发黑的龙兴港，如今成为鸟儿栖息之地；过去沿途有不少违章建筑的中山路、乐都路、荣乐路，现在道路宽敞，绿树成荫，夜晚成了“灯光的世界”；特别是新建的6块10万平方米大型公共绿地，使古城松江展现出一幅既富江南水乡韵味又具都市风光的画卷，这是松江区委、区政府狠抓古城环境整治、建设带来的新变化。

古城松江，市郊第一镇。第一镇要有一流的环境面貌，1995年起，松江区以大规模整治道路入手，揭开净化、绿化、美化古城的“三化工程”序幕，他们建立整治办，组成执法队，对城区的乱搭建、乱设摊、乱堆物、乱张贴、乱停车等进行全面整治，仅一个月就拆除违章建筑、清理违章占路1854处、4.52万平方米，清除无证夜排档、马路设摊208个。古城“整容”循序推进，去年区委、区府又制定了城市管理和环境建设的三年工作目标，整治工作由道路转向居住小区，一举拆除违章搭建3万多平方米，同时还按照“拆、建、管”并举的要求，区市政办与城区的1247家单位签订了“门前五清”合同书，至今履约率达100%。

剃去“胡子”忙“化妆”，古城“整容”后，绿化、美化紧紧跟上。松江区利用拆除违章搭建和棚户的空地，大面积植树绿化，5年间古城新增绿地37万平方米。商业街由于辟建103个花坛，四季鲜花缤纷；主要道路两侧因为辟建10多块大型敞开式景观绿地，树茂花香鸟自来，喜鹊、白鹭、灰鹭等在古城枝头啁啾。此外，这个区还投入上千万元，铺设4万多平方米的彩色人行道板，装置40多万盏霓虹灯、轮廓灯、宫廷灯和草坪景观灯等，入夜华灯齐放，古城流光溢彩，烘托出浓浓的都市情调。

松江区在推进古城环境整治、建设中，始终贯穿“建设新城区，保护和改造老城区”的总体思路，注重保护文物古迹。去年，区政府组织专家对古宅民居进行

勘查,对 26 处明清建筑实施挂牌保护,并邀请国内专家编制了辟建明清街坊的规划,还投入上千万元疏浚市河和古浦塘,为驳岸添绿,重塑水乡风光。同时,先后斥资 10 多亿元,高起点修筑"六横十纵"的城市道路框架,高标准辟建通波、九峰、民乐、高乐、华中、江城、江湾等 10 多个居住小区,兴建扩建 18 幢商住大楼和 6 大集贸市场,使古城旧貌换新颜。

(载 1999 年 6 月 20 日《解放日报》二版要闻头条)

创建“国家环境保护模范城区”全面达标

闵行区天蓝水清草木绿

空气质量一级，噪声平均值55.6分贝，绿化覆盖率31.9%

本报讯（记者　朱民权）闵行区创建“国家环境保护模范城区”卓见成效。目前，全区提前实现“一控双达标”的目标，空气质量在大部分时间内达到一级标准，区域环境噪声平均值为55.6分贝，绿化覆盖率达31.9%。同时城市地面水质、城市污水处理率等23项指标全面达标。

1998年初，市政府确定该区为本市“创模”的试点区后，区委、区政府把“创模”列为头号工程，及时作出加强环境保护和建设的决定，并形成领导带头、各方参与、一级抓一级的责任制体系。去年，区政府提出了七莘路、吴中路、虹梅南路等12条主干道两侧的绿化建设规划后，区“四套班子”的主要领导亲自挂帅，全区15个镇一起动手，在短短几个月内就拆除路旁违章建筑9万多平方米，回填土方178万立方米，建成绿化带459公顷，种植经济林100多公顷，大大提高了这些地区的生态环境质量。

闵行区还坚持把环境生态保护与城市建设、经济发展有机结合起来，近几年来，他们先后投资20多亿元用于环境建设，筑起了200多公里的道路网络。开展“创模”以来，这个区又加大环保投入，环保投资指数从“创模”前占全年GDP的1.9%上升到3%以上。目前，全区已建成比较完整的供水系统、煤气管网、污水处理、污水管网系统等，气化率、污水处理率处于全市领先地位。区政府还及时作出“一线四点”的工业园区化规划，使乡镇企业逐步向工业园区集中，还在全区实施“绿色工业工程”，广泛推广“清洁生产”，从而有效控制了污染源。近几年，这个区的工业经济每年以25%以上的速度递增，而工业废水和主要有机污染物排放量分别削减了13.3%和39%，创造了经济和环保双赢的新成就。

在开展“创模”过程中，闵行区以实施“碧水工程”“蓝天工程”“洁净工程”“宁静工程”等四大工程为抓手，重点开展水环境、大气环境等5大重点环境整治。

两年来全区共整治河道380多公里，并对148条镇村级河道进行疏浚，对全区所有河道开展“面洁”，使全区河道基本实现“面洁、水清、岸绿”。同时，这个区还完成了418台燃煤炉窑灶的清洁能源改造，并在全区范围内禁烧秸秆，提高工业固体废物综合利用率。此外，还严厉打击污染和破坏环境的行为，去年以来共立案195件，处罚169件，使环保工作走上法制管理的轨道。

（载1999年11月30日《解放日报》一版报眼）

人均公共绿地:11 平方米　绿化覆盖率:37.3%

闵行区:国家园林城区

国家建设部专家正式通过验收,认为闵行区各项指标均已达到国家园林城区标准;此前成为首批上海市园林城区

本报讯(记者　朱民权)闵行区创建国家园林城区喜结硕果,昨天正式通过国家建设部的检查考核验收。目前,闵行区的绿地总面积已从 1992 年的 80 公顷扩展到 3690 公顷,人均公共绿地达 11 平方米;全区绿地率达 32.2%、绿化覆盖率达 37.3%、道路绿化普及率达 98.3%。

国家建设部专家检查验收时认为,闵行区投入大、发展快,园林绿化建设有规模、有力度、有气势,各项指标达到了国家园林城区的标准。

从建设生态城区、改善人居环境的战略高度出发,高起点规划,全方位开展园林绿化建设,使闵行区绿化建设取得突破性进展。目前,全区基本形成城乡一体的园林城区新格局。

(载 2000 年 10 月 23 日《解放日报》一版)

本报讯(记者　朱民权)闵行区昨天正式通过市创建办考核验收,成为本市首批园林城区。到 1999 年底,该区人均公共绿地 10.3 平方米,绿地率 31.22%,绿化覆盖率 35.26%,全区绿化总面积达到 3690 万平方米。验收组专家认为,闵行区各项绿化指标已达到或超过了园林城区的标准。

近几年来,闵行区委、区政府坚持高起点、高标准建设园林城区,并建立了强有力的创建组织体系,以主干道两侧绿化为重点,点、线、面、环全面推进。区领导还每人落实责任,分头负责拆除主干道两侧绿化地带的商业用房、违章建筑 77081 平方米,新增绿化面积 350 万平方米。还对 17 条道路两侧绿化进行补绿增绿,使全区道路绿化率上升到 98.3%。

闵行区不断提升绿化建设的品位和质量,相继建成了沪闵路东段、江川路、莘松路等 6 条园林式景观道路,还建成馨园、母亲林等 3000 平方米以上的开放绿地,新建了莘城中央公园、古藤园等 8 座主题公园。居住区的绿地总面积也达到 168.71 公顷。

(载 2000 年 1 月 15 日《解放日报》一版)

迈向现代化都市农业

三中全会以来郊区农副工业迅速发展

50个公社总产值4年翻一番

南汇县周浦公社4年翻了两番

本报讯（记者　朱民权）据上海市农委有关部门日前统计，市郊二百零六个人民公社的农副工业生产，在党的十一届三中全会以来得到了迅速发展，有五十个公社的农副工业总产值四年翻一番。其中有一些公社去年的总产值比一九七八年增加了两倍，有的公社在四年中总产值翻了两番。如南汇县周浦公社三中全会前总产值只有一千二百多万元，去年达到五千万元，翻了两番。

这些在四年中实现总产值翻一番的公社的特点是：

一、坚持以农业为主，农业生产在郊区处于领先地位。如南汇县的新场、下沙公社，嘉定县的马陆、封浜公社，去年粮食亩产都是郊区较高的。

二、改革农村经济结构，实现农副工综合发展。去年郊区社队工业利润超过一千万元的有横沔、下沙、周浦、马陆、封浜、罗南这六个公社，工副业增长幅度都是最大的。

三、正确处理国家、集体、个人三者关系，切实做到了国家多收、集体多留、社员多分。这些翻番的公社，上缴国家的税收、集体拥有的财产都迅速增加，马陆公社去年上缴国家税收八百万元，平均每户贡献一千元，集体拥有的财产已达五千多万元，平均每户可摊到六千多元。这些翻番公社的社员收入水平也都比较高，多数公社的集体分配加上家庭副业收入，平均每人已达五百元左右。

（载1983年2月4日《解放日报》一版头条）

生产专业化　规模基地化　产品系列化

崇明创汇农业成为经济支柱

头10个月拨交额达2400多万元，同比增长70%

本报讯(记者　朱民权)上海市郊第一家年产1万张出口创汇水貂皮的水貂养殖基地在崇明县大新乡形成。同时，一个个芦笋、甜玉米、丝瓜络等创汇农业生产基地也相继在第三大岛上崛起，创汇农业已成为全县经济的一大支柱。全县今年头10个月的创汇农业产品拨交额达2400多万元，比去年同期增长70%。

善于利用本地的土地资源优势和传统技术优势，积极发展规模经营，使崇明县的创汇农业出现了新的突破。这个县围垦的大批土地，地势高，含沙量多，隔离条件好，适宜种植芦笋和甜玉米。近年来，县政府把发展芦笋和甜玉米生产，作为全县创汇农业的两个重点项目。县、乡两级都制定了发展规划，并重点扶持了一批种植芦笋和甜玉米的专业村、专业户，今年种植面积已达3500亩，产量和出口拨交额都比去年增长90%以上。素以崇明特产著称的金瓜、丝瓜络和通心瓜等传统创汇产品，过去由于经营规模小而成不了气候。去年以来，县乡各级都注意在发展传统创汇产品上做文章，港沿、陈家镇等7个乡开辟了3300亩特色创汇农产品基地，产量大幅度增加，出口拨交额达500多万元。

崇明县在建设创汇农业基地时，还注重发展农产品加工业，使创汇农产品的生产和加工逐渐配套成龙。这样，既提高了创汇农业的经济效益，又带动了创汇农业的发展。现在，这个县的蔺草、丝瓜络、食用菌等10多种农产品，已初步形成了生产和加工一条龙，全县仅深加工一项就为创汇增值300万元。这个县生产的丝瓜络，过去以出口原料为主，创汇率比较低，今年港西乡建立了加工厂，将一条条丝瓜络加工成擦背条等产品，产值达120万元，增值达15%。

近年来，崇明县委和县政府坚持把创汇农业作为全县农业的一个重要组成部分来抓。县政府还专门制定了发展创汇农业的3年规划。平时，在总结和部署农业生产时，把创汇农业作为一项重点内容。同时，县政府还把发展创汇农业列入考核县、乡干部政绩的一个重要内容，促使全县干部都重视抓好创汇农业。县、乡两级还把资金投入的重点放到创汇农业基地建设上来。有些乡村还采取经济扶持措施，鼓励农民发展创汇农业。县农业局、畜牧局和外贸公司等职能部门都建立专线，各司其职，积极为创汇农业做好服务工作。

（载 1988 年 12 月 5 日《解放日报》一版头条）

青浦水乡发挥资源优势靠水吃水

二十多万亩水面实现综合开发

专业化养蚌育珠占据水产总值半壁江山，

10 个月产值 190 多万元

本报讯（记者　朱民权）目前正当采珠季节，青浦水乡靠河蚌育珠大发其财。全县已收购蚌珠三千多斤，经济收入高达一百九十多万元。在今年十个月水产总值五百二十万元中，蚌珠足足占了一半。

青浦县拥有二十多万亩水面，而且水质很好。但是过去搞单一养鱼，白白浪费了宝贵的水面资源。面对要求致富的群众呼声，青浦县领导决定充分利用优势，靠水吃水。经过调查对比，他们发现在诸水产中，蚌珠近年来风靡国际高级市场，国内收购价也已成倍提高。去年全县接种四十七万只手术蚌，秋后采珠一千六百多斤，收入五十多万元。相比之下，养蚌不花粮草，占地面积又小，成本简直微乎其微。为此，在发展养鱼的同时，县社各级切实把河蚌育珠作为今年的重点项目来抓。育珠单位从八十七个一下发展到三百六十八个，接种手术蚌达一百多万只，比去年翻了一番多。

这个县全面实行专业化养蚌育珠，同时有重点地建设蚌珠生产基地。今年全县先后培训了六百七十多名河蚌接种员，组织起一支接种专业队伍。接种蚌大小分开，开片均匀，蚌片清洁，为提高蚌珠产量质量打下了坚实基础；专业饲养人员专业管理，致使河蚌健壮生长，正常产珠。商榻、赵巷等公社还分别同上海工艺品公司、江苏吴县黄埭公社等单位联营，划出了两处六百多亩水面，加上社队三级育珠单位，蚌珠收入年底可望达到一百五十多万元。

这个县的县社两级采取各种措施，帮助穷队养蚌育珠赶超富队。县里从支援穷队的六十万元地方财政拨款中，拿出将近三分之一资助穷队，县水产局还在外省采购了七十多万斤河蚌。经过努力，目前已有一批穷队由此变富。商榻公社东新九队得到一千元援助后，接种手术蚌三千多只，一举增收七千四百多元。

（载 1980 年 11 月 13 日《解放日报市郊版》一版头条）

市农村工作会议要求加快改革开放步伐

向城郊型经济新目标迈进

吴邦国强调，要明责放权，加大配套改革力度；黄菊要求郊区依托大城市，向城市化农村方向发展

本报讯（记者　朱民权　张伟光）上海市农村工作会议昨天在松江县城举行，会议要求郊区广大干部群众进一步解放思想，加快改革开放步伐，站在九十年代振兴上海经济的全局和高度，认清“位子”，找准路子，向城郊型农业和农村经济新目标迈进。市委书记吴邦国、市长黄菊在会上作了重要讲话，副市长庄晓天作工作报告。

市委书记吴邦国在会上提出，九十年代上海郊区对外开放的步子要更大一些，“三资”企业的发展速度要更快一些，要抓住浦东开发开放的有利机遇，大胆引进外资，把郊区经济推上一个新台阶。今年，市委、市政府要对郊区进一步明责放权，扩大县级综合协调的功能，加大配套改革的力度。

吴邦国强调指出，郊区各级党组织要继续坚定不移地全面贯彻党的基本路线，紧紧抓住经济建设这个中心不放。各项工作都要围绕经济建设这个中心，服从并服务于这一中心，而不能离开或干扰这个中心；在经济建设中要做到“思想更解放一点，胆子更大一点，步子更快一点”；要始终坚持社会主义方向，坚守社会主义阵地，坚持社会主义物质文明和精神文明一起抓。吴邦国说，在发展“三资”企业中，市区的同志要进一步强化城乡一体化的观念，对郊区的各项放权措施要真正到位，做到一要放，二要帮。郊区的同志要进一步解放思想，增强开放意识，开拓思路，不断探索对外开放的新路子，为适应郊区加快改革开放的新形势，市委、市政府下决心在总结前几年工作的基础上，进一步向区、县明责放权，给区、县以更多的综合协调、配套改革的责权，以更好地发挥市、区县两级积极性。

吴邦国同志还要求郊区继续深入开展农村社会主义思想教育，全面加强农

村两个文明建设。市委五届十二次全会以后,各县(区)行动迅速,在去年派出工作队的基础上,今年又组织了3000名县、乡机关干部下乡。为了加强对社会主义思想教育工作的领导,市委决定在村级组织建设领导小组的基础上,成立农村社会主义思想教育领导小组。各县、乡也要相应成立领导小组及其办事机构。这次社教不搞运动、不整干部、不整群众,要以思想教育、正面教育和自我教育为主。

吴邦国同志还要求郊区各级干部切实转变作风,克服形式主义。在新的一年里,要紧密团结在以江泽民同志为核心的党中央周围,全面、准确地贯彻党的基本路线,坚定信念,振奋精神,励精图治,艰苦奋斗,开创郊区农业和农村工作的新局面,迎接党的十四大的召开。

黄菊市长在讲话中指出,去年一年,上海郊县工作生气勃勃,大灾之年粮、棉、油获得好收成;蔬菜、副食品的价格放开,生产稳定,供应丰富;乡镇工业有了长足的发展;农村经济增产增收。这些成绩来之不易,这是广大农村干部尽心尽责作出的努力,是广大农民群众顾全大局做出的奉献。

黄菊强调说,当前,上海郊县的经济发展要适应新形势,研究新特点,探索新路子。他说,进入九十年代以来,上海经济发展进入了一个新的阶段,表现在:上海在全国改革开放中的重要地位进一步明确;全国经济稳定协调发展,给上海带来良好的外部环境;党中央、国务院对上海发展十分关心,老一辈无产阶级革命家和中央领导同志先后来上海,鼓励我们要加大改革开放的力度,加快浦东开发和上海建设的速度;上海各项工作的基础比较好。改革开放以来,上海郊区的经济取得了巨大的成就。我们必须深刻认识并适应这一新的形势,增强紧迫感。在稳定、协调发展的前提下,使农村经济发展能更快一些。

黄菊同志说,在新形势下,需要研究上海特大型开放城市的郊区城郊型经济的特点。针对土地资源短缺矛盾突出,要更注重依靠科技兴农;供应市区的副食品要向高档化、精细化、时令化发展;郊区要依托特大港口城市和经济中心,增强农村经济实力,逐步向城市化农村的方向发展。各县要按照自己的特点,发扬各自优势,扬长避短,形成特色,通过发展高产高效的农副业、进一步发展乡镇工业、因地制宜重视发展第三产业,使整个郊区的经济布局和经济结构更加合理。

黄菊说,为了加快上海农村经济发展和改革开放,要进一步明责放权,加大郊县综合配套改革的力度,给郊县以更多的综合功能。明责放权的原则是:放权要综合配套,责权利要相一致。在制定具体方案时,要敢破敢立,破立结合,上下结合,先试点后完善。

庄晓天副市长作了题为《进一步解放思想，加快改革开放，向城郊型农业和农村经济新目标迈进》的工作报告。他宣布了今年市郊的主要经济目标，这就是国民生产总值增长7%。农副业生产总量保持稳定，在确保完成定购任务、满足市场需求的前提下，优化产品结构，向特色农业、创汇农业、集约农业方向发展。乡镇工业的销售收入增长10%至15%，外贸出口产品交货额增长15%至20%。进一步提高第三产业在国民生产总值中的比重。他还要求郊区各级党政组织着重抓好九个方面工作：1. 加强防汛水利和围垦工程建设。2. 积极稳妥地调整种植业结构。3. 建设以良种繁育为重点的副食品生产保障体系。4. 坚持农科教相结合，提高农业现代化水平。5. 推动郊县联合参与浦东开发，大力发展外向型经济。6. 因地制宜开拓第三产业。7. 积极推进配套的村镇建设。8. 努力改善农村生态环境。9. 更好地发挥国营农场的示范作用。

昨天会议由市委副书记倪鸿福主持。本市农口系统1200多名干部参加了会议，市建委、科委和市检察院等部门负责人也在会上发了言。

（载1992年3月1日《解放日报》一版头条）

市农村工作会议要求把农业放在优先发展地位

加快郊区农业现代化郊区建设城市化

市委市政府提出农村工作五项任务
黄菊在会上讲话,徐匡迪致信

本报讯(记者　朱民权　马骁青)昨天,市委、市政府在东海农场召开1996年上海市农村工作会议。

这次大会是上海农村深入贯彻党的十四届五中全会、中央农村工作会议和市委六届四次全会精神的重要会议。会议之前,市委书记黄菊和市委、市政府其他领导同志深入郊区各县广泛开展调查研究,同郊区广大干部共商"九五"时期和今年农村工作的主要任务和政策措施,为会议的召开作了充分准备。会议期间,黄菊到会作了重要讲话,市委副书记、市长徐匡迪给大会致信。市委副书记王力平作了题为《确立新目标,再上新台阶》的报告,市委常委、副市长孟建柱主持会议。会议认真讨论了"九五"时期和今年农村工作的主要任务和政策措施,围绕农业适度规模化、乡镇工业园区化、农村集镇城市化三个专题进行了交流发言,并表彰了在郊区两个文明建设中取得突出成绩的33个标兵乡镇、标兵村和标兵企业。

黄菊首先肯定郊区在"八五"期间所取得的巨大成绩。他指出,在过去的五年里,郊区广大干部群众以邓小平同志建设有中国特色社会主义理论为指导,坚持党的基本路线,全面贯彻市委、市政府对郊区工作的一系列方针、政策,抓住机遇,奋力拼搏,郊区经济发展迅速,经济实力明显增强;对外开放成效显著,郊区已成为外商投资热点;努力服务城市,促进社会稳定,整个郊区呈现出一派经济繁荣、各业兴旺、社会安定、人心思上的喜人景象。过去的五年,是郊区生产力大发展的五年,也是郊区在全市发展中的战略地位大提高的五年。

黄菊指出,郊区的发展是上海经济与社会发展总体规划中的重要组成部分,是上海经济与社会发展中最具潜力、最有希望的重要区域。在进一步加快郊区经济和社会发展进程中，一要进一步加强农业基础，继续坚持“两个立足点”，高标准地建设好都市型“菜篮子”“米袋子”工程。二要大力发展郊区经济新的增长点，不断提高郊区经济在全市经济中的比重。三要高起点规划和建设郊区城镇体系和基础设施，要十分注意节约用地和保护生态环境。四要加强农村基层政权建设，加强社区管理，加强农村社会主义精神文明建设，加强农村民主法治建设，进一步促进郊区经济和社会协调发展。

黄菊强调，必须加强和改善党对农村工作的领导，党在农村的各项方针政策和工作任务，最终要靠农村基层组织和干部党员团结带领广大农民群众去落实。一定要按照中央的部署，下功夫把农村基层组织特别是以党支部为核心的村级组织建设好，为实现郊区今年和“九五”时期的发展目标提供坚强的组织保证。

黄菊要求郊区广大干部认真学习，廉政勤政，努力提高自身的政治素质和政策水平，改进工作方法和工作作风，以更昂扬的姿态、更充沛的热情、更主动的精神，解放思想，开拓创新，突出重点，狠抓落实，在以江泽民同志为核心的党中央的领导下，开创郊区各项工作的新局面，努力为上海的改革开放和现代化建设作出新的更大的贡献。

徐匡迪市长在给大会的信中说，今年是实施“九五”计划的第一年。根据中央经济工作会议和中央农村工作会议的精神，按照市委、市政府的部署，郊区的农业生产和农村工作要扎扎实实地开好局、起好步。

郊区形象，关系到整个上海的形象；农业素质，关系到整个上海的经济运行质量。要站在上海改革、发展、稳定这个全局的高度上，切实加强对郊区农业和农村工作的领导，特别是在制定政策、部署工作时，都必须优先把农业和支农产业安排好。全市各行各业都必须比以往任何时候更加关心和支持郊区的农业与农村工作。

王力平在讲话中回顾了“八五”期间上海郊区农业和农村工作取得的巨大成绩，明确了“九五”时期和2010年的发展目标。“九五”期间，郊区农业将以建设都市型农业为目标，重点建设集约化、设施化、科技化的现代农业，建立300万亩粮田保护区、100万亩高产粮田；要用先进的科技武装农业，在郊区建立种苗工程、温室工程、生物工程、绿色工程等四大基地，发展壮大一批集产加销一体的农业集团企业，建立具有上海特点的现代化蔬菜副食品产销体系。

王力平指出，为了确保实施“九五”计划的第一年开好局、起好步，今年农村工作的主要任务是：第一，提高农业科技化、集约化水平，继续加大对农业投入的力度，千方百计提高农业的科技含量，大力发展产加销、贸工农一体化的企业集团，促进郊区从传统农业向现代农业的转变。第二，加快工业园区建设，结合建立现代企业制度，进一步转变企业经营机制，积极培育和发展企业集团，促进郊区工业上规模、上等级、上水平。第三，大力拓展第三产业，重点发展旅游业、商业、储运业、房地产等行业，使第三产业进一步成为郊区经济发展新的增长点。第四，继续加大对外开放力度，提高利用外资的质量，调整出口商品结构，努力形成郊区外向型经济的新格局。第五，高起点制订郊区道路交通、城镇体系和产业布局的形态规划，逐步形成多元化的投资机制和还贷机制，加快郊区基础设施和中心城镇的建设。

王力平强调，推动郊区经济建设和社会发展再上新台阶，必须进一步完善市与郊县（区）“三级政府、三级管理”的体制，要按责权利相一致的原则，增强郊县（区）在经济发展、城市建设、城市管理等方面的责任，并在财政税收、建设费用、城市规划、外资外贸项目审批等方面相应下放权力；要深化农村金融体制改革，增强郊县（区）融资功能；要逐步建立集体资产管理新体制，使集体企业真正成为市场竞争的主体和法人实体；要改革郊县城镇户籍管理制度，加快城镇发展步伐，充分调动郊县（区）各级干部和广大群众的积极性，为郊区的发展注入新的活力。

（载 1996 年 1 月 25 日《解放日报》一版）

崇明围垦滩涂建成农副产品生产基地

15万亩:接近于每年新增一个乡镇

市领导调研要求郊区稳定政策保护耕地,走好农业产业化之路

本报讯(记者　朱民权)市郊农业如何保持持续、稳定、健康发展势头? 办法是:稳定农业政策,保护耕地,增加对农业投入,走农业产业化之路。这是副市长冯国勤带领市政府委办领导连日来深入崇明县调查研究得出的结论。

崇明县目前已经形成商品粮、生猪、蔬菜、河蟹、白山羊等5项主导产业,并建成了一批规模化、集约化的农副产品生产基地。去年全县生产的商品粮达3.25亿公斤,上市生猪22万头、蔬菜11万吨,中华绒螯蟹产量达400吨。冯国勤一行察看田头、基地,访问农户,并与县乡干部座谈,一起商讨农业可持续发展的对策和措施。他强调,崇明县要抓住绿色园区建设的契机,以市场需求为导向,树立市场意识;要以精深加工为抓手,树立规模生产意识;要以销售为龙头,树立品牌意识;要以加大科技投入为手段,树立开发新产品的意识,提高农副产品的市场占有率。

90年代以来,崇明岛周围已围垦、利用滩涂15万亩,接近于每年新增加一个乡镇的土地面积。冯国勤实地察看后加以充分肯定,希望开发、利用好丰富的滩涂资源。

(载1997年6月27日《解放日报》二版右上)

20世纪末上海最大一次围垦造田

东旺沙(三期)圈围滩地3.42万亩

堤线总长度18.54公里,相当于5个黄浦区面积

本报讯(记者　朱民权)昨天上午,副市长冯国勤带领有关部门负责人到东旺沙(三期)围垦工程现场办公,要求农工集团对东旺沙围垦的22.5平方公里土地尽快规划,及早开发,缩短投入和产出的周期,争取早出效益。

东旺沙(三期)围垦是本世纪末上海最大的一次围垦造田,工程的堤线总长度18.54公里,圈围滩地3.42万亩,相当于5个黄浦区的面积。去年7月,围垦工程正式开工后,围垦指挥部针对这期围垦工程离东海较近,沙土性强,港叉密布等艰难条件,大力采用机械化施工,使围垦工程在短短10个月中,完成了滩涂筑路、修筑小围堤和堵港等任务。冯国勤听取围垦工程情况汇报后,要求指挥部门立下"军令状",坚决不能出现"豆腐渣工程",要抓质量、抓监理,确保大堤安全度汛,把围垦的成果真正拿到手。

(载1999年3月31日《解放日报》三版经济新闻)

推进城市化进程　加快农业产业化

——市郊区县绘就“九八”蓝图

本报讯（记者　朱民权）跨入1998年，市郊各县区在加快农业现代化，推进城市化建设的热潮中，相继制订绘就了“九八”发展蓝图。

嘉定区：建设管理并举　塑造城区形象

按照建设花园城市的目标，重点建设好嘉定中心城区。通过拓宽改建沪宜公路，带动入城口改造，加快旧区改造。降低建筑密度，增辟公共绿地，以城市雕塑、街头小品点缀环境。完成清河广场、政府大楼广场等三块绿地建设。城河和沪宜公路、宝安公路、嘉行大道两侧，建设景观性绿地或绿带。加快南翔、安亭、江桥、真新地区城市化进程。加强中心镇和中心村建设，加强环境保护和市容整治。争取今年建成市级卫生城区，再创建一批市二级卫生集镇和市级卫生村。

金山区：依托大化工　建设大农业

联合上海化学工业区，探索土地入股的合作方式，主动承建化工区的工程项目，搞好交通运输、商贸仓储等配套服务；利用金山石化股份公司的原料优势，发展精细化工业；联合市区大工业，开发生产化工新产品。抓住联合发展契机，建设金山嘴工业区。加快实现农业产业化，发挥本市最大粮食、油菜、生猪、奶牛生产基地的作用，加大良种引进、培育、推广力度，推行农业机械化和新农艺，争取2000年农业总产值达到10.5亿元。

闵行区:改善生态环境 建设上海新城

推进城市建设步伐,特别要重视改善城市和农村生态环境,把闵行区建设成上海新城。今年要完成创建国家卫生城镇的各项目标任务,并通过市级验收;完成12条主干道的绿化建设和1.5万个农户的改厕工作,新增管道煤气用户1万户和10个标准化用电村;创建10个安全小区、2个市级卫生集镇和5个市级卫生村,建成5个市级完整街坊和吴泾公园;完成莘庄污水处理厂三期扩建工程;完善农村合作医疗大病统筹的保障机制,各镇、街道成立社会保障事务所。

宝山区:依托服务宝钢 培育经济增长点

努力发展宝钢与宝山的战略伙伴关系,走服务宝钢、依托宝钢的发展之路,发挥宝钢特大型企业对宝山的带动作用;加大招商引资力度,培育新的经济增长点,在引进海外资本的同时,引进有实力、有市场的国内大工业和私营企业;推动科技进步,重点建设为中小企业服务的体系,推广应用专利,提高产品科技含量。深化企业改革,完善社会主义市场运行机制,推行各项配套政策,促进企业发展壮大;坚持依法行政,不断转变政府职能,逐步改善投资环境。

奉贤县:加快城市化进程 建设沿海集镇

按照“中心城——辅城——集镇——中心村”发展框架,着重抓好南桥中心城和奉城、洪庙等重点集镇的城市化建设,促进奉新等沿海集镇带和邬桥、西渡、金汇沿江集镇带的启动,坚持“主攻躯干,带动两翼”的目标,逐步形成杭州湾北岸海滨城市走廊重要组成部分的雏形。争取通过二三年的努力,使南桥镇中心城人口达到12万—15万人,城市区域净面积扩展到15—20平方公里,城市绿化覆盖面力争达到30%以上,初步形成规模较大、功能较全、环境优美的8大居住小区。

南汇县:南北开发并举 凸现重点区域功能

做好新一轮总体规划的修编工作。结合县城总体规划的修编,做好城镇居住、文化教育发展等相关的其他分规划的编制工作。利用远东大道、城市外环线等一批基础设施项目动工的契机，使中心村建设的试点工作有实质启动。按照“经济重心北移、南北开发并举、东西优势互补”的经济发展战略，加快惠南、周浦、航新、祝桥、芦潮港等重点发展区域的规划完善以及沪南公路沿线的景观工程建设，使重点区域的发展进一步凸现自身的功能，沪南公路线路实现净化、绿化、美化。

松江县：打造新城核心区域　开发推进农村城市化

高起点、高标准制订新城区 13 平方公里总体规划方案和 2.25 平方公里核心区的详细规划；推进基础设施建设，年内建成施贤路、其昌路和 3.5 万伏变电站，并做好其他配套工程建设的实施准备工作，形成 3 平方公里的开发区域；加快住宅和一批公益性项目建设，年内开工商品房住宅面积 10 万平方米，竣工面积 8 万平方米，完成老年公寓一期项目，松江新图书馆、青少年活动中心争取早日启动。今年争取重点区域建设有新形象，农村城市化有新面貌，社会事业有新发展。

青浦县：优化调整产业结构　推进工业园区建设

抓好优化和调整产业结构。以市场为导向，大力提高交通运输设备制造、精细化工、电子电器、机械、纺织服装等五大支柱工业的技术能级，壮大规模优势，促进生产要素向优势企业集中；加快培育现代通讯、微电子、新材料等高新技术产业，进一步提高工业的技术水平、科技含量、产业层次和产品档次。要以青浦工业园区为重点，县、镇工业为配套，推进工业向园区集中，产生集聚和规模效应。工业园区要尽快形成 3.5 平方公里的核心区域，快出形象，多出成果。

崇明县：建设绿色食品园　发展生态农业

抓项目开发，上海绿岛投资有限公司日前已正式落户园区，从事绿色食品开发。已经投产的中新农业有限公司正加快二期工程建设，力争成为上海最大的生猪养殖和出口加工企业；创绿色品牌，重点推进无公害网络管理，为发展生态农业和绿色食品打好基础。今年将再申报 3 至 5 只绿色食品标志；抓形象建设，进一步制订绿色食品园区形态规划，加快优质米、洁净蔬菜和特种水产等生产基地建设，使崇明绿色食品园区逐步成为农业大规模利用外资的实验区和现代农业示范区，成为崇明经济发展的支柱。

（载 1998 年 4 月 3 日《解放日报》A2 版要闻头条）

科技“下嫁”农家　粮多禽肥果甜

松江区跻身全国科技实力百强县，农业科技贡献率达55%

本报讯（记者　朱民权　通讯员　吴纪盛）最近揭幕的’99上海科技节松江区系列活动传出佳音，跻身全国科技实力百强县（市）的松江区，“九五”以来，共实施农副业科技攻关、成果推广计划55项，全区农业科技进步贡献率达55%，居市郊领先地位。全区27家农业产业化企业的年销售额达到29.34亿元。

松江区是本市的重要产粮区，因此这个区把提高粮食产量和品质，作为发展“高优高”农业的重中之重，先后实施“单季晚稻高产栽培”和“水稻病虫综合防治”等科技示范推广项目，使大批低洼荡田变成中、高产粮田，全区单季稻亩产由原来的500公斤提高到575公斤，年增粮食1.4万吨，新增产值2240万元。此外，这个区还实施“种子工程”，成功开发了亩产超700公斤的“95—22”和软糯香型的SO—15新品种。

松江区水产技术推广站实施大面积科学养鱼，一举摘取全国丰收一等奖桂冠。区林业站利用低洼田生产鲜切花，荣膺全国花卉学会一等奖。区内一民营企业运用高新技术成功培育冬虫夏草，在全市独树一帜。华阳镇利用麦稻秸秆和奶牛粪，规模种植猴头菇、香菇、蘑菇和草菇，获得了丰厚的回报。农业科技化提高了农产品商品率。如今，“一镇一村一品”似鲜花烂漫。李塔汇、石湖荡的灵芝仙草盛开、佘山镇的君子兰生产形成规模、五厍镇的特色瓜果茬茬衔接、小昆山荡湾村的猕猴桃越种越甜。

松江区已累计引进农副业开发项目40多个，吸纳外资5207万美元和2亿余元人民币。松江区继养鸡生产夺得全国第一之后，近年又形成500万羽肉鹅、100万只肉鸽、5000羽鸵鸟和500头药用梅花鹿产加销一体化的生产规模，并发展起万亩优质蔬菜和万亩花卉、苗木等生产基地，构筑了种植业结构调整的新空间。泗泾镇园艺场最近引进了清华大学蔬菜远红外线脱水保鲜新技术,年加工量达 1.4 万吨,年产值将提高到 1700 万元。

(载 1999 年 10 月 19 日《解放日报》四版经济新闻头条)

产业化　集约化　科技化　市场化

上海将建都市型现代农业

前 10 月，郊区农村地区实现增加值 956.99 亿元，同比增长 12.19%，全年粮食总产与去年基本持平

2010 年上海基本实现农业现代化十大指标

指标	目标
人均国内生产总值	6000 美元
农业劳动生产率	10 万元以上
农业科技进步贡献率	70%左右
农产品加工率	70%
农业综合机械化水平	70%以上
农业劳动力占农村劳动力	20%以下
农村城镇化率	70%
绿化覆盖率	30%左右
农业企业劳动力平均受教育年限	10 年以上
农民人均纯收入(可支配收入)	1 万元左右

本报讯(记者　朱民权)经过 5 年到 10 年的努力，把上海农业基本建成产业化、集约化、科技化、市场化，融经济、社会、生态功能于一体的都市型现代农业。这是副市长冯国勤在昨天结束的上海农口党政负责干部会议上提出的目标。

这次市农口党政负责干部会议的主题是讨论《上海市基本实现农业现代化规划》，研究探讨上海如何率先实现农业现代化的问题。冯国勤指出，农业现代化规划既要围绕农业做文章，又要跳出农业来思考。要把郊区农业和农村发展与全市的经济、社会、生态发展的总体目标结合起来。农业现代化规划要坚持一个方向，即城郊型农业向都市型农业转变，率先实现农业现代化。做到立足上

海、辐射长江三角洲、服务全国、走向世界。要实行科技兴农和可持续发展战略，切实搞好农业现代化目标、布局、结构的调整，促进一、二、三产业协调发展，农村经济和社会同步发展。

冯国勤强调，上海率先实现农业现代化，要在率先实现农业科技化、生产专业化、经营市场化、农业功能多元化、农业劳动者知识化上做文章。据了解，至2010年，上海基本实现农业现代化的十大指标。

会议还回顾总结了今年以来的郊区工作，探讨明年上海农业和农村工作的基本思路。今年以来，郊区克服了种种不利因素，保持了农业和农村经济的稳定增长。粮食生产取得了好收成，预计全市单季晚稻平均单产在530公斤左右，全年粮食总产与去年基本持平。1至10月份，农村地区实现增加值956.99亿元，同比增长12.19%。工业产值2340亿元，同比增长12.66%；实现工业利润58.7亿元，同比增长20.58%。第三产业实现增加值338.07亿元，同比增长12.7%。

（载1999年11月18日《解放日报》二版要闻头条）

农业增效　农民增收　农村稳定

上海郊区经济持续健康发展

预计增加值同比增12.6%，建成区域面积300多平方公里，城市化水平达42%

本报讯（记者　朱民权）记者昨天从市农委获悉：去年，市郊广大干部群众坚持以“农业增效、农民增收、农村稳定”为目标，确保了农村经济持续健康发展的良好势头。预计实现增加值1180亿元、创造工业总产值2870亿元、完成财政收入159.3亿元，分别比上年增长12.6%、12.7%和10.1%，农民人均年纯收入也比上年略有增长。

——农业生产通过加大调整力度，克服了灾害性气候影响，实现丰产增效。郊区各地按照“稳产出、调结构、提质量、增收入、安农村”的基本思路，努力做好“调活夏熟、调优品种、调高档次、调整布局”四篇文章，扩大高产优质高效的经济作物种植，夏熟粮食与经济作物的比例由原来的45∶55调整为25∶75。各地还加强农业基础设施建设，推进农业产业化经营，使农业生产在灾害性气候影响下，仍获得好收成。全年粮食总产量208.2万吨，超额完成预定目标；蔬菜上市200多万吨，日均供应品种60个以上，常年菜田亩均产值突破5900元；畜禽产品质量优化、提高，全年出栏生猪470万头，其中瘦肉型猪占71%；牛奶、家禽、鲜蛋、水产品等上市量都比上年有所增长。同时大批农产品走向世界，出口创汇1.2亿美元，比上年增长20%。

——二、三产业在发展中调整，保持较快增长速度，新的增长点逐步形成。郊区工业形态结构、产品结构、资本结构日趋合理、优化、多元，目前集体、外资、私营的工业产值比例为43∶37∶20。产品库存减少，产销率达到96.8%，全年实现工业利润70.98亿元，比上年增长20.5%。外向型经济成为郊区工业的重要增长点，去年完成外贸出口拨交额631亿元，比上年增长11.2%，外资企业的产值占郊区工业总产值的37%，实现利润比上年增长1倍。私营经济发展迅速,落户的私营企业达 8 万多家,去年实现税收 26.8 亿元,吸纳下岗、待业人员 50 多万名。仓储、商业、旅游、房地产等第三产业结构优化、提升,实现增加值 424 亿元,比上年增长 13.4%。

——农村流通体制改革力度加大,土地延包工作基本完成。全郊区拥有各类农副产品批发市场 462 个,乡镇级农副产品运销组织 140 个,农民运销户 1 万多家,城乡集市贸易成交额比上年增长 26.5%。全郊区 450 万亩耕地、2900 多个村和 30000 多个村民小组有 90%以上完成了土地确权延包工作,完善了农村双层经营体制。

——城镇体系规划进一步完善,小城镇建设水平不断提高。郊区各地大力推进以基础设施为先导,以新城、中心镇为重点的新一轮城镇建设,还把推进小城镇建设作为拓展农民就业门路、增加农民收入、推进农村经济持续发展的战略来抓,做到高起点规划、高标准建设、高水平管理。到去年年底,郊区城市化水平为 42%,建成区面积 300 多平方公里。

(载 2000 年 1 月 20 日《解放日报》一版)

为都市型经济发展第二次腾飞夯实基础

闵行构筑现代化开放型经济新格局

以现代农业高新园区为突破口,“开放型经济”占比达60%

编者按 闵行区构筑开放型经济新格局,为都市型经济的第二次发展腾飞打基础,无疑是有长远发展眼光的战略举措。正因如此,这开放、招商引资,就不是简单的重复,而是全方位、宽领域、高水平,量的提升、质的提高;就会以新思路营造发展新优势,加快发展,从而面对新形势,赢得先发效应。

本报讯(记者　朱民权)再过十几天,占地130公顷的南方综合物流中心就可敞开胸怀迎接南来北往的大卡车了。位于闵行区颛桥镇的这家物流中心,以外资投入为主,建设标准是国际先进、国内领先——这只是闵行区构筑开放型经济新格局的一个缩影。该区日前召开的经济工作会议透露了今年招商引资预期目标:吸引合同外资12亿至15亿美元,引进国内资本、社会资本40亿元;全区经济总量中,“开放型经济”要占60%左右。

作为我国入世后先行开放的试点城市,上海各区县都面临着加快发展的大好机遇。围绕如何用好机遇,闵行区在认真调研的基础上,以更开放的观念、更开阔的视野,构筑全方位、宽领域、高水平开放型经济新格局。区委书记黄富荣说,抓住入世带来的机遇,大搞招商引资,目的是为闵行经济的第二次腾飞打基础。因此不仅要在引资数量上有明显提升,更要注重引资的质量——以科技含量高、投资规模大的项目为重中之重,全力构筑高新技术产业群,加快培育一批年出口5000万美元以上的规模型企业。

创新发展思路,积极与高校及科研部门结盟,是闵行区发展开放型经济的新亮点。从今年起,这个区采取政府与高校、企业“三结合”的开发模式,共同建设占地近万亩的科学园区,大力引进发展各种新型研发机构,以形成高技术产业研发基地,带动全区产业能级的提高。同时采取措施提升莘庄、闵北、闵东等工业区功能,形成一区多园的新格局。最近,该区还与国家科技部、市科委共同投资8000万元,联手共建“863”软件园区,目标吸引外资100亿美元,并将其建成我国软件孵化基地之一。

闵行区还善于利用优越的区位条件,扩大开放新领域,形成发展开放型经济新优势。除即将落成的南方综合物流中心外,营业面积达27万平方米的虹桥商贸城正在加快建设。欧尚大卖场、颛桥海湾大型室内游乐城、七宝室内滑雪场等一大批商贸文体设施的相继落户,充分表明闵行区成了吸引内外资的热土;该区还积极吸引内外资,参与农业、房地产业和市政设施项目的开发建设,仅商品房销售一项,今年就有望突破100亿元。

闵行区用好机遇,加快构筑开放型经济新格局的努力已初步见效:今年头两个月,新批准的外商投资企业已达75家,合同引进外资1.73亿美元,分别比去年同期增长1.8倍和1倍。

(载2002年3月24日《解放日报》一版右头条)

下　篇

重大典型深度特色报道

重大典型报道

“菜篮子”的变迁

——上海蔬菜副食品生产、供应实事工程纪实

虽已进入寒冬时节，上海菜市场上却菜、肉、禽、蛋、鱼、虾样样都有，荤素齐全，琳琅满目。十年办实事，上海人的菜篮子从数量向质量型转变。去年上海的“菜篮子”品种达到3500多种，比1985年增加近千种。市区700多万只菜篮子，去年拎走蔬菜163万吨，猪肉282614吨，禽5581万只，鲜蛋85154吨。

八十年代初，本市的蔬菜供应跳起了“少啦少啦多啦多”的“秧歌舞”，蔬菜和副食品供应短缺严重，市民“买菜难”成了几届人代会呼声最为集中的热点。从1986年开始，市政府每年都把蔬菜和副食品供应列入市政府的实事项目。1988年和1989年，全市共筹集资金5.8亿元，新建、扩建了千头猪场、万羽蛋鸡场478个，同时加快了蔬菜基地的设施建设。近三年中，郊区新增菜田9万多亩，到去年底，郊区常年菜田面积已达到17万亩以上，蔬菜上市总量达105万吨。目前，市郊共拥有一定规模的养猪场463个，万羽以上蛋鸡场111个，还涌现了一批规模化肉禽生产基地。去年，猪肉自给率达30%左右；鲜蛋自给率达到85%；肉禽已基本自给，全面实现了市政府实事工程的目标。

马路卖菜排长队，曾是上海菜市的一大“景观”。全市300来家菜场，一天只开早晚两市。从1986年开始，市政府从卖菜设施、布点、销售方式、渠道直至上市质量，采取了一系列大动作。市、区和菜场按4∶4∶2比例共同投资数亿元，对191家菜场进行了全面改造。一批“马路菜场”相继“登堂入室”，商场化、全日制成了沪上新一代菜场的标志：“秤杆”被电脑秤、电子秤取而代之；上市菜出现了规格化、小包装、精细化、鲜嫩化的净菜、方便菜。

上海还在全国首创超市卖菜，已有149家超市卖起了蔬菜、副食品。此外，农办菜场、知青菜场、街道菜场、菜场连锁集团、副食品连锁超市、副食品配送中心等也飞速崛起，全市卖菜网点增加到了近千个之多，形成了以296家菜场、392

个集贸市场、140 多家超市和数百家副食品店组成的多层次、多渠道副食品销售网络。

菜篮子的变化，还与上海在这 10 年间对蔬菜副食品的产销运行机制进行不断改革创新大有关系。产销不畅，抗市场波动能力差，是菜篮子工程中的两个难点。为打通产销梗阻，市政府支持区县联合、农商联手、产销双向延伸发展。在此背景下，全市涌现出了 14 家农办市场、11 家农办菜场、2 家区办市场和一大批以销售企业为龙头的产加销一体化联合体。菜地直批、区县直挂、农民直销、产销直供等新流通形式也纷纷出现。上海的副食品供应还不能做到完全自给，每年蔬菜副食品供应还有“冬”“夏”两个淡季。为了保证整年的菜市供应丰富稳定，市政府积极探索与外省市建立互惠互利的跨地域副食品产销联合体，已先后在苏、鲁、内蒙古等地建立了 10 多个副食品供应基地，还与 26 个省市建立了稳定的副食品产销供货联系，初步形成了蔬菜副食品的大市场、大流通格局。

为了增强蔬菜、副食品生产的自我抗波动能力，市政府创建了蔬菜、生猪、鲜蛋等生产的风险基金和市场调节基金，把一定数量的扶持资金用在了刀刃上。

本报记者　朱民权　马骁青

（载 1996 年 2 月 4 日《解放日报》一版头条）

菜篮丰盛满城笑

——上海“菜篮子”巨变

有人说，上海的早晨是从拎菜篮子开始的。昔日，菜篮子留给人们的是烦恼和焦忧；今朝，带来的是欢笑和喜悦。

来自市统计部门的资料表明：如今，上海的菜、肉、禽、蛋、水产等副食品的人均占有量已达到或超过世界平均水平，居民的营养摄入量也达到中等发达国家水平。

上海，一个特大的副食品消费城市，即使世界一些发达国家也难以解决副食品平稳供应问题，而我们却做到了，这不能不说是一个奇迹。

从短缺走向丰盛

上海市民对菜篮子的丰盛和短缺是有历史感受的。六七十年代，菜市商品严重短缺，各种票证也空前的多，全市发出的94种票证中副食品占了一大半，连凭卡供应的蔬菜，每人每天只有0.1公斤。于是，凌晨起床排队买菜成为当时上海的一道“景观”，买肉要排队，买鱼要排队，买青菜萝卜也要排队……每到半夜时分便会有人编号排长队，篮子、箩筐、砖头“代人”排队是常见的镜头。一旦遭遇灾害，市场频频告急，“马大嫂”怨声四起，市领导更是寝食难安。“买菜难”成为历届人代会呼声最集中的热点。

“菜篮子”人心所系，成为历届市委、市政府抓的头等大事。1988年，市委、市政府果断决定实施“菜篮子工程”建设。到1992年，先后筹措资金6.71亿元，用于生产基地、加工企业、流通设施等建设，新建、改建、扩建规模化饲养场2583个，建成菜田喷灌面积16万亩左右，从根本上扭转了“菜篮子”商品短缺的局面，实现了短缺走向丰盛的大跨越。如今，人们无论什么时候到菜市场，到处都能看到青翠欲滴的蔬菜，活蹦乱跳的鱼虾、红润鲜嫩的猪肉……1998年与1988年相比，全市蔬菜年上市量从121万吨上升到215万吨，生猪出栏数由281万头上升到460万头，家禽上市量由7532万只上升到1.61亿只，鲜蛋和水产品的生产量和上市量也大幅度提高。

从数量型走向质量型

菜篮子商品家家所需，人人所要。上海，有1250万常住居民，300多万流动人口，如此庞大的人群本身就有不同的消费层次。随着生活水平不断改善，蔬菜副食品的消费也在不断起着变化。

上海在搞好菜篮子商品供应上，始终有一个明确的指导思想：紧紧把握市场需求的趋向，确定生产发展、科技投入的目标和方向，使商品供应逐步实现由量变到质变的飞跃。

以蔬菜为例，七十年代后，上海各级政府投入大量资金，扩大生产规模，以确保满足基本需求，但品种较少，青菜、卷心菜等占了蔬菜供应总量的80%。实施“菜篮子工程”建设以来，全市在建立稳固的生产基地的同时，不断加大科技投入，先后建起了294个现代化设施园艺场、24060亩管棚，还推广了遮阳网、无土栽培等30多项适用新技术，现在郊区蔬菜设施化面积占总面积的25%，基本摆脱了靠天种菜的被动局面。市政府还作出发展蔬菜“温室工程”的决策，浦东新区、闵行、南汇等相继从荷兰、以色列引进30公顷温室，开创了蔬菜现代化生产新纪录。如今，全市常年供应的蔬菜品种有35个，节日期间有100个左右，落户本市的“洋菜”品种达50大类300多种。

猪、禽、蛋、水产品也是如此。八十年代以前，品种结构单一，膘厚的肥冻猪肉唱主角。八十年代以后，市郊积极发展名、特、优、新畜产品，全郊区443个规模化养猪场基本实现瘦肉猪生产，瘦肉率达55%以上。还建起200多个特种畜禽、水产品养殖场，开发了肉羊、野鸭、肉鸽、鸵鸟、七彩山鸡等新品种。水产品也一改四大家鱼“称霸”的局面，鳜鱼、加州鲈鱼、台湾草虾、斑节虾等纷纷“加盟”市民餐桌。

近几年来，菜篮子开始向餐桌子延伸。1997年，上海以建设“厨房工程”为抓手，大力发展副食品的精、深加工，目前本市小包装副食品的年产量达10多万吨，净菜上市2万多吨。人们吃菜，肉要瘦的、鸡要黄的、蛋要红的、鱼要活的、蔬菜要鲜嫩的、商品要小包装洁净的……都能实现。

从吃本地菜走向吃天下菜

一位宾馆经理告诉记者这么一件事,一次某外商点名要吃原产于南美安第斯山麓的人参果菜肴,10分钟不到该菜端到他面前。当外商听说市郊已引进种植这种菜品,连连赞叹道:"上海了不起,能吃天下菜。"

不断改革创新蔬菜副食品的产销运行机制,建设大市场,发展大流通,使上海天天能供应春夏秋冬、天南地北的菜。

随着市场的全面放开,本市的蔬菜副食品市场建设也出现实质性突破。农商部门在更大范围、更高层次上考虑自己的举措,积极实行生产向流通拓展,流通向生产延伸。现在,全市已建设起一个多层次、开发性的批发市场新体系,拥有蔬菜副食品批发市场184个,蔬菜副食品的年交易量达200多万吨,占市场供应总量的70%以上。农商部门还到外省市建立跨地区的蔬菜副食品产销联合体,为菜篮子商品进入上海开辟了"直达快车",山东的菜来了,内蒙古的菜来了,海南的菜来了,日本、美国、荷兰等国的菜也来了。去年,仅蔬菜集团就吸纳各地客菜80万吨,比1985年增加10倍多。市场大大丰富了,人们吃得舒适,笑颜常开。

菜篮子的巨大变化,有目共睹。这里倾注了历届市委、市政府领导的心血,集中了数代种菜卖菜人的辛劳。

(载1999年10月5日《解放日报》一版头条)

21 世纪市民买菜有新感觉

21 世纪，市民的菜篮子会有什么变化？答案令人鼓舞：品种多样化，质量洁净化，绿叶菜和包装标准菜越来越多。

各国蔬菜：当天端上餐桌

随着中国经济与世界经济融为一体，各国之间的蔬菜贸易更加频繁，加之栽培方式的革新、保鲜技术的发展、冷藏链的形成和全球范围内交通信息网络的快速建成，上海市民的菜源将从昨天的吃“本地菜”、今天的吃“全国菜”，发展到明天的吃“世界菜”。那时，市民晚上就餐，摆上餐桌的蔬菜也许是当天早晨刚从日本、新加坡等地有机农场里采摘下来的。上海市场日均供应蔬菜的品种将从目前的 50 多个增加到 90 个以上，而且 50%以上能全年供应。

洁净蔬菜：成为市民首选

生活质量的提高，使人们对洁净优质蔬菜的需求大幅度增加。市场是生产的导向，届时，上海菜田的生态环境也越来越好，水清土洁气净，基本消除污染。蔬菜的病虫害防治也将采取生物和物理的方法，农药是生物型和无害型，化学肥料将大大减少，高效复合有机肥料被广泛运用。有机蔬菜、绿色蔬菜、药用蔬菜、保健蔬菜等比例大幅度增加。人们消费菜的概念不再满足于有吃，更注重品牌、优质、营养。品牌响、档次高、质量好的洁净蔬菜，将成为市民的首选菜品。

绿叶蔬菜:数量大大增加

“三天不见绿,两眼冒火星”,偏爱绿叶菜是上海人的嗜好。21 世纪,上海市场上的绿叶菜品种将更加丰富,数量更加充裕,世界各地的绿叶菜都将在沪登台亮相,绿叶菜占蔬菜总量的比重,将由目前的三分之一增加到二分之一强。同时,随着各类安全检测手段发挥作用,人们能吃到更多规格化、标准化的放心绿叶菜。

市场销售:新型方式涌现

蔬菜的销售方式也将出现重大突破。长期以来形成的代销、对手交易等传统批发经营模式,将被定单蔬菜、全程代理、拍卖市场等新的流通方式替代。农民营销组织和经纪人队伍的日益壮大,也使蔬菜配送中心、电子商务等新型销售方式不断涌现。“家庭厨房工程”的深入实施,各类半成品菜、成品菜、药膳菜等方便菜、休闲菜所占的份额将越来越大。这些符合标准化要求的优质型蔬菜适宜进超市、蔬菜屋、副食品商店和大卖场等,也便于市民购买。届时,超市、蔬菜屋、大卖场等蔬菜零售业态将逐步发达,其蔬菜销售量将占总量 30%以上。

蔬菜新概念

有机蔬菜　即在生态环境质量符合规定标准的产地,生产过程中不使用任何合成物质,按特定的生产操作规程生产、加工,产品质量及包装经检测、检查符合特定标准,并经有机食品专门机构认定,许可使用有机(生态)食品标志的蔬菜。由于有机蔬菜在生产、加工中不使用化学农药、化学肥料、化学防腐剂和添加剂,也不使用基因工程生物及产物,是真正源自自然、富营养、高品质的安全环保生态食品,也是国际上公认的 AA 级产品。

绿色蔬菜　即在生态环境质量符合规定标准的产地,生产过程中允许限量使用限定的化学合成物质,按特定的生产操作规程生产、加工,产品质量及包装经检测、检查符合特定标准,并经绿色食品专门机构认定,许可使用绿色食品标志的蔬菜。绿色蔬菜是 A 级产品。

无公害蔬菜　即商品蔬菜的外观保持新鲜、无残根、黄叶、杂物、无泥沙,内部的营养丰富,不含有国家规定不准含有的有毒物质,某些不可避免的有害物含量控制在许可的范围之内，包括农药残留量、硝酸盐含量、“三废”有害物质含量、病原微生物含量等均不超过规定标准。

蔬菜技术含量高了

进入21世纪，上海的蔬菜生产将以新的面貌出现，令人耳目一新。

——工厂化育苗　在宽敞明亮的厂房里，人们通过各类保护设施，采用珍珠岩、草炭等各种轻质材料作为育苗基质，来代替传统的自然土壤；用精量播种机代替人工播种，并根据幼苗需要，人工来控制和调节温、光、水、肥等条件；按照蔬菜定植标准，有计划地培育出成批壮苗，从而使蔬菜育苗实现专业化、供苗实现商品化，生产过程实现机械化。

——有机化栽培　从消费者对蔬菜讲究安全营养和回归自然的需求出发，上海将有机蔬菜作为主要发展方向。在有机蔬菜生产、加工过程中，完全不使用化学农药、化学肥料、化学防腐剂和添加剂。通过有机化栽培改良土壤，使原来已“死的土壤”变成“活的土壤”，最终改善菜田生态环境。

——设施化生产　科技密集型的设施栽培无疑是上海蔬菜生产的优选项目，因为设施化园艺栽培的蔬菜产量高于常规栽培。届时，各种不同类型的全自控现代温室大批落户郊区，塑料大棚不断普及，防虫网、遮阳网、遮雨棚、无纺布等材料广泛应用，各类节能、简易、实用、高效的无土栽培、有机基质栽培、微喷滴灌等技术逐步推广应用。

——良种化繁育　种子种苗是发展潜力很大的源头农业，随着种子种苗工程的逐步启动，通过采用转基因等各类高科技和常规育种相结合的方法，选育出一批具有本地特色的优质高效的蔬菜新品种。在种苗繁育方面则推广离体培养、脱毒快繁等微繁技术和工厂化育苗技术。

——可持续发展　一些有利于蔬菜生产可持续发展的实用性技术将被广泛应用，其中包括合理轮作换茬，利用某些特殊作物拒避病虫害杂草，充分利用农牧业废弃物开发商品有机肥和生物菌等，采用生物、农业和物理防治方法防治病虫害等。

新世纪蔬菜生产布局

21世纪，根据市场需求多层次和蔬菜结构多样性特点，上海将合理调整蔬菜布局结构,基本形成各具特色的蔬菜区域布局。

近郊蔬菜区主要在外环线外侧,重点发展工厂化、设施化、园艺化蔬菜,扶持发展多功能的蔬菜园艺场,发挥其改善城市环境的生态肺的作用。沿江蔬菜区主要在奉贤、松江、金山、青浦等黄浦江上游地区,重点发展各类名特蔬菜和创汇蔬菜,形成现代化的蔬菜生产区域。海岛蔬菜区主要在崇明、长兴、横沙岛,重点发展各类无公害的绿色蔬菜和有机蔬菜。

与此同时,蔬菜区域布局还将实行专业化生产、规模化经营,重点发展有上海特色的蔬菜品种,在一定规模范围内,建设好一批特色蔬菜专业性生产基地,如青浦茭白、崇明花菜、南汇青菜和扁豆、嘉定草头、宝山黄瓜、浦东新区温室蔬菜、松江紫苏。

入世后的机遇和挑战

随着我国加入 WTO 的步伐加快,上海蔬菜业将面临新的挑战和机遇。

挑战:一、蔬菜生产规模较小,每户种植平均规模不足 0.3 公顷,船小难抗大风浪。二、优质产品较少,品牌产品不多,科技含量不高,导致市场竞争力不强。三、加工增值程度较低,营销手段较落后,增加值不到农产品的,影响了生产单位的抗衡能力。四、市场服务、政策体系相对比较滞后,一定程度上制约了上海蔬菜生产现代化的发展。

机遇:一、与国际市场相比,上海的劳动力成本相对较低,对发展蔬菜这一劳动密集型产品有利。二、蔬菜是鲜嫩产品,我国的蔬菜品种多,并在国际市场具有一定的竞争力,欧美等发达国家对蔬菜的需求量比较大,有利于开拓新的市场空间。三、上海是中国最大的蔬菜贸易集散地和消费市场,拥有良好的蔬菜生产地理与投资环境条件,瞄准国际市场需求,发展高品质出口蔬菜前景广阔。

色彩斑斓的海外蔬菜业

荷兰:模拟自然环境

荷兰农业十分重视提高土地生产率,以提高单位土地产值最大值为目标,大力发展园艺作物,使有限的土地产生巨大的效益。目前,该国投资建成 1.1 亿平方米温室,用于种植蔬菜、鲜花。这些温室都具有现代化设施,可模拟各种自然环境,基本摆脱了自然天气的影响,蔬菜的生长周期明显缩短,竞争力显著提高。

比如，荷兰的蘑菇生产可延长到一年 6 至 7 个周期，比一般栽培延长时间一倍多。荷兰农业就是通过发挥科技优势，大幅度提高单位面积量，弥补了土地不足的缺陷。

德国：借助卫星种菜

借助卫星耕种菜田，在德国不再是神话。这个国家一些蔬菜公司在每台农业机械上装有卫星导航辅助系统的定位接收器，菜农驾驶农机在菜田里作业，可根据卫星定位接收器的信息，由计算机算出来某一块土地缺少什么肥料，再由计算机来自动打开或关闭撒肥栅的喷撒盖，施给所需的肥料。据测算，依靠卫星耕作菜地可节省 20%的氮肥，真正做到按需施肥，大大节省了成本。有人将这种新装备称为菜农的第三只眼睛、更强壮肌肉和一个附和大脑。

日本："奥特曼"当菜农

最近，日本农业研究中心研制出新一代机器人，并用于卷心菜的收获作业上。这类机器人"大脑"部分装有电脑摄像机，十分伶俐，其神态宛如"奥特曼"，能像真的人一样在田间行走。作业时，能够十分准确地选定目标，一次可以收获棵卷心菜，动作之快，令人吃惊。日本农业机器人不仅能够在田中走，还会在空中飞。近年来，日本不少公司研制开发出能够飞行的农用机器人，它能够携带 5 至 10 公斤重的种子、农药或化肥，在一人多高处飞行作业。据悉，日本已有近 1500 台飞行机器人加入农业生产行列。

比利时："钟表式"拍卖

比利时的农产品拍卖批发市场，在农产品流通中占据十分重要的位置。其农产品拍卖批发十分独特，采取的是"钟表式"拍卖。当农产品进入批发市场后，拍卖人喊出农产品的最高价，如果没有人接受，就逐渐调低价格，直到有人愿意采购为止。为了提高拍卖效率，在拍卖时，比利时应用钟表系统，钟上的刻度划格代表价格，钟的指针从最高向最低旋转。拍卖钟和竞买者座位上的电子按钮相连，当指钟指到某个竞买者愿意接受的价格时，竞买者迅速按钮，表示该批发产品已被以此价格买进。

（以上均载 2000 年 12 月 10 日《解放日报》六版"市郊大地"）

希望在市场

——金山县不再焦急了

金山变近了，车入莘松高速公路，不一会儿就是金山大桥，一个半小时，金山县城到了。

这里长期以来是粮食和肉猪基地。人才短缺，财源不足，经济发展缓慢。四年前，本报曾发表《金山的焦虑》，为金山呼吁。眼下的金山，我们所到之处，从县领导到乡村干部，一个个精神振作，他们对金山经济的发展前景信心十足。潘龙清县长告诉我们，今年比去年净增 10 个亿，这是十拿九稳的。在县政府，潘县长同我们大谈流通，大谈市场，津津有味。如今，他们明确了一个战略思想：以流通带动生产，像抓生产那样抓流通。

枫泾商城的奇迹

市区有个摩天般的上海商城。金山如今也要搞一个商城。

当汽车驶上清枫公路，一片高低疏密错落有致，建筑装潢新颖的现代化建筑便映入眼帘。这就是建设中的金山枫泾商城。商城的屋面呈一个个三角“山”字形的框架结构，墙面有三角形装饰，人们一看便知道这是金山的象征。一年前，这里还是一片农田。自去年 7 月破土动工，至今仅短短 10 个多月时间。第一期建设工程还未全部竣工就从 3 月开始预售，商城筹建办平均每天收进 10 多万元租房款，计划建造的 2800 平方米经营门店，已被本县和市区以及江苏、浙江、广东等省市的 500 多家国营和集体单位，以及个体工商户租购一空。如今，第一期工程的 2000 万元投资已全部收回。目前，要求预购营业房的客户仍络绎不绝，县有关部门已果断决定将第二期工程提前进行建设。

这件事大大地鼓舞了金山的干部。不久前，还有人怀疑，在这一片空地上建一个商城会有人来吗？如今人们信心陡增，这里要建一个枫泾新城，商业流通大有搞头，大有希望！枫泾镇素有沪、浙五县通衢之称，是历代商贾汇集之地。据县志记载，明朝时镇上就有商铺200余家，清时米面业久居松江府之首。近年来，这里的苗猪集市也十分繁荣。这里还有自发的香烟市场。过去人们对自发的集市不是引导、培育，而是采取赶、堵的办法。结果，你堵你的，他做他的生意。金山的干部从中悟出，商品流通，贸易成市，这是社会发展的规律，金山的土地不光种庄稼，办工厂，还可以盖楼，建商场，办第三产业！

县委的1号文件

地处远郊的金山，离开城市商业中心也远，金山人守着土地，商品经济意识很薄弱。闻名遐迩的上海石化总厂就在金山境内，可是以前有着"金山"也不去靠，也不去挖"金子"。石化地区要求金山人去办商店，不肯去，结果人家自己办了，失去了时机，丢了市场。"金山人太老实巴交了"，人们说。本地人有一手漂亮农活不愿经商，一怕吃亏，冒风险；二怕羞，见了熟人低着头。农民进城卖西瓜，与顾客还价，扭着身体，屁股对着人。据了解，朱泾、亭林等三大镇上的5000多个体工商户中，金山人只占20%，绝大多数市场拱手让给了外省市人。而金山从事跨省经营的个体户不到10户。

今年1月，在贯彻落实中共中央十三届八中全会和市委五届十二次全会精神的县委扩大会议上，县委领导对积淀在金山人观念中的产品经济意识、小生产观念进行了无情的剖析。与会者认为，金山经济发展缓慢的原因，主要是以经济建设为中心的观念不强，商品经济意识薄弱。县委扩大会议作出了《关于进一步搞活商品流通的决定》，并作为今年县委1号文件，发到乡镇和县级各个部门。这个文件明确地提出：各级党政领导要像抓生产那样抓好流通，并要把商品经济观念、流通先行观念的教育，作为农村社教的重要内容，使干部群众树立起生产流通一起抓，主渠道、多渠道一起上，国内、国际两个市场一起争的新观念。同时，县政府还出台了支持搞活商品流通的10项优惠政策，为发展商品生产大开绿灯。

邓小平同志的南巡谈话，更是如及时雨使金山干部思想来了个大的解放。他们一直在寻找一个使全县经济获得突破性进展的牛鼻子，现在终于找到了。

金山县与其他兄弟县之间的差距不是发展速度上的差距，而是思想观念上的差距。金山县的领导如今牵住了牛鼻子，一边引导干部群众增强商品经济观念,一边又带头去闯商品经济的新天地。县委书记徐其华今年已三进浦东,买土地、设窗口、办企业。县长潘龙清带领人马上北京、下广州,大胆开展招商活动。今年 4 月初,他到广州、深圳招商,5 天牵回 10 个合资项目,在县内传为佳话。

战略性的布局

目标明确了。如今,金山县正在对流通、市场进行战略性的布局。金山县规划用 3 年时间,投入 2 亿资金,将朱泾、枫泾、金山嘴地区建设成为全县三大商业贸易中心。

现在,县府所在地朱泾地区的万安商业一条街经过改造已面貌一新。金山商厦正在动工兴建,一个集商业、旅游、娱乐为一体的购物中心,正在筹划之中。枫泾地区除商城已初具规模外,市郊第一家粮油批发交易市场已于最近建成开业,与商城配套的娱乐中心项目已达成意向。

金山嘴,是金山的又一块宝地。这里将成为一个车客渡码头,与宁波、舟山、镇海通航。金山看准这块地方必会兴旺起来,下了两步重头棋:一是在那里划出 500 亩土地,开辟商品住宅区;二是在国家水利部、市水利局支持下,规划建造一个大型渔货码头,并配套兴建一座宾馆和一个综合性商场,将金山嘴建设成为一个繁华的新港区。

国内、国际两个市场一起争,这已成为金山县各级干部的共识。为了占领国内市场,县、乡都作出了到市区开设窗口、把名、特、优农副产品打进市区商场的计划。同时,县有关部门已确定到北京、广州、昆明等 10 多个省、市设立办事处,开办贸易公司。到国外设立窗口,创办企业的工作,也在紧锣密鼓地进行之中。

金山人在市场中看到了希望。

本报记者　余建华　朱民权

(载 1992 年 5 月 3 日《解放日报》一版头条)

一个经济连年跃升、钱袋鼓起来的乡村，干部群众始终保持奋发向上的开拓创新精神，目标明确，思想充实，奋发有为。请看他们——

靠什么凝聚人？

——春申村党总支“凝聚力工程”纪实

松江区春申村，一个充满希望、富有生机的地方。

五年前，这个村党总支建设“凝聚力工程”的成果和经验，在本市内外引起很大的反响。

日前，当我们重新踏上这片土地，惊喜地看到：这里的党群关系、干群关系是那样的密切，党组织的凝聚力是那样的强大，群众振兴家乡、开创未来的信念是那样的坚定。这里的党总支扎扎实实加强思想政治工作，带领全村村民同心同德建设社会主义现代化新农村。

强村富民，发展经济凝聚人

在春申村村务公开栏上，有一幅经济发展的彩色图表：1994 年全村工农业总产值为 1.07 亿元，实现利税 800 万元、劳均收入 5000 多元，到 1999 年分别增长到 2.32 亿元、5745 万元和 1.09 万元。村级经济从原来位居全区第三，跃升为首位。

春申村人均占地不满 1 亩，单纯搞农业，经济实力难以提高。1996 年，原来经济较为薄弱的沙港村又与他们撤二合一为现在的春申村，发展经济的任务更重。村党总支及时调整思路，把发展外向型经济和私营经济作为强村富民的战略措施。

那年，他们引进了首个外资项目——日本大家株式会社投资 500 万美元的上海大家橡塑有限公司。土地刚批租出去，一些农民想不通：土地是伲命根子，企业倘不灵光叫伲喝西北风？村里的老干部也气呼呼找上门来，埋怨道："你们发展经济这没错，但土地没了，子孙吃啥？"面对农民深厚的"恋土情结"，党总支通过召开村民座谈会，做循循善诱的说服工作，使干部群众认清了引进外资、兴办三资企业与发展壮大村级经济的关系。一年后，这家外资企业招工时，农民们乐了，都说村干部目光远。一笔账算下来，企业征用土地22亩，招工上百名，效益远高于土地产出；何况还为国家带来税金，值！

尝到甜头后，村民都大力支持工业开发，有的还帮村里跑项目。春申村先后引进外资项目20多个，吸引外资6500万美元，连同落户的56家私营企业，总计批租土地达700余亩。利用土地批租资金，村里建起了九纵二横城市道路，投资2000多万元兴建了3.5万平方米的标准厂房和仓储用房，使村级经济每年以25％以上的速度递增。

村里经济的发展呈现"一头高、一头低"的现象，集体企业一块老是上不去。剖析原因，根子在于产权不明晰，职工吃企业"大锅饭"。村两委决定，对春申机电厂、飞轮厂、庭园五金厂等4家企业进行股份制改制，让厂长、职工掏钱自砸"铁交椅""铁饭碗"。消息一传开，各种议论纷至沓来：集体办厂我干活，企业办不好责任在厂长，要我们出资认购股份是啥道理？村党总支领导分头到企业蹲点，组织职工学习党的政策，同时动员党员干部带头入股，从而带动了全厂。体制一转活力增，企业逐渐摆脱困境。

以人为本，加强学习凝聚人

随着村级经济的发展，春申村相继建成"自来水村""液化气村""电话村""有线电视村"，"别墅村"也初具雏形。少数村民生活改善后，产生了小富即安的思想，满足于"老酒喝喝，麻将搓搓"，个别村民甚至"造房看风水，生病求神仙"。

正在这时，邻村一家开办小工厂"冒富"的农户，由于父子迷恋赌博而好景不长，辛辛苦苦挣来的家业挥霍一空，连厂子也抵押了出去。消息传来的那天晚上，村党总支办公楼灯火通明，会议开了5个多小时。最后，大家形成共识：建设社会主义现代化新农村，不仅要有先进生产设施和优良生活环境，还要提高农民素质，培养"四有"的农民群体。

如何解决村民"口袋鼓起，脑袋干瘪"问题，不让思想"抛荒"？他们创办了"文明村民学校"，举办各种读书班、学习班、培训班。到目前为止，参加人数达2000多人次。村党总支每年都有一个教育主题：1998年是"爱岗敬业鼓实劲，齐心创建中心村”的教育；去年为“明确目标，拼搏向上，强村富民，创建中心村”的教育；今年在开展“致富思源，富而思进”的教育中，组织全体村民进行“过去致富靠什么，现在富了缺什么，今后发展抓什么”的大讨论。

用身边的人、身边的事进行教育，是春申村的一大特色。他们每年组织村民选出“十佳创优者”“十佳文明家庭”“十佳好媳妇”“十佳好孝子”“十佳好学子”和“十佳好长辈”系列典型，再用典型来带动周围的人。

春申村早在1996年就着手建设“电脑村”，村民购置电脑，村给予补助2000元。今年春，还将信息高速公路引进村，免费为村民装置ISDN，100多户农家足不出户可以上网看世界。他们还在因特网上建立了春申村网页，开设春申简介、村务公开、春申论坛等栏目。

村党总支坚持每周六集中学习。根据我国即将加入WTO的新形势，他们主动到市区有关单位听课，已听了十讲。在党总支的带动下，村民们也认真学习科学文化知识，目前，全村有103人获得市、区各种专业证书。学习使村民的文明素质大大提高。

开拓创新，团结奋进凝聚人

如果说，当初春申村党总支建设“凝聚力工程”偏重于为民排忧解难，现在则注重提高素质、激励奋进，使“凝聚力工程”的内涵更丰富、外延更宽广。

春申村在市郊率先建立村民代表大会、制订《村民自治章程》、健全村委会服务功能，使村民真正当家作主。就拿《村民自治章程》来说，春申村就修订了三次，今年村民代表大会通过的《章程》，包括村民享受的权利、应履行的义务以及村民代表会议行使的职权等，内容更为充实。春申村在浦东金桥出口加工区投资近2000万元，建设8400平方米标准厂房的决策，就是村民代表经实地考察后通过的。

近几年来，由于产业结构的调整，春申村部分中年人面临重新择业的问题。村党总支本着“不让共同富裕留下遗忘的角落”的原则，建立指导就业服务中心，并规定村企业每吸纳一名本村村民就业，村里每年给予企业补贴100元，使每年有几十名中年人走上新岗位。对年满16周岁以上的残疾人，他们都安排进福利企业，不能自食其力的每年补贴2000元生活费。

春申村村民自豪地告诉我们：“在我们村，每天24小时都能找到党。”这里每家村民中均有一张村干部电话联系表，有事随时可以联系。支部办公室里放有

《村民家庭情况征询表》《孤老、重瘫、弱智、重病对象汇表》等等。春申离新桥镇有5公里路,学生到镇上读书不方便,村里添置了两辆大巴士,配备了接车员接送学生。每逢雨雪天,村干部总是在村头迎候大巴士,直到学生全部被家长领走,才安然离去。村民们说,就是铁石心肠,也要被党员干部的真情所感化。

辛勤的耕耘结出丰硕成果。春申村先后获得"全国先进基层党组织""全国模范村民委员会""全国社会综合治理先进单位"和"全国文明村"等称号。

最近,春申村党总支认真学习江泽民同志关于"三个代表"的重要讲话,深深体会到必须按"三个代表"的要求加强党的建设,才能更好地凝聚人。春申村的凝聚力工程在新的形势下,正规划如何进一步提高发展。

本报记者　朱民权　本报通讯员　吴纪盛

(载2000年7月30日《解放日报》一版头条)

坚决刹住大造办公楼的歪风

——上海县马桥公社的调查

前几年，在“四人帮”的干扰破坏下，上海县马桥公社刮起了一股大兴土木造办公楼的歪风。最近，公社党委通过学习党中央的重要批示和湘乡经验，认识到这是一个严重问题，决心采取有力措施刹住这股歪风。

自一九七五年以来，这个公社从公社机关、社办工厂到生产大队先后建造了十九幢办公楼，建筑面积共有八千三百多平方米，花钱五十四万多元。在全公社二十个大队中，就有十四个大队以造机房、仓库等为名造了办公楼。而且越造越阔气，越造规模越大，从五上五下、九上九下到三层楼，最大的一幢花钱四万四千多元。这股风一直刮到了生产队，这个公社有少数生产队也造了办公楼。

大造办公楼，造成的后果是严重的。

一、违反财经纪律，助长了不正之风。公社机关本来有食堂、招待所和大小会议室，公社党委的同志为了讲究排场，竟不顾党中央和国务院三令五申，未经上级有关部门正式批准，于一九七七年又造了一幢可铺排五十张床位的招待所和可供三百多人就餐的食堂，共花去公社集体资金六万六千九百多元。没有建筑材料，就通过“以物易物”等非法途径弄到手。十四个大队和四个社办厂新造的办公楼，除少数单位外，大部分也未经上级有关部门正式批准，并通过“以物易物”、挪用种子仓库和地下排灌材料等非法手段，搞来造房的建筑材料。

二、占用社、队企业的大量积累，严重削弱了人民公社集体经济。

不少大队为了建造办公楼，把大队的公共积累全部用光，甚至负债很多。其中七个大队已负债三十六万九千元；有十一个大队拖欠生产队资金四十五万五千元；有四个大队向银行贷款七万三千八百元。如工农大队，原有三间共计八十多平方米的办公室，另有一座可容纳四百人左右的礼堂，一九七七年又动用大队企业积累四万四千多元，建造了一幢九上九下，建筑面积达七百二十平方米的办公楼(下面是仓库和下伸店),还专门造了一个大型会议室,墙壁装上吸音板,平顶上装有二十多只吊扇和二十六只蘑菇灯,把大队的公共积累全部用光之外还负债二万五千多元。今年春耕生产时,大队缺少生产资金,只得向生产队借钱。

三、任意调用生产队劳动力,削弱了农业第一线。据不完全统计,在十二个大队中,就有七个大队共无偿调用了生产队劳动力一万零三百多工。一九七四年,公社为翻建大礼堂,也违反人民公社"六十条"规定,无偿调用了生产队劳动力一千四百多工。

四、占田造房,浪费集体耕地。从一九七四年至一九七七年四年中,全公社因建造办公楼占用了耕地面积达十四亩(包括少数非耕地)。去年,友好大队建造一幢办公楼,占用耕地就有二亩四分之多。为了更换办公楼上的门窗玻璃,他们还平调一个生产队的半亩耕地,无偿送给附近一家工厂。社员群众对此意见纷纷。

马桥公社党委对照中央批示和湘乡经验,看到了这个问题的严重性。为了刹住这股歪风,他们于最近采取了四条措施:(1)立即从党内到党外传达中央重要批示和湘乡经验,放手发动群众,深揭狠批"四人帮"刮起的这股歪风。(2)与县委工作队一起组成调查组,通过系统的调查研究提出解决办法。(3)党委在大队党支部书记会议上初步作了检查,并带头封闭擅自建造的机关招待所和食堂,听候县委处理。(4)从现在起一律不准乱造办公楼,正在建造的坚决停下来。联盟大队原打算造六上六下的办公楼,目前只造好下层六间,党委研究决定,要他们坚决停下来,不准继续建造。

(载 1978 年 8 月 10 日《解放日报》二版要闻头条)

改变农村面貌从何入手？

上海县马桥公社党委，认真学习党中央指示和湘乡县委经验，采取果断措施，坚决刹住大造办公楼的歪风，这是完全正确的。

党中央、国务院，早就三令五申严禁擅自兴建楼堂馆所。可是，这几年在“四人帮”的干扰破坏下，郊区一些社队讲排场、摆阔气，刮起大兴土木、乱盖楼堂馆所的歪风，影响极坏。有些干部至今对这个问题还认识不清。问题的严重性由此可见。

“人民公社成立二十年了，社队造点办公楼、大礼堂，也是改变农村面貌的需要。”这种说法，貌似有理，其实是为讲排场、摆阔气辩护，是站不住脚的。诚然，农村需要改变面貌，但是看一个地方的面貌变不变，难道主要是看造了多少办公楼，盖了多少大礼堂吗？不对，主要应该看改了多少土，治了多少水，生产条件改变得如何。

如果一个地方办公楼、大礼堂盖得很多、很漂亮，而农田基本建设搞得不好，山河依旧，能说是改变了面貌吗？改变农村的面貌，根本的目的是夺取农业高产。办公楼、大礼堂造得再多，也是不会长出粮食、棉花来的。要多打粮、多收棉，办法是坚持农业学大寨，发扬“愚公移山，改造中国”的革命精神，大搞农田基本建设，大力改变农业生产条件。我们的近邻苏州地区的经验，充分证明了这一点。

“造楼房用的是社队企业积累，又不是要国家投资，有啥不可以。”这里涉及到一个问题，就是社队企业的积累究竟应该如何使用。前面讲到，夺取农业高产，要大搞农田基本建设，而大搞农田基本建设需要的大量资金从哪里来？完全靠国家的投资不行，单纯靠农业积累也不行，很重要的来源是社队企业的积累。因此，为了高速度发展农业，我们应该保证社队企业的积累重点用于农业。少数地方把社队企业的积累主要用于造办公楼、大礼堂，这是非常错误的，要立即制止。

刹住这股歪风，关键在领导。哪里的领导机关立足于大办农业，注意勤俭节约，哪里乱盖楼堂馆所的歪风就刮不起来。因此重要的问题是要领导干部真正带头去做。领导带了头，并且像马桥公社那样采取有效措施，要刹住这股歪风，也并非难事。

（载 1978 年 8 月 10 日《解放日报》二版要闻）

本报专访

加强领导　进一步减轻农民负担

——访上海市副市长孟建柱

近年来，党中央、国务院三令五申要减轻农民负担，上海郊区农民的负担有多重？如何从根本上减轻郊区农民的负担？昨天，记者带着这些问题访问了副市长孟建柱。

长期从事农村工作，过去担任过农场场长、县委书记、市农村党委书记，而今主管本市农村经济及商业工作的副市长孟建柱，对郊区农民负担的现状十分关切。他说，减轻农民负担的问题，市委、市政府十分重视，本市上上下下为此作过很大努力。去年，市农委又在典型调查和全面自查的基础上，取消了部分县、乡制定的31个收费、集资和摊派项目，去年本市郊区农民个人负担的公共费用不到全国平均数的三分之一。但从市郊现状看，由于多种原因，农民负担不合理的问题一定程度上还存在。其中上级部门出点子，要农民掏票子的各种集资和收费有73个项目；一些乡村自行的集资、摊派等有35个项目；还有市里少数收购部门拖欠农民出售的牛奶款、副食品款等等。当然，农民感觉负担加重，还因为工农业产品剪刀差加大，农业比较效益下降而承受的"隐性负担"。对此，农民群众有一定意见。现在是到了上下结合，果断采取措施，认真解决问题的时候了。

孟建柱认为，减轻农民负担，关键在于抓落实。要从保护农民积极性，保持党与群众血肉联系，促进农村经济发展的高度来认识减轻农民负担的重要性，真正把贯彻落实国务院减轻农民负担电话会议精神变成各部门的自觉行动。孟建柱介绍说，为了使各级在抓落实时，有可操作性的依据，最近市政府已作出了5条具体规定，要求各级对国务院公布的取消涉及农民负担的项目，必须不折不扣地贯彻执行，不得以任何借口拖延不办。为了堵住源头，市政府下决心首先从市、县(区)两级抓起，市各有关部门和各县(区)政府对本部门制订的有关加重农民负担的文件要认真进行清理。县(区)、乡政府及其有关部门制订的增加农民不合理负担的各种集资、摊派和行政事业性收费项目，要一律予以取消。确实需要继续执行的，应报市农委审核后，按规定程序审批。他还谈到，为了切实保护广大农民利益，市粮食部门对今年的夏粮收购，较大幅度提高了夏粮收购价格；在秋种前公布了稻谷收购最低保护价；对牛奶、副食品的收购规定了结算期。市政府还建立了粮食生产风险基金。同时，还准备从郊区实际出发，制订一系列扶持农业，扶持副食品基地场的政策措施。

解决农民负担不合理问题要从治本入手。孟建柱说，大力发展农村经济，使集体经济实力不断增强，农民收入逐年增长，这是减轻农民负担的治本之策。从郊区的整体情况看，一些经济发达地区，农民负担较轻，而一些经济发展缓慢地区，农民负担就较重。这说明，只有经济上去了，集体经济实力强了，才能尽可能向农民少伸手。他还指出，减轻农民负担的工作，还要从建章立制入手，建立和健全农民负担监督管理的规章制度，并逐步走上立法的路子，把减轻农民负担纳入法制化轨道，做到有法可依，那么，农民负担不合理问题才可望从根本上解决。

（载 1993 年 6 月 3 日《解放日报》二版头条）

大力拓展国内市场　推动上海经济发展

——再访上海市副市长孟建柱

如何加强经济联合，拓展国内市场，推动上海经济发展，已成为"上博会"一个热门话题。为此，记者访问了"上博会"组委会主任、副市长孟建柱。

记者是在"上博会"开幕那天夜访孟建柱的。孟副市长当天参加了"上博会"开幕式、出席了签约仪式、考察了成都市场等，显得有点疲倦。但他仍兴奋地告诉记者，开幕第一天即成绩不俗，签订的成交额达13亿元之多，签订的各类合作意向、协议有56项之多，各种订货合同上千份，特别是棉针织品、轻工产品、电冰箱等一些上海的名、特、优产品，原定5天的销售计划，居然在一天中全部完成。蓉城"上博会"的盛况表明：内地工商界看好上海产品；上海拓展内地市场，大有可为。他指出，有眼光的企业经营者，应当走出上海，花大力气开拓国内大市场。

在谈到拓展国内市场，加强经济联合的紧迫性时，孟建柱认为，发展跨省市的经济联合，是实现优势互补、共同繁荣的必由之路。搞好联合，也有利于加快构筑社会主义市场新体制。

在阐述经济联合的深远意义时，他还认为，这种联合无疑是上海增加经济总量，提高经济质量的又一股强大的推动力。同时，上海也能更好地发挥全国经济中心的作用，在商品、技术、资金等方面增强向全国的辐射。孟建柱说，我们应当从"上博会"开门红中形成几点共识：首先，政府在引导企业拓展国内市场时，要注重两地政府部门之间的合作，才能增强开发市场的力度，使企业真正站到"大舞台"上去"唱戏"。其次是要改变计划经济时那种条块分割、各自为政的孤军作战局面，充分发挥上海的整体优势、集团优势，去拓展市场。第三是要开展多层次、多领域、多形式经济合作，千方百计向国内大市场的广度和深度进军。

孟建柱强调，上海过去、现在和将来，都将敞开大门，努力为兄弟省市的名特优产品打进上海市场创造条件，这不仅有利于丰富和繁荣上海市场，也有利于上海成为全国的贸易中心和购物中心。

（载 1994 年 4 月 3 日《解放日报》二版右头条）

建设好“厨房工程”

——访上海市副市长冯国勤

今年春节，“厨房工程”成为上海市民关注的一个热点，桌菜和套菜市场十分红火。如何使这种局面持续下去，让“厨房工程”向更广阔的领域延伸？日前，记者走访了冯国勤副市长。

冯国勤说，建设“厨房工程”是市委、市政府提出的一项工作要求，它是上海“菜篮子”“米袋子”工程的延伸和发展，是上海社会、经济发展的必然产物。他认为，经过前两轮的“菜篮子工程”建设，上海副食品市场告别了短缺，供应基本上达到稳定均衡。目前“菜篮子”产品的产加销一体化经营方式正在发展，深精加工提上了议事日程；与此同时，上海的连锁超市、便利店、快餐店发展迅速，也促进了食品生产和供应方式的改变。其次，城市居民的食品消费观念，已由“吃饱”转向“吃好”，合理、平衡、营养的科学进食方法，受到普遍的重视；加上人们生活节奏加快，注重时间与效率，迫切需要家务劳动社会化。“厨房工程”的应运而生，不仅有利于推进“菜篮子”“米袋子”工程的产业化进程；有利于实现食品工业的可持续发展，而且会带来大量的就业机会，对上海社会经济发展有着重要的作用。

冯国勤说，建设“厨房工程”，对于传统的副食品供应方式来说，无疑是一场革命，它以工厂化的生产劳动取代了家庭厨房的手工劳动，以提供可直接上桌或直接下锅的加工食品取代了原料性食品，以连锁配套销售方式取代了单店分散的销售方式。目前已经开发的速食米、面、大众化早点、方便菜肴、冷冻食品、微波食品、罐头食品、熟食制品、包装盆菜、节日套菜都可以列入“厨房工程”。今后还要围绕市民需求，不断开发新的产品，设计好家庭日常菜谱，提高人们膳食品质。

冯国勤指出，建设家庭厨房工程关系到农业、商业、工业、科研、教育等产业部门。要调动各方面的积极性，发挥各自的优势；又要统一规划，协同作战，把生产、加工、销售、科研等环节联成一体，以减少流通环节，提高经济效益。

冯国勤强调，食品业是科技含量很高的产业，要增加对食品业的科技投入，加快专业人才培养，形成食品生产、加工制作、保鲜冷藏链和配送中心协调发展的新格局。要切实减少食物在加工、运输、销售和贮藏中的营养损耗，提高食品的配送效率，使每个家庭能够享用卫生、安全的食品。要加强“厨房工程”终端——销售网络的建设。目前的销售网已有几个层次：一是供应大副食的副食品商场；二是连锁超市、便利店；三是社会配菜服务公司；四是连锁快餐店、大众化饮食店和宾馆、饭店等。今后要坚持发展连锁超市和24小时营业的连锁便利店，做到每个社区都有连锁化经营的营业网点，方便消费者订货、取货，真正使“厨房工程”走进千家万户。

（载1998年2月28日《解放日报》A2版）

建设好跨世纪菜篮子工程

——再访上海市副市长冯国勤

上海市菜篮子工程建设，在党中央、国务院的关怀和市委、市政府的领导以及兄弟省市的支援下，经过全体参与者的共同努力，取得了商品丰富、价格稳定、供应良好、市场稳定的成绩。1997 年上市的主要副食品比菜篮子工程建设初期均有较大幅度增长，其中肉禽蛋菜鱼增长幅度达 26.48%。

10 年来，本市的菜篮子工程建设按照市委、市政府提出的“基地化、园艺化、规模化和科技化”的要求，着重建设具有一定规模的稳固生产基地，以保持适度自给率；积极建设多层次的高效流通体系，以确保供应的均衡和稳定；大力建设和发展连锁经营，以推进菜篮子工程终端建设。同时还注重依靠科技进步，提高菜篮子工程的科技含量。如果说，前 5 年的菜篮子工程建设是以解决商品紧缺为重点，那么后 5 年则在商品质量和均衡供应上做文章。

随着都市化的发展和市场化程度的提高，以及依据本市人均 GDP 突破 3000 美元后将出现的消费变化的实际，从今年开始，上海的跨世纪菜篮子工程建设要在总量平衡和规划布局上作新的调整，在产品结构和供应及消费方式上有新的改进。跨世纪菜篮子工程建设不单纯追求数量的增加和外延的扩张，重在求质求效，要探索并且走出一条与人口增长、环境保护和资源配置相协调的可持续发展的路子，以适应国际化大都市发展的要求。

跨世纪菜篮子工程建设的重点是：适当加大调整生产布局的力度，保持适度自给率，在加大“菜园子”设施建设力度的基础上，有计划地在外地发展生产基地；既重视抓生产结构调整，又重视抓市场流通，加强两者之间的渗透和联系，大力推进以批发市场为中心的市场网络建设，增加市场供应的稳定性；充分发挥现有商业流通企业的积极作用，发展多种形式的产销合作组织，培育市场主体，提高产销的组织化程度；紧紧围绕提高人民生活质量，大力推进“厨房工程”建设，以家庭劳动社会化为目标，向广大市民提供丰富、营养、方便、卫生的食品。到2005年，全市人均肉禽蛋菜鱼的消费量将比1996年分别增长7.7％、19.7％、30％、15％和36％，同时菜篮子商品将更趋方便、快捷、营养和卫生。

在世纪之交，我们将努力按照市委、市政府制订的“产业化、连锁化、规格化和科技化”新要求，落实本市的跨世纪菜篮子工程建设发展规划，让1300万上海市民生活得更美好。

（载1998年5月8日《解放日报》D3版头条）

市郊城市化建设要有个好规划

——访市农委副主任袁以星

上海在迈向21世纪之时郊区怎么办？这不仅是郊区的事，也与整个上海发展的全局紧密相关。“规划是农村发展的龙头。上海郊区要加快农村城市化建设进程，迫切需要一个从上海发展战略的全局出发、具有鲜明时代特征和大上海郊区特点的农村城市化发展规划作指引。”市农委副主任袁以星近日接受记者采访时阐述了上述观点。

改革开放以来，郊区农村城市化的迅速推进，得益于八十年代市委、市政府提出的城乡一体化发展战略。至去年底，历时3年的县域综合发展规划已编制完成，对未来的城镇体系布局、人口规模、基础设施、产业定位等主要内容提出了初步框架，这标志着九十年代的上海郊区经济和社会发展，将进入更为有序的发展轨道。但由于现在已完成的县域综合规划是立足在县域概念这一思维定势基础上编制的，与农村城市化的要求还不相适应，与国际大都市郊区的未来发展的战略目标差距更大。

袁以星认为，编制农村城市化规划，要跳出传统的县域概念，树立大上海的整体观念，要以实现农村城市化和将郊县建成大都市的“二级市”为目标，逐步摆脱城镇格局，向城市化格局发展，同时要改变一乡一镇平均用力的做法，把重点放到培育中心城、中心镇上，使郊县的中心城建设成为大上海的“辅城”，并以此为轴心带动周边集镇发展，使郊区形成“都市里的村庄、村庄里的都市”的格局。规划时起点要高。无论是城市形态、产业布局，还是基础设施、建筑风格等，都要体现一流水平。

袁以星认为，修编农村城市化发展规划，还必须立足现实。一方面要吸取前几轮农村发展规划的合理成分，使新发展规划成为集大成者；一方面要从实现农村城市化的战略目标出发，要有足够的超前意识。只有做到把尊重历史和创造未来结合起来，把经济发展和社会发展结合起来，把城镇建设、基础设施建设和土地开发使用结合起来，才能使新一轮农村城市化规划更符合 21 世纪的发展趋势，经得起历史的检验。同时，要引导干部和群众增强规划意识，并逐步将规划纳入依法管理的轨道，真正做到没有规划的建设不搞，不符合规划的项目不批，对违反规划的事件手下不留情，以保证高起点的农村城市化发展规划成为现实。

（载 1994 年 8 月 11 日《解放日报》二版右头条）

敢字当头争创一流

——访闵行区区长黄富荣

“撤二建一”之后新成立的闵行区发展大思路是什么？在区人大会议结束之际，记者走访了首任区长黄富荣。

“要以一流的工作，建设一流水平的新闵行。”在新区长的办公室，黄富荣指着墙上一张闵行区的大型规划图，开门见山地讲了这句话。

黄富荣告诉我们，市委、市政府提出新闵行区要成为一流水平的工业卫星城和中心城的延伸区，这已成为闵行区50多万人民的共同奋斗目标，我们有信心、有能力使市领导的期望变成现实。

建设一流水平的闵行区，首先要在规划上体现出来。黄富荣介绍说，为了吸引中心城的辐射，接受市区工业的扩散，区委和区政府围绕改善投资环境和生活环境两个目标，制订了既有长计划，又有短期安排的新区发展总体规划。现在，各项准备性建设大规模展开，一个以建设轻型铁路和全方位“铺路”“开路”的规划构想已经形成，电、水与通讯等设施建设已全面展开。区域内规划建设的申莘、莘北、沧源三个工业区已进入实质性开发阶段，在闵行开发区外围，一个占地2平方公里的外向型工业区正在进行前期准备工作。为了实现把闵行区建设成中心城延伸区的战略目标，区内规划建设14个共可容纳100万人口的新型居住区，目前正在抓紧规划和付诸实施。按照大市场、大流通格局而兴建的“南方商城”和具有现代化水平的商业中心等一批商业和娱乐设施建设计划正在积极筹划……未来的闵行区将以连接中心城的崭新面貌展现在人们面前。

以本市副食品基地著称的闵行区，在为城市服务中肩负着重任。黄富荣认为，在二、三产业高速发展的今天，稳定农业、稳定副食品生产仍然至关重要。他介绍说，闵行区已决定通过多渠道、多层次筹措资金，加大农业投入，致力于发展设施农业和创汇农业，以加快传统农业向现代化农业转变。同时，区政府还决定投资 5000 万元，建设 10 个现代化农业园艺场，作为大规模的蔬菜无土栽培基地和种植示范基地，使农业现代化建设走在全市前列。

经济的发展和繁荣，是建设一流新区的基础。谈起这一点，黄富荣显得很兴奋，而且充满信心。他说，区委、区政府新近确定，要以加快第三产业和外向型经济发展步伐，加大产业结构力度来加速全区经济的发展。今年全区计划完成国民生产总值 27 亿元，社会总产值 105 亿元，财政收入 4 亿多元。到 2000 年，国民生产总值翻两番，社会总产值翻三番，外贸出口交货值翻四番，农民和职工收入都有较大幅度增加。

这些目标能否变成现实？黄富荣说，区委、区政府已提出必须以改革开放、敢闯敢试、真抓实干的精神，切实转变政府职能，通过规划管理、目标管理、政策管理和法制管理，来保证改革开放和经济建设各项目标的落实，交出一份令人满意的答卷。

（载 1993 年 4 月 13 日《解放日报》二版上海新闻头条）

加快农村城市化进程

——访闵行区区委书记黄富荣

“农村城市化，对于近郊农民来说，无疑是个十分诱人的目标。如何实现从社会主义新农村到农村城市化的历史性跨跃，这是90年代上海农村改革和发展的一个重要课题。”长期从事农村工作的闵行区区长黄富荣，在谈到农村城市化问题时，开门见山地讲了以上这段话。接着，就这个问题，他畅谈了自己的看法。

闵行区农村城市化的悄悄到来，是与上海中心城区的经济和社会发展紧紧联系在一起的。谈到这里，黄富荣兴奋地说，近几年随着城市工业和商业的发展，地处城郊结合部的闵行区，在直接接受城市工业和商业的辐射中，镇办工业和农村商业得以迅猛发展。现在，闵行区的镇村两级企业已发展到2300多家，去年的工业产值达117亿元。镇村企业的大发展，提出了集中布局建设工业小区和发展小城镇的迫切需求，这就给闵行区农村城市化带来了历史性的契机。他还谈到，近几年来，在上海加快旧城区改造中，闵行区实际上成了中心城区的延伸之地。仅去年一年，全区就为中心城区提供动迁等用房250多万平方米，一批具有相当规模的住宅区在闵行区内拔地而起，新城区的兴起，带动了与城市化相配套的市政基础设施建设，有力地推动了农村城市化进程。

黄富荣认为，农村城市化是农村一大系统工程，它凝聚着农民兄弟多年的企盼和追求。因此，作为一个地区的领导者，不仅要强化农村城市化的观念，而且要有一个明确的目标。他向记者介绍，闵行区委、区府在“撤二建一”后，就提出了按照现代化城市格局建设新闵行的目标，并根据未来的位置进行超前规划，同时根据现实的条件，分两个层次推进农村城市化建设。第一层次是初具规模的城市化地区，以沪闵路、七莘路、沪青平公路为界，紧连徐汇区，是一板块状城区。从莘庄到闵行沿沪闵线东侧逐步形成13公里长带状住宅区，以及两个区级工业区，配备商业、教育、卫生等较为先进的设施。第二层次是6个正在兴建的城镇，重点是加快建设，为农村走向城市化创造条件。这个远期目标的实现，将使未来的闵行区成为一个以城市化地区为中心，小城镇相呼应，并配以现代化交通、通讯网络的新城市。

推进农村城市化，眼下应该从何处入手？在回答记者提问时，黄富荣说，为了实现这个目标，区委、区府按照建设现代化城市的新思路，精心制定了一个与中心城区相适应的跨世纪城市化建设总体规划。他认为，农村城市化要加快农村工业化。就近期而论，则要大力发展乡镇工业，发展外向型经济和第三产业，特别是要加快建设好区内的申莘、莘北等 36 个工业小区。农村城市化还要加快农村商业化步伐，搞好“上海莘城”“南方商城”等一批现代化商业设施建设。这是调整产业结构，集中布局，发挥集聚效益，发展现代化新城区的必由之路。农村城市化还需要具有城市化水平的市政、基础设施。闵行区正以此为目标，全面展开水、电、煤气、道路和通讯等设施建设。今年，闵行 10 万吨水厂扩建工程正抓紧建设。今年准备新建的 40 万吨水厂已进入招商阶段。春申 22 万伏变电站和 6 座 3.5 万伏电站工程今年也将建成投入使用。全区农村煤气用户气化率在 80％的基础上，今年将再增加 1.1 万户。一个以建设轻轨铁路和全方位“铺路”的规划正在付诸实施。电话装机容量近几年以每年 7 万门的速度增长，今年全区可望实现通讯程控化。不远的将来，闵行区的市政、基础设施可望达到中心城区的水平。农村城市化这个看似遥远的话题，不久将会在闵行区变为现实。

（载 1994 年 4 月 28 日《解放日报》七版市郊大地头条）

瞄准“高”字再创新水平

——访闵行区区长王洪泉

唱高调，不是王洪泉区长的“专长”。然而，当谈及世纪之交的闵行区经济发展目标时，这位以务实闻名的区长却三句不离“高”字。他说，在充满机遇又富有挑战的世纪之交，经济发展一定要立足高质量，只有瞄准高字做文章，才能再创新水平。

自去年9月以来，王洪泉就围绕着如何发展好世纪之交闵行经济的问题，进行了深入细致的调查研究。他告诉记者，闵行区的经济结构、产业结构虽然经过几次调整，但还不尽合理，特别是工业经济中传统产业比重大，高新技术产业发展还不快。因此，闵行经济要实现新的腾飞，必须按照“调高、调优、调新”的指导思想，首先是把高新技术产业作为全区经济发展的战略突破口。要加快高新科技成果转化，重点扶持发展已经具有一定优势和规模的电子信息、精细化工、新型材料、生物医学工程等重点产业；要大力发展高新技术企业和民营科技企业，努力形成一批科技含量高，市场前景广阔的经济增长点；要将高新技术渗透到传统的产品、企业里，每年嫁接改造一批，升级换代一批，以形成新竞争优势。经过几年努力，使高新技术产业在全区经济中的比重上升到20%左右。

目前，闵行区拥有3400多家国有和集体企业，并涌现出94家年产值1亿至10亿元的企业(集团)。王洪泉认为，这是闵行经济发展的基础。因此，全区将深化企业产权制度改革，对国有、集体企业进行战略性改组和改造，通过资产置换、产权出让、拍卖转私等多种方式，实现优质存量资产向优势企业集中，优势企业向优秀企业家集中，并将现有单一投资主体的国有和集体企业，逐步改制为多元化投资的企业。同时，要加快建立市场化经营管理和用人机制，加大用人制度、分配制度的改革力度，特别是对经营者持股、奖股方面要有新突破，激发经营者的积极性，使老企业焕发新生机。

王洪泉还说，从提高闵行区经济外向度、促使经济再上新台阶出发，招商引资要不断出“新招”、攀“高亲”。近几年闵行区在招商引资时，把着眼点从注重政策优势逐步转到投资环境上来，一方面集中财力高起点地搞好全区城乡的基础设施，进一步增强道路交通等设施的支撑能力，提高水电、通信等保障供应水平，以优美的投资环境吸引客商。另一方面搞大活动、引大客户，把招商引资和举办展示活动有机结合起来，通过宣传闵行、展示闵行，来增强国外大企业、大财团到闵行区投资的信心。他向记者透露，4 月上旬，闵行区举办了一次大型展示招商活动，3 天内签署了 103 个中外合作合资项目，意向吸引外资 1. 9 亿美元，内资 17. 3 亿元，并出现了一、二、三产业引资全面丰收的可喜局面。

（载 1999 年 5 月 12 日《解放日报》3 版右头条）

挑起科技振兴经济的重担

——访市农科院党委书记石鸿熙

十三大胜利闭幕了，人们欢庆往日的成就，也憧憬着未来的美景。作为本市农业科技领域中一支劲旅的市农业科学院，她有着怎样的昨天，现在又怎样奔向未来？

“赵紫阳同志的报告把科学教育事业放在实现经济建设战略部署第二步的重要位置，作为一名农业科研单位的领导，我感到振奋，同时，又感到了这副担子的沉重。”十三大代表，市农科院党委书记石鸿熙在接受记者采访时，洋溢着兴奋之情作了这样的“开场白”。

上海农科院是一家地方性的农业科研机构。近九年间，改革成果累累：院内全面推行了所长负责制，对外开展了技术咨询服务，建立了一批科研生产联合体，“六五”期间，全院取得科研成果156项，其中60%已应用于生产，为发展城郊型农业作出了贡献。回顾过去，石鸿熙并不满足。他满怀信心地说：“要挑起以科技振兴国民经济这副重担，出路仍在改革。”他一边谈着，一边将两份材料递了过来。一份农业科技体制改革设想，是他在听了十三大报告的当天下午草拟而成的。时隔5天，又一份新蓝图绘制出来了。他向记者介绍说，十三大以后，全院要以深化改革为主题，进一步完善所长负责制，继续调整科研方向，大力开拓农业科技市场，切实解决好科研与生产相结合的问题，使科研成果迅速转化为生产力。

当记者问到如何使蓝图转化为现实时，石鸿熙语气坚定地说：“要挑好这副重担，关键是更好地发挥科技人员的作用。”为此，他回到院里的第一天早上，就和院内几位领导一起谈设想、议规划。当记者前往采访他时，无论是在院内的科研处、作物所，还是在院外的农业试验场，都已留下了他的足迹。

（载1987年11月8日《解放日报市郊版》一版头条）

申城成"热岛"　解暑盼绿化

——访市气象局局长王雷

今夏申城,热浪滚滚。自6月25日以来,本市日最高气温35摄氏度以上的高温日已持续17天之久。特别是7月1日至28日的平均气温达30.5摄氏度,打破了历史上7月份最高平均气温29.7摄氏度的纪录。市气象局局长王雷昨天接受记者采访时认为,上海显现出的"城市热岛效应",与城市绿化覆盖率低有着密切关系。

"城市尚余三伏热,秋光先到野人家。"王雷引用宋朝大诗人陆游的诗句,说明那时人们就感受到城市气温比乡村高。这种现象,在现代气象学上被称为"城市热岛效应"。城市里,建筑物和道路集中,人口密度高,各种人为热源大量释放热量,使城市内形成热量不易散发的"热岛"。他指着一幅卫星遥感云图告诉记者,图上一片火红的是市中心区和人口密集的南市地区,工厂林立的杨浦等地区更是红红火火。相反,郊区却呈现一片绿色。又据1990年统计,市区35摄氏度以上的高温天数达15天,近郊为10天左右,远郊只有5天左右。

王雷认为,绿化能调节气温,减弱"城市热岛效应",茂盛的树木一般能挡住50%—90%的太阳辐射热。据测定:夏季树林里的气温,一般比邻近空旷地区约低2.5摄氏度,草地比水泥地低6.5摄氏度。一些有爬墙植物的房屋壁温,也比没有爬墙植物的要低4.5摄氏度。

王雷还列举了绿化能截留雨水、减轻城市道路积水、减轻风灾、洁净大气等功能。据测,通常的松林带,平均每年能截留12%—14%的雨量;每公顷树木每年可吸尘68吨,云杉可吸尘320吨。此外,绿色植物还能减少和杀死各种细菌,对大气起着消毒作用。据测定,闹市区的百货商店内每立方米空气中含菌量达400万个,林荫道上为58万个,公园为1000个,而林区只有55个。

为此,王雷认为,应当把绿化上海作为城市建设的一项战略任务。他建议,发展城市绿化,要从上海的特点出发,调整树木结构,增加草地面积,发展垂直绿化和屋顶绿化,把上海尽快造就成一个“清凉世界”。

(载 1994 年 7 月 3 日《解放日报》二版头条)

抗灾　保淡　增绿　富民

——市菜办负责人谈蔬菜工作思路和目标

市菜办副主任张四荣快言快语，当记者问及今年蔬菜工作的思路和目标时，他简单明了地讲了8个字：抗灾，保淡，增绿，富民。他说，据气象部门预测，今年灾害性天气将比往年多，所以抗灾保淡任务更为艰巨，同时根据上海人吃菜习惯和食物结构发生的新变化，对素食品尤其是绿叶菜的需求量增加，此外还要确保农民收入有所提高。根据今年市蔬菜工作会议的要求，要在生产和流通两方面深入扎实地开展工作，促使蔬菜由数量型向质量型转变，由生产型向生产经营型转变，加快集约化、产业化、科技化进程，探索一条可持续发展的新路。

“要达到上述目标，我们将坚持抓好‘一个增强三个突破’。”张四荣告诉记者，生产上的波动性和需求上的均衡性，一直是蔬菜工作的一对矛盾。为确保全市蔬菜均衡供应，必须进一步增强生产的抗波动能力。因此，我们决不能被眼前蔬菜工作中的一些成绩所陶醉、所满足，要有紧迫感、危机感。要继续加强菜田的基础设施建设，充分利用现有的各类设施，利用时间差、季节差、区位差，优化品种结构，提高生产水平，确保今年日均上市蔬菜4000吨以上，确保绿叶菜占40％左右。

所谓“三个突破”，就是在产业化、集约化、科技化上有新突破。张四荣说：“产业化是蔬菜生产走向市场的一项战略任务，是蔬菜生产与国际大都市相适应的必由之路。”据介绍，今年蔬菜产业化工作主要是抓“量”的扩大，要培育几个年配送量上千万元产值以上的大中型龙头企业，要发展各类运销组织、配菜中心、批发交易市场，要完善净菜、小包装、深加工产品一条龙的产销体系。同时要抓“质”的提高，就是引导菜农树立质量和品牌意识，加强蔬菜的整理、清洗、分级、包装、保鲜等，实现规格化、标准化上市，打出品牌来。张四荣还告诉记者，目前上海蔬菜生产的集约化经营已占到35％，但在一些地方存在着机制不活、效益不高的问题。因此要深化改革，转换机制，要推行所有权与经营权分离，使经营者与生产者的责、权、利不仅更清晰，而且结合得更紧密，利益更直接。还要探索股份合作制、大户承包经营等多种模式，以创出更好的社会和经济效益。

“上海蔬菜工作要上新台阶，必须走科技兴菜之路。”谈到今年科技兴菜工作，张四荣说，一是抓人员素质的提高，加强各类技术人才、生产经营人员的培训。二是抓各类先进科学技术的推广应用。三是抓科技含量高的设施建设，进一步推广连栋管棚、新型农机具、滴灌、防虫网等。四是进一步抓好“种子工程”“温室工程”建设，提高主要蔬菜品种的良种自繁率和覆盖率。五是继续做好安全使用农药工作，让市民吃到安全菜、放心菜。

（载1998年3月27日《解放日报》B1版右头条）

拆除围墙路更宽

——访市菜办副主任张四荣

“上海人为何能吃到天南地北的菜?”记者的提问声刚一落地,市菜办副主任张四荣就笑着回答:“是因为拆除围墙使流通的渠道越来越宽敞,全国各地的菜才能源源不断进入上海。”

在采访中记者也看到,一个多层次、多形式、开放型的蔬菜流通新格局正在上海逐步形成。

——引入竞争机制,农商两家实行双向拓展。为了拓宽流通渠道,市蔬菜工作领导小组制定了大市场建设的规划,如今,北蔡国家级大型农产品批发市场已投入使用,闵行国家级大型农产品批发市场也在积极筹建之中。此外,区域性蔬菜批发市场建设步伐不断加快,农口系统组建了绿叶发展总公司,办起了 23 家农办蔬菜批发市场,开辟了蔬菜流通的“第二通道”,这些蔬菜批发市场,在连接生产基地和零售市场中发挥了积极作用,使市郊的蔬菜能迅速进入市场,去年农办市场经营蔬菜 98 万吨,约占全市蔬菜供应总量的 50%。

——拆除围墙,跨出区域,多种形式的蔬菜产销联合体相继崛起。近几年,市蔬菜总公司积极拆除围墙,采取股份制和租赁等多种办法,与菜区合作建立市场、园艺场等,促进产销结合。同时他们还走出上海,到山东、安徽等地建立蔬菜生产基地和友好市场,为蔬菜来沪开辟了“直达快车”。南汇、青浦等县也先后与静安、杨浦区合作,建立蔬菜产销联合体,拓宽了蔬菜流通渠道。现在由乡镇与市区商业部门联办的产销联合体日益增多,加快了产销一体化步伐。

——大力培育多种形式的流通组织,流通的组织化程度得以提高。近年来,郊区组建起 170 多个运销服务组织,这些运销服务组织与市区各大菜场、超市、宾馆建立了直供直销关系,使大批蔬菜快速进入市场。如今,一个个蔬菜配送中心、一支支蔬菜运销队伍的迅速崛起，使蔬菜流通新渠道越来越多，蔬菜产销越来越畅通。

（载 1998 年 5 月 8 日《解放日报》D3 版头条）

工作通讯

为农村经济发展开绿灯

——市农村工作会议侧记之一

春雨连绵，松江城内满目苍翠，一派清新，又迎来市农村工作会议。这次会上人们议论最多的是如何面对严峻形势，采取措施夺取新的农业丰收，实现郊区经济持续稳定的发展。记者看到，会议一开始，市有关委办的领导都来了，他们有些什么打算，记者利用早晚和中午休息时间，采访了其中的几位。

昨天中午，市科委秘书长颜呈准正和科委系统的几位同志在房间里议论科技兴农的问题。记者叩门而入，参加了他们的议论。颜呈准告诉记者，市科委最近先后两次专门研究了科技兴农，明确提出把实现农业和乡镇企业技术进步列为本市 4 个科研工作重点之一。市科委今年将组织科技人员参加万亩粮田现代化生产系列，千亩蔬菜保淡品种及设施栽培技术、开辟饲料资源、改善配合饲料质量系列开发等 7 个市农业会战项目的科研攻关任务，并增加对农业大面积中试的投入，以加快农业科研成果的产业化、商品化。同时，围绕城市副食品供应，市科委结合星火计划、丰收计划、燎原计划，正在着手建设一批具有一定规模、高产优质、效益显著的科技示范型基地。他透露，在银根抽紧、资金紧缺的情况下，今年安排星火计划项目投资不低于去年，约一亿元左右。星火计划项目要提高水平，引导乡镇企业从劳动密集型向技术密集型转化，进一步提高经济效益。

在会议开幕的前一天，市外经贸委副主任王祖康就赶来松江县城报到。他对记者说，市委、市政府提出各行各业都要为郊区经济发展开绿灯，作为外经贸委，我们还有许多工作要做，比如进一步简政放权，加强服务，帮助郊区加快出口创汇和利用外资的步伐。他认为，增加出口创汇，发展工贸联营企业是一种很好的形式。工贸联营两头在外，产品也容易上等级。前些年，上海专业外贸公司看到江浙一带发展乡镇企业政策比较优惠，和他们搞了不少联营企业，而郊区发展则不多。现在这种情况已有明显改变。目前郊区共有工贸联营企业 160 多家，其中去年办的约占一半。这个发展势头要保持下去。他肯定地对记者说,今后外贸再办工贸联营企业,首先考虑郊区。只有壮大郊区的工贸联营企业,才能真正为上海建立牢固的出口生产基地。

这些委办领导在向记者介绍他们的想法时,谈得都比较实在。市经委副主任余永梁介绍了农用生产资料的生产情况。他说,从今年起,市经委对化肥、农药、薄膜三大类36种产品实行监控生产,逐一订出生产计划,确保原材料和能源供应,按日检查生产情况。他说,采取这一措施,效果明显。据统计,今年1月份,全市生产化肥7万多吨,完成全年计划9%,生产薄膜2000多吨,完成前4个月生产计划的30%。

会议尚未进入到最后阶段,但记者在采访中已明显感到:农业问题已引起各方面的重视,各行各业支援农业,为农村经济发展开"绿灯"将开始成为本市经济工作的一个准则。

本报记者　朱民权　胡国强

(载1989年2月17日《解放日报》二版头条)

使出新招数　实现新跨越

——市领导与郊区干部共商发展大计

上海郊区经济发展正面临着第二次新的跨越。新的目标、新的任务，要用新的招数来突破、落实。

昨天，市委常委、副市长孟建柱来到了正在参加市农村工作会议的市郊1000多位党政干部中间，参加分组讨论，倾听意见、了解情况，与郊区各级干部共商发展大计。

实现城郊型农业向都市型农业的转变，是这次市农村工作会议的一项重要议题。在市农工商集团总公司小组讨论中，跃进农工商总公司总经理王国璋介绍说，他们通过土地适度规模经营和利用提高科技含量实现集约化生产，连续4年获得粮田亩均吨粮高产，万亩粮田纯收入逾1200万元。孟建柱对此予以充分肯定。他说，上海农业要实现新的跨越，新的招数就是要靠科技、靠经营机制创新。上海目前小麦亩产为260多公斤，而一些发达国家已达500公斤，这说明上海农业发展还大有潜力，关键是要在农业的产业化、科技化、现代化上有新突破。孟建柱还对市牛奶公司通过与跨国集团合作，引进、吸收、消化国际先进技术和管理模式，使每头奶牛年产奶量由5500公斤提高到了7000公斤的做法表示赞赏。当听说市牛奶公司又以承包和技术输出形式带起了一大批郊区奶牛场时，孟建柱肯定地表示，不光是奶牛一项，上海的“菜篮子”“米袋子”都需要有这样的新招数。为了解决农业生产中的一些关键性问题，本市今年还将实施“种子工程”“温室工程”“基因疫苗和生物农药工程”和“绿色工程”。

三分天下有其一的郊区工业，如今又面临着外商投资热潮、城市大工业转移等新的发展机遇。如何抓住机遇，实现新的跨越，也是郊区干部议论的热点。据青浦县委书记于根生介绍，该县通过吸引国际跨国公司、兴办大项目和围绕6大支柱产业吸引城市大工业扩散转移，去年全县国内生产总值增长48%、财政收入增长49%，吸引外资10.5亿美元，占全市十分之一，均居市郊最前列。孟建柱对此给予了高度评价，认为青浦县实现大步跨越的成功经验值得各县区借鉴。在谈到郊区工业发展新招数时，他强调郊区企业要从单纯商品生产迅速转为商品生产与资产经营相结合，把市区大工业的新机制引入郊区，尤其要重视资产经营，不仅要在本县、本市搞兼并、收购、联合，还要冲破地域界限，通过收购、兼并形式，以组建大集团，来开拓市场、发展自己。

按照卫星城标准，加快郊区基础设施和中心城镇建设，发展大旅游、大商业和房地产等第三产业，也是上海郊区实现新跨越的一个"重头戏"。一些郊区乡镇领导在讨论中，对建设资金、市场开拓等问题感到有些畏难。孟建柱在仔细听取了各小组讨论意见后提出，解决郊区新一轮基础建设和三产发展的诸多新难题，关键也要有新的招数。要形成多元化的投资机制和还贷机制，各县区在本区域范围的建设项目，可以通过股份制、建立专项基金等多种形式，向社会筹资，也可以通过BOT、利用海外共同基金、出让部分专营权等方式，吸引外商投资，但建设一定要有高起点、高标准。发展大商业、开拓市场也要用新招数，郊区商业要向市区大商业学习，从原来的供给型转向大商业、大市场，紧跟全市拓展国内市场战略，积极参与沿海地区、长江流域和全国的大流通，把经营点和市场推向全国各地，为郊区第三产业赢得更大的发展空间。

本报记者　朱民权　马晓青

（载1996年1月26日《解放日报》二版头条）

市郊乡镇工业如何走出低谷？

市农村党委通过调查研究提出对策

“要尽快使郊区乡镇工业走出低谷，关键在于必须坚持把经济建设作为农村一切工作的中心，切实保持政策的稳定性、连续性，创造良好的外部环境，充分调动企业和企业经营者的积极性。”日前，下乡调查归来的市农村党委书记张燕，在接受记者采访时提出了扭转乡镇工业生产滑坡的一些基本对策。

市农村党委、市农委于 7 月初开始的乡镇工业专题调查，是在郊区乡镇工业出现生产回落过猛，经济效益大幅度下降的严峻形势下进行的。因此，由市农村党委领导带领的 5 个调查组，始终把定性定量分析、寻找出乡镇工业跌入低谷的基本原因放在重要位置。5 个调查组在上海、嘉定、南汇、奉贤、青浦 5 县的 20 多天调查期间，以座谈讨论、解剖典型、个别访问等方法，对 40 个乡（镇）、21 个村、91 个企业的工业生产现状以及经济滑坡的原因作了重点调查和剖析，从中发现当前除了生产下降之外，有些县、乡对工业投入的积极性也下降，出现了计划内生产性投资用不完、用地指标用不完、信贷盘子用不完的新情况。调查组在分析时认为，郊区乡镇工业在治理、整顿中，适当控制增长速度，是正确的。但生产回落过猛，生产热情衰退的状况确实令人焦虑。究其原因主要有两点。一是企业的负担过重，致使一些企业缺乏扩大再生产的能力；一是有些企业经营者的精神疲软，经营积极性受挫，造成企业缺乏活力。

面对当前市郊乡镇企业的严峻局面，市农村党委的同志通过调查深深感到，乡镇企业走出低谷的前途是光明的。有典型就有希望，有榜样才有力量。因此，调查组在下乡调查中，坚持把总结和推广先进典型经验作为一项基本任务。5 个调查组每到一个乡村，都十分注意挖掘先进典型，总结典型经验。上海、南汇两县调查组认真了解了上海县马桥乡、南汇县周浦乡齐心协力渡难关，使乡镇工业稳步发展的新鲜经验。这些地方的典型经验在调查汇报会上传开后，大家认为，这些典型是郊区的希望所在，而这些先进典型和面对困难积极进取的厂长、经理在市郊有一大批，应该在郊区大张旗鼓地开展学先进、赶先进活动，让大批先进典型经验在郊区广为传播，推动工作。

在发现和研究问题、了解总结典型经验的同时，市农村党委决定针对乡镇工业暴露出来的新情况和新问题，将研究、制定新的政策措施，以利乡镇企业求得新发展。为此，近期先召开县委书记和县长会议，一起分析郊区经济形势，商讨深化企业改革、艰苦奋斗渡难关等一些新对策，并要求各县、乡制订相应措施，使这些政策措施迅速到位，以稳定人心，鼓起实劲，促使乡镇工业走上健康发展道路。

（载 1990 年 8 月 10 日《解放日报》一版头条）

上海城市发展重心应取何方？

——专家提出以南下闵行金山为宜

如何疏解上海城市中心区，解决上海市区人口密度过高、交通拥挤、住房困难等问题，有关专家经过两年多的考察论证，提出上海宜南下发展的重要意见。——这是昨天召开的"上海市城市发展宜重心南下"研究课题鉴定会上传出的信息。

到目前为止，关于上海中心区延伸疏解方案主要有三个：即南下闵行、金山，北上江湾，东进浦东。有关专家们认为，北翼由于地域狭小，无法接纳疏解人口600万和每年疏解至少12万人的速度。中心区人口向浦东疏解，会造成其人流、物流、车流向中心区往返，反而会增大中心区的压力。还有黄浦江的阻隔，要建造为数至少20座黄浦江大桥和隧道，在相当一段时期内，疏解的速度不如人意。从南翼地区看，空间容量大，660平方公里与江苏、浙江两省直接相联，腹地广阔，无天然屏障，可以立即着手规划建设。

"上海市城市发展宜重心南下"课题研究表明，发展上海南翼比较具有现实性。南翼方向是上海市的重要工业投资地区，目前已有近期规划的国家重要化工行业、高技术密集工业、新兴产业以及外向型经济等8块工业开发区，总投资在100亿元以上，上海市14项工业重点会战项目，其中10项在南翼方向。南翼地区，目前已经形成了相当规模的城市基础设施。发展港口、供电、供气、通讯等建设，南翼地区也有较优越的条件。

该项课题研究提出，从目前国家经济现状出发，发展南翼应选择分步推进的战略步骤：第一步从市中心区到闵行为近期方案；第二步从闵行到金山为中期方案；第三步从金山再延伸为远期方案。三步战略的重心是第一步骤地区，面积约160平方公里，预计10年建成一个以第二产业为主导，带动第三产业发展的综合性产业结构地区，仅这一地区，预计可疏解市中心区 120 万人口。

（载 1989 年 5 月 9 日《解放日报》一版）

从科技入手改变传统型农业
面向21世纪创建农业新高地

——市农科院专家为上海农业发展献计献策

在新的形势条件下，上海农业怎样增强自身竞争力，怎样走在全国的前列，怎样率先基本实现现代化？日前，本市农科院领导和专家围绕这些问题进行了讨论，并明确提出，上海郊区应该从科技入手，改变传统型农业；面向21世纪，创建农业新高地。

目前，上海农业正在由传统型向现代型、数量型向质量型、粗放型向集约化转变，要加快实现这些转变，必须依靠生物工程、信息技术等，逐步建立起农业科技创新体系，进行一场农业科技革命。市农科院领导和专家在谈到这一观点时，用历史的经验进行论证。近5年来，上海市委、市政府积极加大对农业科技的投入，平均每年仅市级投入就超过1亿元，尤其是近年来确立了种子、生物、温室、绿色等四大农业科技工程，推动了上海农业出现质的飞跃。几年来，仅市农科院就取得30多项重要科技成果，在米袋子、菜篮子方面，先后培育出秋丰、8优161、“延春”早熟春甘蓝、申香8号香菇等新品种，积累了一大批高产优质的稻麦、蔬菜新材料、新组合。在高新技术应用方面，通过基因工程建立了高效植物生物反应器，通过细胞工程育成了大麦新品系，为生物工程应用于农业提供了有效的技术储备。如今，本市农科在农业生产上的贡献率已达50%，并以每年5到8个百分点的速度不断提高，上海农业在全国的领先地位逐步凸现。

创建农业新高地是上海农业发展的一大方向，科技要为创建农业新高地多作贡献，必须在种质、技术和思路等方面有所创新。黄剑华等专家指出，目前本市农科和国际上的主要差距在于种质，而实行细胞工程、基因工程技术和常规技术的结合，将会加速种质的创新。据介绍，农科院生物中心目前正在利用遗传工程手段，将抗病、耐高低温的基因转移向当家品种，创造新的种质；利用细胞工程加快进口优质瓜果蔬菜种质的分离，进行国产化制种；利用细胞克隆技术生产优良花卉种苗。同时，市农科院还在思路和组织上进行创新，坚持走自主研究和引进、消化吸收相结合的道路，加快上海农业科技进步的速度。

上海农科要迎合创建农业新高地的需要，还应该改革农科体制，建立新的体系。市农科院党委书记徐汉良对此认识十分明确。他说，传统的农科体制以课题组为主体，课题组、研究所以及系统外单位之间缺乏交流，难以形成优势，大量的资源得不到充分利用。体制改革是农科事业发展的有力保障。为此，市农科院从组织结构入手，在建立和调整了蔬菜所、引种中心、环科所的基础上，逐步完成课题组向研究室的转化，进行所、院、院外三层次的联合。今年以来，市农科院已与永业集团、延中集团、电器集团、九发集团等联合成立了高新农业科技企业，他们还将继续以多种形式创办科技实体，以加快农科成果的产业化。同时，将继续围绕种子、生物、温室、绿色“四大工程”，通过科技体制改革、新品种研究、高新技术应用、科技示范推广、成果产业化等手段，力争实现科研组织体系、种子工程、农业生物技术应用、科技示范推广、多种形式创办科技实体等 5 个方面的突破。

科学研究只有与成果推广相结合，面向农村、面向农民，才能在创建农业新高地上有更大的作为。范洪良等专家谈到这一方面时体会深刻。据了解，到目前为止，市农科院已在本市建立 120 多个示范基地，一些作物新品种也逐步进入郊区的“三高”粮田。今后市农科院还将完善科技兴农工作制度，动员更多科技人员下乡，促进科技兴农有序健康发展。

本报记者　朱民权　高国营

（载 1998 年 11 月 13 日《解放日报》第 14 版“市郊大地”专刊）

五只聚宝盆只只生财富

——松江城东公社华阳七队穷队变富队纪事

松江城东泖泾河边，华阳七队可有点名气。往年这里穷得出名，社员做一工只够买二斤米、二斤柴，外加一包前门牌；今年，他们富得真叫人眼热。这个只有二十一户的队，九个月副业收入六千六百元，预计年底还能翻一番！

前后两年由穷变富，关键是他们发掘了五只“聚宝盆”

“聚宝盆”里宝贝多

说是“聚宝盆”，其实不神秘。七队村东的河滩就是五只中的一只。滩地狭长形一片，北面连着个高墩；各种蔬菜，套夹着生长，一年收入有二千多元。紧邻菜地是六亩果园，果园实际上也还是菜地。菜丛中长着三百棵梨树，棵棵花芽满枝，树上“摇”下来的“金钱”，今年早已上了千数。

从这里穿过田埂小路，便是队里的养鸡场。两个人喂养一千二百只鸡，一年可以养五窝。现在第四窝鸡只养了一个来月，平均每只长到了一斤多。鸡场西南，原先的破古庵，已经翻造成蘑菇房，棚架面积有两千四百平方尺。蘑菇一年两熟，中间四五个月空档，正好多养一窝五百只鸡。有趣的事还出在破猪棚里，一个女社员养着大小八十多头猪，蔬菜下脚当青饲料。眼前肉猪、苗猪腰圆滚壮，母猪只只挺着肚子，一年下来赚头多，成吨的肥料还没有计算在内。

五只“聚宝盆”生财富，七队的社员已经对种自留地上集市贸易这种“小生意”失去了兴趣。

探宝要靠金钥匙

“聚宝盆”里宝贝多，探宝可要靠金钥匙。这个金钥匙，就是党在农村的经济政策。

七队社员盼望富日子，早在十多年前头就有了主意。那时他们开荒搞起了梨园、猪棚和一部分菜地。当地人称这是七队的“小壮蟹”。设想到手头刚活络，就被林彪、“四人帮”的极左路线堵死了路，把富裕和资本主义画等号。从此，猪棚开始冷落了，肉猪长得像“老寿星”，母猪瘦得变“劈柴刀”；同时梨园也荒了地，好端端的树长满了刺毛虫，三年不开花，只能砍来当作柴爿烧。就这样“小壮蟹”变成“落脚蟹”，七队背债有八千多。

党的政策显神威。去年，七队社员学习了党在农村的经济政策，决心重整旗鼓要富起来。当时正是三抢前，节令赶得上种秋蘑菇，全队出动日夜干，一个星期造起了四间蘑菇房。三抢过后接着干，连国庆节也没休息。年底秋菇上市了，净收入有二千五百元。聚宝盆一只只发掘出来，就连那刀痕累累的梨树也起死回生，上个月生梨一卖完，大家激动地催会计连夜算账。想不到赚进了一千九百元。

开宝还看领队人

探宝的金钥匙有了，开宝还要看领队人。华阳七队的社员说，要不是公社党委撑我们腰，聚宝盆一只也出不来。

心血花得最多的还是党委副书记张生龙。去年五月以来，老张一直蹲点扎根在七队。面对一副烂摊子，他先抓当家人，一是生产队的当家人，做工作把当年的老队长请上台；二是每户人家的当家人，组织他们学习政策、议出路。金钥匙打开了思想锁，这时，老张又兢兢业业当“先锋”，哪里有困难往哪里跑。造蘑菇房、鸡棚要本钱，老张出面帮队里筹借；砖头一时供应不上，他又亲自同窑厂联系商调。队里称养猪场为漏水洞，老张抓住经营管理搞整顿，又帮他们更新了母猪，养猪场也变成了聚宝盆。

不经曲折不见宝，老张他敢于硬出头。去秋刚养鸡，不到半个月就死了一半多。眼看死鸡一篮篮拎，社员们心疼得双脚跳。可是老张很冷静，主动替饲养员担肩胛，剩下来的鸡养出了笼。第二窝养了一千只鸡，净赚一千七百元。

让聚宝盆献宝

民间传说中有不少聚宝盆的故事。那里藏着世界上的宝贝，会生出数不尽的财富。其实，现实生活里也有大大小小的聚宝盆，而且不少就近在我们身边。华阳七队的经验说明，只要把这些聚宝盆充分发掘出来，市郊社队就有了取之不尽的源泉。“靠山吃山，靠水吃水”，讲的也是这个道理。

找宝并不是一件容易的事情。传说中的神话色彩，正说明了道路的曲折艰难。有时不光要过五关斩六将，还要经历几死几生才能成功。现在我们当然不会遇到那么多危险，甚至根本用不着走出远门。但是多种多样的思想阻力，却要比传说中来得厉害。尽管三年多来，我们批判了林彪、“四人帮”的极左路线，批判了他们破坏党在农村的各项经济政策的罪行，我们的一些同志头脑中的条条框框打破了不少。但一遇到实际问题，极左的那一套东西又成了一些同志的思想束缚。比如，你要用十边地种菜、种杂粮，他会强迫命令你改种棉花；你粮食增产幅度达不到他那个本来就达不到的指标，你富得再快也评不上先进。所以我们要把聚宝盆开发出来，一定要有冲破思想封锁线的魄力和毅力。好在有党中央颁发的关于发展农业的两个文件做指导，我们认准了可以坚决去干。别人要说就让他们去说，反正事实总会叫他们明白过来的。

华阳七队的实践告诉我们，聚宝盆常常就埋在我们眼皮底下。现在要把它们开发出来，应该群策群力，广找经营门路。上海郊区资源潜力很大，种植业、养殖业、手工编织业、加工制造业、服务业，都有搞起来的条件。我们的思想要开阔一点，不能老吃单打一的亏。当然，我们在现实生活中找宝一定要因地制宜，脚踏实地地去干，不要头脑发热，去干那些客观条件并不具备，主观上硬要去干的那种蠢事。

（载 1979 年 10 月 11 日《解放日报市郊版》一版头条）

纪王镇上的“绿豆芽风波”

上海县的纪王镇上，今年发生了一场“绿豆芽风波”。

事情发生在四月里，街西的电线杆边摆出了一只绿豆芽摊头，近旁还挂有一块小黑板，上面标着豆芽价钱。豆芽摊主人叫顾仁发，他今年六十五岁，是纪王公社孙家场生产队的退休社员。早先顾家有过一间豆芽房，发豆芽远近有名气，后来社员的家庭副业不准搞了，设备家伙也就堆进了角落。等到三中全会解除禁令，顾仁发心里又活络起来。集市贸易市场生意好，是不是发点绿豆芽去卖卖？正好，他这时领养老金退休了，十四只缸又都是现成的。重操旧业，熟门熟路，绿豆芽就这样上了市。

再说镇上居民，已经有十几年吃不到绿豆芽了。这会儿听说街西有人在叫卖，家家都想尝尝鲜，就连社队企业单位的食堂，也派人赶着去采购。人一多自然排长队，每天天蒙蒙亮，四五十斤绿豆芽一销而光。后来绿豆芽的价钱抬高到一斤二角二分，买的人也一点不在乎。

眼看着生意兴隆价钱涨，就是绿豆原料跟不上。顾仁发天天留意找门路。开始向附近社员买，货源还是没保证，后来他得知市区的粮食店里有议价绿豆卖，又特地乘了长途汽车跑去买。议价绿豆每斤六角钱，但发成绿豆芽有七、八斤，卖完也可赚八、九角。一晃半年过去了，顾仁发少说赚进了上千元。他还想翻房子，添大缸，再搞自己的豆芽房。

顾仁发卖绿豆芽“发财了”！街头、茶馆里都有人议论，后来议论扩展到生产队、大队，逐渐形成了一场争论。有的说顾仁发做投机生意，要制止；有的说顾仁发搞劳动加工，愿买愿卖正当合法；有的说顾仁发拿着队里的养老金做生意，又不向国家交所得税，应该教育他为集体加工。七嘴八舌，各有各的理，大队领导不表态。顾仁发呢，照旧卖他的绿豆芽。

正在这时候，纪王镇上又摆出了一只绿豆芽摊。新摊头一次卖二三百斤，数量要比顾仁发多五倍,根根豆芽鲜嫩崭齐,每斤只卖一角六分。这只摊头,是东风大队沈家角生产队集体经销摊,队里二十五只新缸,技术指导也是个发豆芽好手,还有四个社员专门负责买卖。他们看到绿豆芽上市生意好,也为集体开出了一条生财路。

这一来,纪王镇上可热闹了。两个摊头唱一台戏,居民和单位都拣货好、价钱便宜的买。个人的实力哪有集体厚,沈家角队豆多缸又新,数量质量硬是比顾仁发多而好。当然他们的产量还够不上镇上居民的需要,顾仁发仍旧有生意做。不过,他的绿豆芽价钱再也涨不起,只好也跌到了每斤一角七、八分钱。

到现在,纪王镇上对这件事还是有争论,但有一点是清楚的:我们允许个人搞副业,我们更要把集体的副业认真搞起来。

(载 1979 年 10 月 29 日《解放日报市郊版》一版头条)

政策一落实　土地变黄金

上海县光明大队组织专业队大种十边成绩显著

上海县北桥公社光明大队的地，处处不荒闲：浅河低塘边，生长着茭白芋艿；滩地路坡上，间种着杞柳玉米；地角岸脚，南瓜已开出黄花，瓜藤正生机勃勃地顺着邻近的树枝杆向上攀爬。至于田头道旁，那更是粮棉油菜豆俱全，成了大田的自然延伸。十边地的充分利用，使这个大队去年增收2万元，社员家十多年来第一次分到了芝麻、瓜果和豆类。

块块金贵的零星十边，光明大队总数有80多亩，要占到耕地面积的3%，用来种粮食一年可收10万斤，种棉花可收籽棉700担，种瓜菜常年四季吃不完。但是以往很长时期内，这些地基本上半荒不熟。种田人谁不知道“寸土寸金”的价值？可他们只能遗憾在心里。生产队好心去垦荒，一道道禁令跟着来：一叫“以粮为纲”，只准种棉种粮；二叫“政治挂帅”，不准按劳取酬。每年种子工本投下去，收棉花一把几步路，收粮食不用扁担挑。倒不如眼开眼闭拆烂污，眼看钞票往黄浦江里流。其实，不用说十边地，连大田都在受糟蹋呢！

十一届三中全会除禁令，光明大队的经济搞活了。去年年初，党支部总结经验教训，下决心要在十边地里抱金娃娃。他们帮助生产队组织十边专业队，实行“三定一奖”合同制，联系产值收入计算劳动报酬，超产部分分成奖励或全部归专业人员所有。至于种什么，则完全由专业队自己找窍门。这一定，人们的积极性起来了，老十边地成了“花果山”，新十边地不断开出来。就拿出名的穷三联队来说，十边地算下来竟然有近10亩。老农沈友良出马带专业队，五个人成天围着这些土地转。稍大的出浜头田上种麦子、油菜和棉花；淤泥堆积的河床上，种茭白；积水潭、出水口和渠道的沟底里种芋艿和芹菜；突起的高墩、路的斜坡和渠道的沟沿种小豌豆、扁豆和玉米；田间小路的支岸种蚕豆和赤豆；积肥潭四周种青菜；宅前宅后种向日葵、芝麻和丝瓜。他们还大胆打破大田里常年种青蚕豆当绿肥茬的老习惯，在绿肥茬田里种麦子，把蚕豆种在沟沟道道上。去年全队十边地总收入高达3000元，五个专业队成员每人得奖100多元。可真是政策一落实，土地变黄金。

分户包种十边　联系产值计酬

庄行公社部分生产队这一做法调动了社员积极性

奉贤县庄行公社的三十二个生产队把零星十边地按户分给社员管理，实行联系产值计酬，挖掘了土地潜力，取得了增产增收的效果。据统计，去年长在十边地里的粮、棉、油作物，产量已达到大田水平。长堤和更楼两个大队的七百八十一户社员总共交给集体籽棉一万七千多斤，油菜籽一万二千多斤，蚕豆、大豆七千多斤。

庄行公社的生产队，过去多次组织社员对十边地进行翻种。由于面积零星，集体很难管理，不是杂草丛生，就是种上的庄稼被羊吃掉，被鸡鸭啄掉，或被小孩割草时割掉。眼看好端端的地白白荒废，华严大队第二生产队根据政策精神解放思想，大胆试行分户投工投本翻种，联系产值计酬的责任制。全队五亩三分十边地根据土质分别种上了油菜和棉花，鸡鸭容易糟蹋的地方还扎上了篱笆，结果收获籽棉一千二百多斤，油菜籽八百多斤。队里付给社员工本报酬五百八十二个工、肥料投资款一百多元，油票四十八斤。

华严大队第二生产队先行成功，在一些生产队引起了连锁反应。柴塘大队第十二生产队去年三秋时把十边地分给社员，把华严大队第二生产队的经验发展成定产、定工、定本和超交产量加倍奖工的制度。十六户社员全部完成交产任务，有七户还超交了棉花三十一斤、大豆三斤。

长堤大队第三生产队有块四分面积的漩水低塘田，长年积水、水草丛生，年年几乎有种无收。去年，这块地包给社员冯金法，种上了水稻，早、晚两熟稻收到二百多斤。陈行大队第六生产队的十边地油菜籽平均亩产二百三十多斤，接近大田的产量水平，蚕豆亩产也超过了大田。

（以上两篇均载 1980 年 7 月 10 日《解放日报市郊版》一版双头条　7 月 15 日《解放日报》一版右头条全文转载）

靠政策调动种十边的积极性

土地金贵的上海郊区，零星十边地具有较大的生产潜力。如果都利用起来，一个生产队增加几千斤粮食、千把斤籽棉，几百斤油菜籽，以至瓜果豆类和芝麻等小土特产品，是不成问题的。虽说种田人都懂得这个道理，但是有相当一部分生产队的十边地，目前仍然处于半荒不熟的状态。找找原因，主要是政策掌握不当，限制得太紧，按劳计酬的原则没有真正贯彻落实下去。上海县光明大队和奉贤县庄行公社 32 个生产队十边地的前后变化，就是一个明证。

十边地同大田相比，尽是些边边角角，分布零星。对它的种植管理方式，以及计酬办法，应该与大田有所不同。这样才能调动社员的积极性。光明大队和庄行公社建立了十边地责任制，一举发掘了寸土寸金的潜力。他们对种植十边地的社员实行联系产值计酬，符合六十条精神。十边地由专人专管，社员个人也完全可以利用业余时间把十边上的作物管好。

管十边地以“小”为宜，种十边地则要因“地”制宜。地势有高有低，地脚有肥有瘠，而且十边地的环境一般都近水近田近路，地里种什么、怎么种，都不能搞一刀切。有些干部把十边地里的庄稼限制得太死，只准生产队种粮食或者油菜、棉花，其他庄稼一律禁种，违者拔光。到头来禁掉了社员种十边的积极性，也限制了土地潜力的发掘。这是党的政策所不允许的。相反，我们搞全面发展，给人们一点小自由，社员肯定会把十边地种得花好稻好，产量不会低于大田。如若不信，可看一看光明大队和庄行公社 32 个生产队的成绩。

（载 1980 年 7 月 10 日《解放日报市郊版》一版，7 月 15 日《解放日报》摘要转载）

党旗,在合资企业飘扬

——记上海 ACE 箱包有限公司党支部

——总经理,我们只有业务上的往来,没有政治上的交易。共产党的一套最好在公司内不要。

——我们共产党员的工作,是以确保企业经济建设顺利进行为出发点的。依靠党组织有利于企业的发展。

这是位于青浦县凤溪镇的上海 ACE 箱包有限公司开业之初,日本客商与中方总经理的一次对话。

10 年过去了,日方不仅默认了中方的"这一套",而且竖起大拇指连称"行之有效"。他们知道,这个公司发展至今,已赚回了 20 多个公司。

企业的不断发展壮大,一刻也离不开党支部的工作。400 多名 ACE 的人心里都有"一本账":一靠党支部工作目标的融合效应;二靠党员的旗帜作用;三靠企业的群体效应。

ACE 有限公司刚建立,就设立了党支部。为了消除外商的偏见,由 18 名党员组成的党支部确立了围绕生产经营开展党的工作的方针。3 名兼行政工作的支委,既抓经营管理,又抓思想工作,把后者渗透到前者之中去,方法上讲究"三分三合",即党政二套班子在工作上分,在思想上合;在形式上分,在行动上合;在职责上分,在目标上合,保证了企业各项工作的顺利推进。1991 年国家取消对出口产品的外贸补贴,公司利率大幅下降,测算下来全年将减少近 300 万。一时间,干部心急如焚,职工人心惶惶。在这节骨眼上,党支部响亮提出:"企业经营中的困难,就是支部工作的重点。"党支部适时推出"ACE 在我心中"教育活动,向职工谈困难、讲前景,发动大家献计献策,共渡难关。技术部党员提出了"三色旗"质量管理法,使职工的质量意识得到了强化,极大的提高了产品效益。经过全体职工的共同努力,公司在不增一兵一卒,不添任何设备的情况下,扭转不利局面,实现利润500万,比上年提高10%。

在ACE公司,有个十分明显的特点,即最苦最累的工作,总是党员顶着挑着。连日本客商也都“拎得清”:“我们走到哪里,谁是共产党员,能一眼看出来。”这个公司每年要出品200万只箱包,原材料和成品的吞吐量达2000多吨,但公司没有一个专职装卸工,货物进出装卸全由管理人员包下来。在12名管理人员中8名是党员。生产繁忙时,一天要装8只集装箱,总量足有450立方米。在炎日的夏天,集装箱内温度高达摄氏50度,率先钻进去装货的总是党员。公司成立至今,从没发生过装箱差错和延误交货的事,受到外商的信任。仅此一项每年要为公司节约装卸费9万元。设备科有个党员看到日本技术员装配的流水线不适合车间的布局,浪费了很多的人力、物力,就大胆革新,因地制宜作了调整,提高了工效,得到外商首肯。他设计制作的工夹具,质量稳定、效率高,深受职工欢迎,还被日本的公司吸收过去,加以推广应用。“党员的旗帜作用”为一般职工作了表率,起到了凝聚人心的作用。

党员个人的作用毕竟是有限的,只有发挥企业的群体效益,企业才有生机。ACE公司党支部一直把思想工作的着眼点放在调动职工的积极性和创造性上。有一次,因外商工作的失误,一批原料的交货期延误了5天,使合同规定10天完成的任务只剩下了5天。如何处理这件事?公司从今后的进一步合作和声誉出发,决定仍按合同规定时间交货。为了抢时间,党支部作了充分的解释和发动工作,干部和管理人员全部下到工段参加劳动,和职工一起出满勤、干满点,通宵加班终于按时按质完成了任务。外商在惊讶之后,专门致电表示感谢,对ACE全体员工的顽强拼搏精神表示佩服。

在ACE箱包公司这家合资企业的上空,党旗始终高高飘扬。近年来,有2名青年加入了党组织,还有9名递交了入党申请书。有人说,党支部扎实的工作,就是ACE公司腾飞的一个有力的翅膀。

本报记者　朱民权　刘斌

(载1994年7月7日《解放日报》市郊大地)

调查报告

打破“小而全”走向专业化

——松江县塔汇乡金星村发展粮食专业户的调查

在完善家庭承包责任制过程中，如何打破户户种田又做工的“小而全”生产格局，使耕地向种田能手集中，使农村中的一部分人从农事中解放出来，专心致志于其他工作，从而促进农村经济的全面发展，这是一个需要探索的新问题。松江县塔汇乡金星村在这方面作了可贵的尝试，总结出了一些值得参考的经验。

（一）

金星村有九个生产队，耕地一千零十七亩，人均八分田。这个村的粮食专业户是在实行生产责任制过程中发展起来的。一九八一年以来，全村曾推行过“两头包、中间统”、分口粮田、联产计酬、按在队劳力分责任田等多种形式的生产责任制。这些生产责任制在不同时期都起过一些作用，但也带来不少新矛盾。一九八四年秋播时，全村开始推行粮食专业户承包制，一年实践下来，效果显著。今年，这个村的粮食专业户承包制又得到了进一步完善。现在，全村的耕地由一百零四个劳动力承包耕种，最多的一个承包者种植了十五亩，最少的一个也承包了七亩。粮食专业户承包的耕地，一定三年，基本不变。

耕地全部由粮食专业户承包后，全村采取了“定活帮工”的新办法。即在农忙季节，所有务工、务副社员都要定户、定时、定农活帮工，帮助粮食专业户完成收割、播种等部分农活，帮工费由村统一结算。非务农社员的口粮、柴草，则由被帮工的承包户提供。这样，非务农社员与务农社员利害与共，本村农业生产的兴衰丰欠与全村社员息息相关，粮食专业户的生产得到了各方的关心和支持。

（二）

为了扶持粮食专业户发展生产，这个村首先在政策上保证粮食专业户的经济收益。他们对承包者实行“三定一奖”，“三定”即定产量产值、定收支费用、定承包报酬。承包户超过定产指标，按实际超产数给予奖励。如果减产，粮食亩产量低于全村平均数，则酌情减少报酬。总的来说，粮食专业户的收入有一定的保障。在正常的年景中，一个承包十亩粮田的承包者，一年可得近千元收入。

其次，坚持从服务入手，为粮食专业户排忧解难。这个村的干部实行定队包干制度，帮助承包户出主意，解难题。全村各个生产队还配备了一个服务队长，专职为粮食专业户服务和做好必要的管理工作。村里还建立了一支综合服务队，为粮食专业户提供技术、农机、运输等方面的产前、产后服务，这些措施为粮食专业户搞好生产创造了十分优越的条件。

（三）

一年多来，金星村发展粮食专业户的实践证明，粮食专业户是生产责任制的一种好形式，它已显示出许多优越性。

一、务农社员实现了年轻化，专业化。这个村的粮食专业户，平均年龄为四十点七岁。一批有文化、懂农业知识的青壮年出现在农业生产第一线。他们热爱农业，种田讲科学，粮田的耕作和管理水平普遍提高，他们承包的六百四十八亩三麦，目前长势良好，没有一块“三类”苗。

二、打破了“小而全”的生产格局，促进了工副业生产的发展。粮田全部由专业户承包后，一些有专长的社员向其他产业转移，各司其职，改变了过去那种人在厂里心挂田头的状况。村里工副生产越办越好，去年这个村办企业的产值和利润都比上年翻了一番。直至前年还亏损的饲养业，去年实现了扭亏为盈，全村养殖专业户上交的积累达一万二千多元。

三、人尽其才，各得其所，共同富裕。去年，粮食专业户的劳均收入达二千九百六十元，养殖专业户劳均收入超过三千元。有一技之长的二十九名社员从事第三产业后，在村里办起了理发店、小吃部、杂货店等，既方便了群众，又增加了经济收入。

（载 1986 年 5 月 8 日《解放日报市郊版》）

吸引力从何而来?

——上海县诸翟乡粮田规模经营稳步发展的经验

编者按 郊区部分农村粮田规模经营进展缓慢,这是由各方面的因素造成的。上海县诸翟乡采取有效措施,使种粮专业户积极性一年比一年高,粮田规模经营始终保持着稳定发展的好势头。他们的经验值得借鉴。

近几年来,上海县诸翟乡粮田规模经营始终保持着稳步发展的局面。今年,这个乡的78户种粮专业户共承包耕田1775亩,户均承包数从去年的14亩扩大到22.8亩。这种发展趋势令人可喜。土地对这里的种粮专业户为什么具有这么大的吸引力?原因主要有四个方面:

一、扩大经营规模,提高了种粮专业户的经济效益。诸翟乡从1984年出现种粮专业户起,粮田的经营规模不断扩大。最初时,每户平均承包耕田3.9亩,后来逐步扩大到14亩。前年秋播时,这个乡涌现了1户承包耕田30亩以上的专业大户。经过一年实践,专业大户的全年劳均净收入达3679元,比承包10多亩耕田的专业户超出1150多元;承包粮田最多的专业大户劳均净收入为7412元,为一般专业户的两倍多;他们的粮食商品率达93%,比一般专业户高出近10%。实践证明,规模过小,只有微利可图;规模适当扩大,可以获得较高的经济效益,对国家的贡献也大。规模效益促使种粮专业户扩大经营规模。去年秋播前,全乡有30户农民申请当种粮大户,他们自信地说,只要经营得法,今年劳均收入不下四五千元。

二、完善的农业服务体系,为种粮专业户扩大经营规模创造了条件。近两年中,诸翟乡的乡村两级逐步完善了从播种到收割的系列服务体系,拥有农业服务人员180多名,每个专业户平均配有2名服务人员。农业服务队对主要生产环节实行专线服务,如种子,有乡村两级服务队统一供种;排灌、植保,有农业服务队统一管理；收割、耕田等机械作业，有农机服务队提供配套服务；粮管所、供销社也采取上门收粮、送肥到户等服务措施。这些服务措施，为种粮专业户解除了生产过程中的后顾之忧，使他们有可能扩大经营规模，搞好田间管理。

三、推广应用农业科学技术，适应了种粮专业户扩大经营规模的需要。过去，专业户最忙碌的是收、种季节。去年秋播时，专业户承包的1700多亩三麦和油菜，由于采用了免耕法，只花了5天时间就完成了任务。乡农业公司还为专业户选用早熟、晚熟两种高产品种，拉开了收割期，缓解了季节与劳力的矛盾。在田间管理上，全乡推广了稻、麦化学除草新技术，使专业户省工省力，有效地清除了田间杂草。随着农业科学新技术的推广应用，专业户们种田省力省时了，每个劳动力的承受能力也随之不断增强。

四、优惠的政策，吸引着种粮专业户向扩大经营规模发展。考虑到当前种粮食的成本增加，粮食比价不尽合理的状况，诸翟乡为种粮专业户制定了“四优一补”政策。“四优”，即优先提供良种，优先供应优质平价化肥，优先提供场地、仓库，优先提供卖粮方便。一补：就是“以工补粮”。乡政府规定：承包10亩以上粮田的专业户，每出售50公斤商品粮补贴2.5元；承包30亩以上粮田的专业大户，每出售50公斤商品粮补贴3.5元。这样，以一户种粮30亩计算，一般可以得到补贴1000至1200元左右，而规模小的专业户，得到的补贴则在300至500元之间。权衡利弊，凡有承受能力的农民，都愿意多承包田。

诸翟乡粮田规模经营取得了很大的成果。据统计，去年全乡粮食专业户生产粮食139.2万公斤，劳均生产粮食9700多公斤；提供商品粮121万公斤，劳均交售商品粮8450多公斤；劳均净收入2765元。种粮专业户的巩固、提高，保证了农业的稳定发展，也使乡、村企业和副业生产上了新台阶。

（载1988年5月19日《解放日报》）

注重规模效益　讲究科学管理

——新泾乡十五个千头养猪场的调查

在坚持统一经营，联产承包的前提下，上海县新泾乡的养猪业实行专业化生产、社会化服务、企业化管理，取得了较好的规模效益，也积累了经验。

（一）

新泾乡生产队一级的养猪场有六十七个。去年，这些场饲养规模较大，其中上市肉猪超千头以上的场有十五个，占生产队一级饲养场数的百分之四十二。其中上市三千头以上的有薛家厍、申家宅、沈家宅三个队。十五个千头场一年上市肉猪二万五千九百五十五头，占全乡生产队一级上市量的百分之四十四点六；总收入达四百十三万六千元，净收入九十五万七千元，分别占全乡生产队一级总数的百分之四十五点六和百分之五十三。充分显示了养猪适度规模的优越性。与面上五十二个一般场相比，有“五个高”：

一是场均创值、创利高。十五个千头场的场均创值和场均创利，分别比一般场高一点九倍和二点九倍。

二是利润率高。十五个千头场平均利润率为百分之二十三，五十二个一般场为百分之十七点二。千头场比一般场高百分之五点八。

三是劳均创值、创利高。十五个千头场共有饲养员一百九十四名，平均每个饲养员创值二万一千三百一十九元，创利四千九百三十三元；他们比五十二个一般的场饲养员，分别高百分之三十八和百分之八十六。

四是头均盈利高。十五个千头场头均盈利为三十六点八七元，比五十二个一般场高百分之三十九点九，即每头净高十元零五角二分。

五是劳均提供白肉量高。十五个千头场，劳均提供白肉一万六千零五十六斤，比五十二个一般场高百分之三十三。

（二）

十五个千头场注重规模效益的基本经验，归纳起来有“三个好”：

社会化服务好。十五个千头场，都有比较健全的服务体系。特别是那些上市三千头以上的饲养场，专业化分工越来越细，服务体系更加完善，经济效益不断提高。如沈家宅生产队饲养场，实行服务“一条龙”，有专业配料员、专业运料员、专业保健员，做到各业人员职责分明，热心为饲养员服务。饲养员无后顾之忧，一门心思养好、管好猪。去年，这个队十名饲养员，上市肉猪三千零三十一头，比上年增加六百七十九头，劳均创利九千一百元。

饲料配合好。如薛家库生产队把含有高蛋白、高能量的精、副料，加工配制成混合饲料。根据猪的不同生长发育阶段，配制成不同要素含量的料喂养。由于配料好，再加上饲养得当，精心管理，生猪长肉快、周期短、出栏率高、效益好。去年，上市肉猪三千五百十九头，比上年增加二百四十五头，头盈利四十三元五角，利润率达 25.8%。

科学管理好。十五个场都有严格的饲养管理制度和专业人员的岗位责任制，实行科学管理，做到“少投入，多产出”。如冯更浪生产队采取“分档饲养、专人管理”的办法，经济效益逐年提高。去年这个队上市肉猪头数、头均盈利、劳均创利和净收入，都比上一年都有较大幅度的增长。

（三）

从总体上来看，十五个千头场的规模效益是好的。但由于管理水平上有差异，其经济效益也有高有低，悬殊较大，如头均盈利，最高的每头盈利五十五元，而最低的头均盈利只有十六元七角，比一般场头均盈利还低九元多。再如利润率，最高的达 34.4%，而最低的利润率只有到 10.5%，比一般场的平均利润率还低 6.7%。由此可见，要充分发挥养猪适度规模的最佳经济效益，必须尽快提高饲养员的素质，提高技术水平，提高科学管理水平，搞好服务工作。否则，有了适度的规模，也不一定有好的经济效益。

（载 1986 年 3 月 23 日《解放日报市郊版》一版）

科学管理和规模效益

现在，无论是从事养殖业还是从事种植业，也无论是集体经营还是个体经营，人们都比较注重规模效益。拿养猪来说，金山县就涌现出一百六十多个上市百头以上的专业户，上海县新泾乡生产队一级的养猪场，年上市肉猪一千头以上的，就有十五个。

注重规模效益，是专业化生产的一个必然趋势，也是生产方式的一种进步，确实是一件好事。正因为如此，各级领导都制订相应的政策，采取必要的措施，以促进养殖业和种植业扩大到适度的规模。不如此，就难以改变由于生产经营的"零打碎敲"所造成的生产经营者无利可图甚至亏本的状况。然而，随着生产经营规模的适度扩大，有一个问题不知引起领导者们的注意没有？这就是科学的经营管理。生产经营的规模，同科学的经营管理，是相辅相成、相互制约的。如果经营管理水平跟不上，规模效益便无从谈起，甚至适得其反，其效益还不如"零打碎敲"。可见，在适度扩大生产经营的规模时，注意提高与规模相适应的经营管理水平，显得何等重要！

科学的经营管理，还可以促进适度规模的逐步扩大，以期达到更好的经济效益。这也是不言而喻的。而提高经营管理水平的关键，是以现代科学文化知识武装从业者，这方面的任务，也许比制订几条促进适度规模形成的政策更为艰巨。希望能引起各方面的重视。

（载 1986 年 3 月 23 日《解放日报市郊版》一版）

观察与思考

上市集中流通不畅　菜场利微缺乏活力

“卖菜难”使菜农忧虑重重

出路：搞活贸易市场，政策鼓励多销，价格随行就市

进入6月以来，本市蔬菜上市量直线上升。近几天，每天上市的蔬菜多达8万至9万担，已接近往年蔬菜大旺季的上市量。菜多是好事，但伴随而来的“卖菜难”却使郊区菜农忧虑重重。

今年以来，市委和市政府领导把加快市郊副食品基地建设作为振兴上海经济的一个突破口来抓。朱镕基市长上任不久，就深入川沙县菜区和南市区菜场，了解蔬菜生产和市场供应情况，并要求市计委、菜办等部门，及时帮助菜区解决蔬菜生产中出现的一些困难。上海、嘉定、川沙等主要菜区，在稳定各项蔬菜政策的同时，还增加了菜田的投入，从而调动了菜农的生产积极性，出现了市场蔬菜供应数量充沛、品种多样、质量提高、价格基本稳定的良好状况。

但在蔬菜丰收之时，同时也出现了菜农“卖菜难”的现象。据上海、川沙、嘉定等县统计，近一周内返回的蔬菜达1.5万多担，每天削价的蔬菜近2千担，一些绿叶菜还因卖不掉而就地处理。如上海县有个村上市600担茄子，因几个菜场推来推去不愿进货，结果被削价三分之一；有一个队200担时鲜番茄，蔬菜购销站只收购一半，剩下的100担只得运回；川沙县某队上市的40塑箱刀豆，难以找到顾主，只得到贸易市场处理。一些菜农痛心地说，种菜再苦我伲不怕，就怕碰到“卖菜难”！

“卖菜难”，难在哪里？据菜区一些干部分析，主要原因是：一、蔬菜流通不畅。现在，蔬菜从收购、批发到零售，基本上处于独家经营状态，流通领域中缺乏竞争意识，由此出现了产销之间、批发与零售之间的渠道不畅通。二、菜场经营蔬菜只有微利可图，加上自身经济负担过重，因而销售积极性不高。特别是菜多时，蔬菜价格下跌，菜场多卖不能多得利，所以有些菜场对计划上市的蔬菜不愿

多购、多卖。三、有些蔬菜上市集中，数量过大，造成了产大于销。在“卖菜难”的情况下，出现了有些菜场采购员向菜农索要副食品、外烟、“红包”等不正之风。有个生产队上市几十箱刀豆，一名采购员一开口就要 2 箱刀豆作“交际费”。有个生产队的 60 担番茄待销，一名采购员向队长暗示要现钞，队长只得塞给他两张“大团结”。个别采购员还在蔬菜交易市场上压低菜农的菜价，然后与贩子做交易，从中渔利。

如何解决当前出现的“卖菜难”？记者走访了市蔬菜办公室主任陈月华。他认为，市蔬菜公司以及有些购销站和菜场为解决“卖菜难”已作了一些努力，但问题还没有真正解决。当前要着重抓好四条措施：一、要搞活和完善蔬菜贸易市场，开辟多种销售渠道。如已经向小贩开放的第四蔬菜经销部，每天有 500 多名蔬菜小贩参与流通，每天的成交额达 2 万多元。二、由蔬菜经销部积极组织外销，将一部分蔬菜销向外地和远郊城镇。三、要尽快制定鼓励蔬菜购销部门多销多奖的政策，积极组织推销，并帮助他们解决运输工具不足等实际困难。四、按照价值规律，在蔬菜集中上市时，价格上可灵活掌握，以适当下浮价格来吸引消费。这样做，对国家和集体，对菜农和居民都有利。

（载 1988 年 6 月 21 日《解放日报》二版头条）

政策不配套　货源不畅通　领导不落实

农民菜场举步维艰优势难现

农民菜场，这个在改革流通体制中降临于上海市场的“新生儿”，虽然深受消费者的欢迎，然而发展速度却不尽人意。全市目前共有农民菜场 10 家，从业人员 120 多名。但一些行家认为，农民菜场现已出现了由“热”变“冷”的趋势，需要市有关部门在将农民菜场扶上马后再送一程。

农民菜场的兴起，对改革农副产品流通体制，改善边缘地区的市场供应已显示出了多方面的功能。农民菜场经营的蔬菜和肉、禽、蛋，大都是由生产单位直供菜场的，既减少了流通环节，又保持了商品的“鲜、活、嫩”的特色。而且在解决城乡结合部居民“买菜难”、减轻国家办菜场投资、促使国营菜场引进竞争机制等方面，农民菜场都显示了很大的优越性。

然而，农民菜场在发展中也面临着一些亟待解决的新问题，主要是：一、政策不配套、给农民自产自销农副产品带来了困难。如生猪自宰自卖不能冲抵上市任务，禽、蛋经营实行直供等。这样，农民菜场就难以发挥自产自销优势，办出特色。二、货源渠道不畅通，农民菜场难以做到商品丰富，开拓经营。现在农民菜场的外采副食品，大都是吃国营菜场的“剩菜”，缺乏计划保证，而且平议不配套，特别是受居民欢迎的平价海鲜和豆制品等货源，农民菜场几乎没有份。三、组织领导不落实，农民菜场处于“孤军作战”状态。四、菜场设施不完善，大多数农民菜场没有冷库，没有运输车辆，没有电话，有的菜场的营业设施也很不完善。

要使农民菜场真正发挥优势，办出特色，探索出一条减少农副产品流通环节的新路子。当前最重要的是要制定和完善一套扶持农民菜场的政策措施。如对农民菜场经营的猪、禽、蛋等副食品，涉及的调市任务、饲料补贴和平议差价等政策性问题，应有明确而稳定的政策措施。对农民菜场的货源供应政策、优惠政策等，也应同国营菜场一视同仁，以促使菜场之间在平等条件下开展竞争。一些行家认为，农民菜场的兴、衰，关键还在于是否坚持自产自销为主的经营方针。农民菜场开辟进货渠道，搞好外采工作，是开拓经营、丰富市场供应的重要条件，有关部门应为农民菜场开“绿灯”。当前，对农民菜场的管理和指导工作极需加强。如果能通过行业管理等办法，为农民菜场及时提供各种信息，这将有利于农民菜场搞好经营。同时加强职业培训，以使农民菜场健康发展。

（载 1989 年 4 月 10 日《解放日报》）

活鱼"游"不进菜场主渠道

七万吨商品鱼找不到销路

行家呼吁:抓紧制订配套政策,给菜场以活力

上海市民大多爱吃活水鱼,但近年来本市国营菜场经营活水鱼的却屈指可数。据统计,去年郊区生产的9.6万吨商品鱼中,菜场销售的只占15%左右,个体户经销的占到60%多。这种反差的越来越大,导致主渠道日趋萎缩。郊区"卖鱼难"的现象近已再度出现,目前大约有7万吨商品鱼找不到销路。

经营淡水鱼获利微薄,甚至亏本,这是国营菜场缺乏经营积极性的一个重要因素。本市于前年调整副食品购销政策后,市里给菜场的平价淡水鱼计划数大幅度下降,菜场销售议价淡水鱼比重相应扩大。淡水鱼虽然属于价格放开品种,但国家对进入主渠道的淡水鱼在销售时仍有最高限价,因而,菜场经营淡水鱼的毛利率往往低于销售费用率,卖鱼已无利可图,有的甚至亏本,据了解,坚持17年卖活鱼的虹口区的18家菜场,去年销售活水鱼近3万担,亏本32万元。

其次,淡水鱼市场竞争对手多,一些菜场缺乏参与市场竞争的意识,怕担风险,怕辛苦,结果只得"放弃阵地",让个体户占领淡水鱼市场。同时,一些菜场负担重、资金少、缺设备,也给经营活水鱼带来了困难。仅以本市321个室内菜场及网点为例,目前只有半数菜场备有活水鱼水池、充氧器等卖活水鱼的设备。本市大多数菜场由于财力不足,无法购置设备。

如何发挥国营菜场在淡水鱼市场上的主渠道作用?一些行家认为,当前要抓紧制定、出台鼓励菜场卖活鱼的配套政策措施,市有关部门应该进一步开放菜场经营淡水鱼的网点,以此扩大淡水鱼的销售量。对菜场淡水鱼的销售价格,也应适当放开,并要合理调整批零差价,以调动批零单位的经营积极性。市里还应采取经济和行政手段,一方面对积极经营淡水鱼的菜场,给予适当的经济补贴,一方面则要定指标,交任务,促进菜场参与市场调节,为稳定市场、稳定鱼价而努力。

进一步理顺淡水鱼购销体制，改变目前主渠道中存在的批零不配套，购销渠道不畅通的状况，是支持菜场卖活水鱼的重要环节。有些行家认为，本市已经出现的“场乡挂钩”，直线流通的新经验，应当积极总结、推广，这是使产销结合，减少流通环节，降低损耗，提高经济效益的一条新途径。

要使菜场在销售淡水鱼中唱好主角，市、区政府的有关部门应切实帮助他们解决好资金、设备等方面的一些实际困难。市郊淡水鱼生产单位也应引导渔民把好品种、大规格的淡水鱼优先上市主渠道，提高经济效益。

（载 1989 年 11 月 21 日《解放日报》）

“卖菜难”难在哪里？

时下，上海市郊菜区“卖菜难”的呼声又此起彼伏，不绝于耳。一些菜农对记者说道：现在，一年中几乎有 10 个月出现不同程度的“卖菜难”。此时，就连应市不久的番茄、茄子也卖不掉。这不但挫伤了菜农的生产积极性，而且在卖菜中也出现了请客吃饭、送烟、塞钱等不正之风。

“卖菜难”，究竟难在哪里？

菜场出现“卖菜难”，是蔬菜市场供过于求的一个信号。近几年，本市一直贯彻“产稍大于销”的原则，每年根据市场销售预测，加上 20%的保险系数来安排生产。这一决策对稳定市场、稳定菜价，确实起到了积极作用。但是，由于近几年各级政府都重视“菜篮子工程”建设，每年约有 8000 万元资金投向菜田建设，菜田的产出率不断提高。据统计，近 5 年中，本市每年返销作饲料的蔬菜约有 20 万至 30 万吨，5 年平均返销率为 22.8%，去年已上升到 28.4%。由此可见，蔬菜生产总量过大，已成为“卖菜难”的一个重要因素。

在蔬菜销售工作中，流通渠道不畅、调节功能不强、菜场销售下降，则是造成“卖菜难”的直接原因。现在，本市菜区 90%以上生产单位的蔬菜，仍然主要依赖主渠道销售。而现在，菜场销售的蔬菜量逐年下降，每天的销售量从过去的 2.5 万公担降到 1.5 万公担，仅占蔬菜总上市量的 57%左右。

菜区“卖菜难”从时间规律看，突出表现在蔬菜旺季阶段；从难卖的品种看，以叶菜和茄果类蔬菜居多。这些情况表明，“卖菜难”是由于蔬菜生产季节性与消费均衡性的矛盾，以及蔬菜品种结构与消费要求不相适应所造成的。近年来，有关部门在安排生产和执行考核、奖励政策时，往往从保证数量出发，对蔬菜品种结构的考虑不够，而目前市场对蔬菜消费要求，已由简单的数量需求转变为对品种、质量的更高要求。因此，每到旺季阶段，一些大路品种难卖的问题尤其突出。

要改变“卖菜难”的局面，必须在总结过去经验的基础上，既要立足于稳定生产，保证供应，又要针对当前存在的问题，从生产、流通、供应等各个环节上，积极地、稳妥地进行调整、改进。

从市场总需求出发，适当调整蔬菜生产规模，把生产量大于消费量的幅度确定在恰当的水平上，这既是缓解“卖菜难”的长远之计，又是一项具有很大经济意义的工作。一些蔬菜行家认为，当前郊区菜田的抗灾能力较强，蔬菜平均亩上市量基本稳定在 5000 公斤以上。

积极疏通蔬菜流通渠道，增强流通和调控能力，使主渠道的吞吐调节、平衡调剂作用得以充分发挥，这是解决“卖菜难”的重要途径。当前，菜区呼声最高的是，盼望蔬菜购销站能成为收购、批发、交易的多功能蔬菜市场。同时，应考虑在市区兴建几个现代化的大型蔬菜批发交易市场，让蔬菜流通真正活起来。

加强农商合作，有计划地调整旺季蔬菜品种和种植结构，切实克服“重早轻晚”“大种大卖”的现象，这也是缓解“卖菜难”所不可忽视的问题。

（载 1990 年 6 月 21 日《解放日报》一版右头条）

千头万羽畜禽基地步履维艰

期盼转换机制迎来柳暗花明

上海郊区一批千头猪场、万羽鸡场，是菜篮子工程中的主力军之一。如今，这批基地场中却有一部分陷入困境。据了解，在现有的700多个基地场中，有的获利甚微，约有半数出现了亏损。近两年由于受经济效益低下影响，或因开发房产、发展三产而关掉的基地场也不在少数，这在不同程度上影响了本市猪禽蛋总量的稳定。

大型基地场步履维艰，与成本负担过重很有关系。近年来，玉米、豆粕、菜子饼等主要饲料的价格普遍上涨，加上水、电、人工等生产费用增加，导致基地场的生产成本上升幅度大大高于国家对畜禽产品提价的幅度。据市有关部门对某县21个蛋鸡场的调查，其生产规模、生产水平都达到设计要求，但因生产成本直线上升，经济效益多半不佳，有的场出现亏损130多万元。由于猪粮比价不合理等因素造成养猪场亏本的情况更为突出。

然而，值得注意的是，同样面临生产成本的急剧上涨，却有相当一部分场的生产和效益仍比较理想。两相对照，有的场亏本就在于经营机制尚未真正转换，内部管理不善，饲养结构单一的缘故。有些基地场的内部管理软弱，而管理人员又过多，人浮于事，造成全员劳动生产率低，经济效益差。有些场因缺少能人治场，缺乏应变能力，因而自我发展后劲不足。

如何使郊区畜禽基地场摆脱困境，走上稳定发展道路？目前，从市政府领导、市农业部门到县、乡各级政府，都在进行探索。一些单位的成功经验表明：

深化改革，转换机制，提高劳动生产率，这是使基地场稳定发展的关键。在这方面，郊区已经涌现了一些典型。当前要在总结经验的基础上，在条件具备的基地场，逐步推行承包制或租赁制。有的可以推行股份合作制，以形成多元投资主体，调动一切积极因素，使基地场从转换机制中闯出一条新路。

进一步落实扶持政策和措施，理顺畜禽产品的产销价格机制。最近，市、县两级政府在广泛调查的基础上，又推出了后备母猪补贴、更新蛋鸡笼舍、推迟还贷时间等多项扶持措施，这对稳定基地场生产无疑是有益之举。人们普遍希望，政府对基地场的扶持，应重点转向生产者。这样，有利于使生产者直接受益，以提高积极性。有关部门认为，本市应当制定合理的猪粮、蛋粮比价，实行优质优价，将服务城市和富裕农民结合起来。

要使基地场稳定发展，加快产加销一体化步伐也至关重要。一些行家认为，基地场应积极参与流通，走向市场。同时，要将单一的饲养生产转向饲养、加工、销售一条龙综合经营上来，通过深加工和综合经营来增加经济效益。当前，有些县、乡正在积极组建一头连着基地场，一头连着市场的产加销联合体，为基地场走向市场、稳定发展探索一条新路。

（载 1994 年 6 月 29 日《解放日报》二版头条）

申城绿化建设呼唤新机制

年年种树少见树　年年绿化难增绿

在最近国家建设部组织评选出的园林城市和49个园林绿化先进城市中，上海均榜上无名。更令人忧虑的是，上海的市区人均公共绿地面积只有1.15平方米，只及全国城市绿地平均水平的四分之一左右，如与发达国家的城市相比，差距就更大了。这些情况表明，加快上海的城市绿化建设步伐，已是一项刻不容缓的战略任务。

上海的城市绿化建设，年年都在抓，年年都掀起过不小的植树热潮。但是为什么“年年种树少见树，年年绿化难增绿”呢？

城市绿化建设投资渠道单一，资金缺乏是直接影响和制约着本市绿化建设的重要原因。长期以来，本市的城市绿化建设资金，主要靠市财政拨款和住宅公建配套费中的绿化建设费，这两项绿化投资，不仅数额较小，而且不大稳定。近两年的绿化投资虽然已增加到近5000万元，但仍难以在城市绿化建设上搞大动作、大工程，因而城市绿化增长缓慢。仅以去年为例：本市的市区人均公共绿地和绿化覆盖率，仅比上年分别增长0.02%和0.08%。

本市城市绿化进展缓慢的另外一个原因是，有些地区不能正确处理好城市建设综合开发和城市绿化建设的关系，以致侵占绿地的事常有发生。去年以来，本市发生单位擅自占用绿地的事件就有70多起，至于损坏沿街绿地和树木，将规划中确定的绿地改作它用的现象，更是屡见不鲜。

一些领导部门认为，影响和制约城市绿化建设的原因固然很多，但其关键在于城市绿化的机制问题。要用市场经济的办法，尽快建立起城市绿化的新机制，这是加快城市绿化建设的必由之路。

上海绿地总公司在这方面已为我们提供了一些成功的经验。这家公司建成近两年来，已形成了以绿为主，综合开发，自筹资金投入绿化建设的市场机制。

两年里，公司从开展综合经营获取的利润中，自筹 3000 多万元资金，用于沪闵路绿带、外滩二期工程“滨江绿带”以及环城绿带建设，为上海城乡增添 46 公顷绿地。由此可见，城市绿化建设走向市场，是加快城市绿化建设的一条重要途径，只有形成多元化投资体制，才能使绿化大发展的目标尽快变为现实。

国内一些绿化先进城市的经验证明，提高全民绿化意识，是搞好城市绿化建设的思想基础。因此，要经常性地通过多种方式，开展生动活泼的城市绿化宣传活动，把参与绿化、爱护绿化变成广大群众的自觉行动。同时，要经常教育和引导各单位、各部门认真处理好加快城市建设与发展绿化的关系，无论是在旧城改造、道路拓宽中，还是在建设住宅新区时，都应该认真作出规划，把绿化、美化环境放在重要位置。

加强园林绿化法治建设，依法强化管理，是搞好城市绿化建设和管理的一项有效手段。市有关部门应加速地方城市园林绿化的立法步伐，切实改变园林绿化无法可依和有法不依的状况，使城市绿化真正走上法治的轨道。同时，各级政府和园林、规划等部门，应采取有力措施，严格绿地审批制度，建立和健全绿化执法队伍，通过行政、经济、法律等手段，保护绿化，造福于子孙后代。

（载 1994 年 6 月 6 日《解放日报》二版头条）

工作研究

要有一个稳定的养猪政策

——对上海郊区生猪生产连续“滑坡”的分析

眼下，郊区养猪生产“滑坡”已成为农村议论的一个热点。一封封告急信，带着抱怨的呼吁，接连不断地飞往各级政府部门。这一切，牵动着市政府领导的心，也促使市农业部门和县、乡领导把精力转到了“猪”的身上。

今年以来，郊县生猪生产持续下降，生猪出栏量和调市量都比去年同期减少。特别是近郊的10个生猪主要生产基地的生猪圈存量锐减了30%左右。往常，进入9月下旬是农村购进苗猪的“黄金季节”，而今却行动迟缓，有的还是按兵不动。更有甚者，一些地方还出现猪棚闲置的情况。

郊区养猪生产出现“滑坡”，原因是多方面的，但最主要是经济效益下降，有的甚至出现严重亏本，大大挫伤了农民养猪积极性。据近郊生猪主要产区新泾、长征、江湾、严桥等10个乡测算，今年上市肉猪将达44万头，预计亏损510万元，平均每头猪亏本11.5元。造成亏本的原因首先是苗猪价格暴涨。据了解，前段时期苗猪最高价格猛涨到每500克3.50元至4元。今年1至9月的每500克苗猪平均价为2.40元，比去年同期涨价一倍左右。而且，现在苗猪头重达到近30公斤，农民买一头苗猪就得花近200元钱。其次，饲料和兽药大幅度提价。现在农民养一头猪的成本要280元左右，而按国家生猪收购价计算，一头80公斤肉猪只能卖240元左右。养得越多，亏得越多，这样的赔本生意谁愿意做？今年郊区头8个月生猪出栏数下降，其中农民散养猪的出栏数下降占了相当比重。规模经营的集体养猪，据了解仍有上升的趋势，集体养猪之所以能发展，完全靠的是一些县、乡付出极大的经济“牺牲”换来的。

生猪生产的“滑坡”，乃是前几年“多了砍、少了喊”养猪政策不稳定的必然结果。1979年，国家对农副产品提价的政策出台后，郊区农民的养猪积极性空前高涨。那一年，全市生猪上市量达414万头。猪多是好事，但饲料缺口一下子增加了几亿公斤，这便成了一件难事。市里只得面对现实，把下年度的生猪上市计划调整为330万头，随之而出现了大砍养猪风。首当其冲的是生产队养猪场，有些县、乡的队级养猪场被迫下马三分之二。这一折腾，破坏了市郊“四级办场”“五级养猪”的生产格局，特别是导致了母猪饲养量的急剧下降。从此，母猪饲养业一蹶不振，母猪的圈存量从1979年的28万头下降到现在的18万头，由此而出现了母猪与生猪生产不配套的被动局面。近几年，郊区每年外采苗猪由过去的四五十万头上升到近百万头。在当前苗猪价格暴涨的情况下，这无疑是给养猪生产增添了沉重负担。

近几年，养猪政策的不稳定性，仍然困扰着养猪农民。去年年初，市有关部门鼓励郊区发展养猪专业户，而到了5月却又提出适当少养，超计划不管。在饲料供应上，开始定为出售一头肉猪供料200公斤，其中65公斤有平议差价补贴；后来，对计划外上市的生猪，只供料135公斤，并取消了平议差价补贴。生猪收购价格也是变化无常，一年间竟变动四次；猪多时发放生猪出售证，使那些没有领到出售证的养猪农民陷入了困境，挫伤了农民养猪的积极性。据金山县调查，去年下半年因受政策影响，全县养猪的农户减少了20%。上海县一位养猪专业户叹息道：现在最大的苦恼，仍然是多变的养猪政策。

那么，如何使郊区生猪生产保持稳定发展呢？对此，从市政府到市农业部门，从县里到乡、村，几乎都在沉思和探索。

理顺生猪价格，落实扶持政策，保证养猪农户的合理收入，这是当前呼声最高，也是决定养猪业兴衰的关键。有人认为，在目前的经济条件下，完全运用价值规律来发展养猪生产，是难以做到的。但是应适当调高生猪收购价格，使养猪农民有利可图。对于那些“以工补猪”或将仓储收入与养猪业挂勾等行之有效的扶持措施，应当不断总结、完善。

要稳定和发展养猪生产，还要搞好配套改革。养猪生产涉及农牧、粮食、商业和外贸等众多部门。在有计划的商品经济条件下，各部门与生产单位、生产者之间，必然会发生一些矛盾。因此，如何冲破部门分割，协调部门利益，改革经营管理体制，是搞好配套改革的重要前提。当前，人们热切期待养猪政策配套、生猪产销配套、饲料供应配套、服务体系配套。当务之急，是抓紧做好母猪与生猪生产的配套工作，增加母猪饲养量，提高苗猪自给率。同时，要抓紧完善生猪收购合同制度，加强饲料筹集和供应工作，对于集体和农民的卖猪款，应及时兑现，使其有维持和扩大再生产的能力。

处理好农户分散饲养和建设生猪生产基地的关系，是当前一个重要的方针政策问题。市政府领导最近强调指出:郊区养猪生产要国家、集体、个人一起上,特别要多发展养猪专业户。这样,投资少,见效快。上海县每年提供的商品猪中,来自农户的占到40%左右。由此可见,引导和扶持农民搞规模经营,发展商品猪生产,仍然至关紧要。当然,搞好生猪基地建设,发展专业化、集约化、现代化养猪,是个方向,从长远看,它必然要取代传统的分散饲养。

(载1988年11月22日《解放日报》一版)

郊区解决“三弯腰”关键要有适用农机

“三夏”又临，今年与往年不同的是，弯腰割麦的人少了，机械收割麦子的面积大幅度增加。但据有关部门预测，拥有300多万亩粮田的郊区，今年“三夏”中机插秧面积只有二三万亩，机播20万亩左右。可见，水稻种植机械化程度还相当低下，这不能不令人担忧，郊区“三弯腰”究竟何时了？这是郊区实现农业机械化过程中长期困扰而又迫切需要攻克的一个难关。

早在70年代初期，本市就提出了解决“三弯腰”的目标，20多年来，本市从上到下，进行过多次努力，但实际效果不理想。一些农村干部和农民感到不好理解的是：我国的卫星早就飞上了天，为什么就造不出更多、更适用的农机？

“三弯腰”难关迟迟攻克不了的原因是多方面的。部分干部对解决“三弯腰”缺乏紧迫感，未能很好发挥上海大工业优势，农机科研没有跟上，农机工业缺乏开发新型农机能力，有些农机生产企业造出的收割机、插秧机不适用或不完全适用郊区的稻麦生产，很难叫农民“一见钟情”，难以推广；农机管理体制不顺，农机化政策不够优惠，投入资金分散；农机与农艺改革、农机化与规模经营等诸多关系未能妥善处理。如此等等，使得解决郊区“三弯腰”进程十分缓慢。

面对诸多矛盾，郊区“三弯腰”的彻底解决，究竟从何入手？一些行家认为，攻克“三弯腰”的一个关键是要有适用的机械。为此，要发挥上海高科技大工业的优势，积极发展农机工业，集中科研和农机生产部门的力量，尽快开发、生产适应郊区稻麦作业的新农机。只要有了好农机，推广使用就不难。另外，要有系统工程观点，农机是一个主系统，但不能孤立地搞，要把使用农机与农艺改革，农机化与规模经营结合起来，相互适应，相互促进。记者在采访中还了解到，目前市郊农机化资金不足，仍然是当前农机化发展中的重要问题。因为市郊农业门类繁多，所需农机具也多种多样，所以农机投入必须相对集中，优化投向，在物力和财力上实行必要的倾斜政策。本市的农机化体制已有所突破,但需要进一步理顺,要逐步建立起农机科研、生产、管理等“六统一”的管理体制,切实加强农机化管理工作,加强农机服务体系建设,以加快攻克“三弯腰”的步伐。

(载 1993 年 6 月 18 日《解放日报》二版头条)

企业家访谈

汤臣的大手笔

——汤君年董事长谈与上海的合作

汤臣——这个响亮的名字，跟着它在浦东的投资项目一起，正在浦东新区叫响。记者初识汤臣集团的董事长汤君年先生是随上海县赴港招商期间。这次，趁汤先生来沪签订一项合资办厂协议之际，记者采访了他。颇有学者风度的汤先生，一谈到他在浦东投资的动因时，就显现出了企业家的那种冲动。他坦诚地说，今年4月，他在考察了上海的投资环境后认为，上海的对外开放步子大，发展潜力更大。他说，一个上海，大半个台湾，谁来得早就能早得益。于是，汤先生改变了"看一看"、"等一等"的初衷，果断决定把投资重点放到上海来。

这位在台湾、香港掌管着143亿元新台币资产的"大老板"，到上海投资也是"一掷千金"，他擅长做大手笔，搞大项目。他介绍说，第一次来上海时，正巧浦东陆家嘴221地块向国际招标，汤先生闻讯后随即进行策划投标，结果以1090万美金一举中标，并准备在这块"风水宝地"上建一座"汤臣中心"。此后不久，汤臣集团又在浦东高尔夫球场招标时中标。不知是投资顺利，还是汤先生对上海有偏心，在这半年之间，汤先生不断地往返于上海和台北、香港，先后同外高桥开发公司、市二轻局、上海县房产开发公司等单位洽谈合资合作项目，目前已经签约汤臣投资额占到2亿多美元。

如今，汤臣集团已在上海安营扎寨，新建立的汤臣（中国）有限公司驻扎在国贸中心，汤先生的内弟徐彬已举家"移居"上海，出任中国汤臣董事长，汤臣还调遣一批大将来上海打天下。谈起汤臣的这些举措时，这位祖籍南汇县的董事长用上海话说道：我们搞合作是不会"拆烂污"的。汤臣集团愿与浦东发展共同前进，着重于长期性开发项目。他向记者透露说，汤臣集团还准备用一家在香港的股票上市公司资金，专向投资上海，在多领域内进行投资开发。

（载 1992 年 11 月 8 日《解放日报》二版）

上海天时地利人和令人满意

——访八佰伴国际集团总裁和田一夫

看到众多市民进入上海第一八佰伴新世纪商厦购物，日本八佰伴集团总裁和田一夫的脸上挂满了笑容。他对记者说，八佰伴总部作出投资上海的决策是非常正确的，上海的天时、地利、人和令人满意，发展前景非常美好。

和田一夫说，4 年前，我来上海考察投资环境，当时的浦东还很荒芜，但当朱镕基先生向我描绘了浦东发展蓝图后，我顿时觉得浦东的将来充满希望，而且上海还是一个人口众多的消费市场，在这里投资一定会成功。于是，八佰伴在浦东投下了 3 亿美元，我也把整个精力放到了上海。

和田一夫称赞说，上海不但投资环境好、市场潜力巨大，而且上海人富有挑战性，工作热情高。八佰伴确实找到了合作好伙伴。他向记者介绍，八佰伴去年还与联农集团合资开办了 4 家超市，当年就有盈利；今年又开 10 家超市，都很赚钱。还有 5 家莫师汉堡店铺，经营情况也良好。

八佰伴的企业战略是成为亚洲最大的流通企业。据和田一夫透露，为了实现这一目标，八佰伴总部已作出新决策，除明年在上海再开 20 家超市、10 家莫师汉堡店之外，还准备利用八佰伴的 100 个品牌，在中国寻找有名的厂家合作生产开发食品、服装、小家电、日用杂品等 100 种与老百姓生活密切相关的产品，这些商品不仅在中国销售，而且还将通过八佰伴销往世界各地。

（载 1995 年 12 月 26 日《解放日报》二版）

乡情唤我回“娘家”

——访“包装大王”陈德薰先生

对新加坡中央包装集团公司主席陈德薰先生，只知道他是颇有名气的国际“包装大王”，但对他在中国的投资情况不甚了解。昨天，当陈先生风尘仆仆赶来参加陈行包装工业有限公司签约之际，笔者走访了他。

陈先生出生于浦东陈行镇，虽已侨居海外几十年，但至今仍乡音未改。陈先生1979年应廖承志邀请首次到中国观光，就对中国的包装工业极为关注。他由廖公建议去南方参观时，沿途所见，陡然增添了一件心事。他看到，那时中国的包装工业比较落后，不少纸箱厂设备陈旧，手工操作又严重影响产品质量。陈先生深感不安，决意要为振兴中国的包装工业尽一份力。他介绍说，八十年代初，他决定捐赠一条价值100万美元的瓦楞纸箱自动流水线。那时，精明的广东人马上与他联络，邀请他去广州参观指导，这套设备便落户到广州。1987年，陈先生来沪参观时，为了帮助上海塑料七厂加快技术改造步伐，又主动向厂方捐赠了一台价值20万元人民币的聚苯乙烯发泡成型机。同时，他为上海纸箱二十五厂引进了一条先进的纸箱生产流水线，还自掏腰包请日本和新加坡的工程师来调试，无偿赠送给厂里一批生产急需的零配件。近几年，陈先生还在广东、湖南、江苏、天津等地办了一批合资企业。他说，这些企业开业，我的梦也圆了一半。

浦东开发开放的春风吹到海外，这位新籍华人更是激动不已。“我原来早想在故乡办分厂，可一时找不到机会。现在，终于遇到了好机遇”。陈先生坦诚地说，他去年就作出决策，准备在浦东陈行镇投资创办一家具有第一流水平的合资企业，专门生产各种瓦楞纸箱和发泡塑包装制品，使之成为包装行业的龙头。陈先生的这一决策，得到了当地各级政府和乡亲们的热情支持。

为了办成这个企业，去年以来，陈先生已来沪考察4次，从洽谈项目到厂房选址、选定机型，他都事必躬亲，并经常委托其弟陈德平、陈德炯、陈德政多次穿梭于沪港之间,为这个项目早日上马出谋献策。陈先生说:“到浦东办厂是一件大事,因此哪怕不赚钱也要搞,就算是我们为浦东建设做出的一点贡献。”

(载 1993 年 8 月 18 日《解放日报》二版)

用棉农资金为棉农拓展市场

——访美国棉花公司上海办事处首席代表蒋新良

在美国棉花公司上海办事处设立之际，记者采访了办事处首席代表蒋新良先生。美国棉花公司用美国棉农提供的资金帮棉农拓展市场的运作方式，给我们留下了深刻的印象。

蒋新良告诉我们，美国棉花公司是在棉纺织品市场份额大幅下降的情况下问世的。化纤诞生后，棉花消费量直线下跌，当时美国很多纺织厂都停止了棉纺织品生产。为夺回市场，美国的棉农说服国会成立基金会，并于1970年成立了代表棉农利益的棉花公司。公司制定推拉式市场战略，一方面改进产品和加工方法，把革新后的棉纺织品推向市场，另一方面通过广告促销拉住消费者。他们设计的棉花标志1973年首次在美国市场亮相，到1987年，这个标志在美国的知名度已达到71%。

蒋新良说，美国棉花公司只花钱而不赚钱，其经费除来自美国进口纺织品的关税——每年大约1000万美元之外，其余主要由美国棉农提供。棉农每生产一包棉花就向公司上交2.5美元左右，去年美国棉花产量1800多万包，上交总数近5000万美元。棉农愿意出这笔钱，是因为他们看到，美国棉花公司成立后，美国纺织品消费中棉花纤维所占的比例已由最低时的34%上升到现在的59.6%，下一个目标是达到62%。

蒋新良先生说，为美国棉花用户提供优良服务，是我们的一大宗旨。近年来，中国棉花需求量上升，1994年起开始较多地从美国进口棉花，为此公司曾多次派人到中国考察，最后选中在上海设立办事处。江浙一带棉纺业发达，公司有责任为使用美国棉花的工厂提供服务，而上海的发展前景也为美国棉花公司看好。公司将邀请国外专家到中国帮助棉纺织厂解决生产中遇到的问题，还要开设一系列讲座，内容有全球棉花需求分析、棉纺织品加工的最新技术、印染与后整理等。前两天，他们刚举办过一次关于棉花的经济分析的讲座，邀请 30 人，实际来了 50 多人。

美国棉花公司通过广告促销、产品开发和技术服务，为美国棉农拓展市场服务，这对中国大力推进农业的产业化，发展中介服务体系，显然是有借鉴意义的。

本报记者　朱民权　胡国强

（载 1997 年 11 月 29 日《解放日报》二版）

美好的事业　美好的前景

——访香港大昌贸易行有限公司总经理朱汉辉

民以食为天。吃，是一个庞大的市场，因此，发展菜篮子商品是一项朝阳产业、永恒产业。香港大昌贸易行有限公司总经理朱汉辉在谈及投资、参与上海“菜篮子工程”建设的动因时，用十分肯定的语气说：“这是一项美好的事业，有着美好的前景。”

大昌贸易行是以食品为核心的多元化经营的国际集团，年经营额达100多亿港元，其对上海的投资也“情有独钟”。朱汉辉介绍道，他们自1993年进入上海以来，把公司的使命定位于上海农业产业化项目的开拓者、菜篮子工程的参与者和“放心肉”的生产者，投资方向始终与上海市政府的产业导向保持一致。去年3月以来就投资2亿多元，在南汇和金山合资兴建了上海大昌江南凤有限公司和上海大昌金山有限公司，两家公司充分利用当地资源优势，生产加工卫生、安全、优质的黄鸡和猪肉产品，这些产品目前已被市民誉为“放心食品”。

“投资上海菜篮子工程，天地广阔，这不仅是上海拥有巨大的消费市场，同时上海还有辐射内地和海外两大市场的优势。”朱汉辉感慨地说。接着他话锋一转：“要拓展市场，还必须做好菜篮子里的许多文章，这就是通过科技输入，加强对菜篮子商品的深度开发。”他告诉记者，大昌已把这项工作作为重头戏来唱，去年就决策与拥有世界最先进的畜禽生产、加工技术的美国宝雕公司、艾波公司合作，通过强强联合，共同开发一流的产品。同时，公司还从香港和国外请来专家，培训企业管理人才，并积极引进国外的先进管理经验，降低成本，提高效益。他们还参照国际食品行业先进的方式，在每一道生产加工环节都设置卫生督察，以使产品完全达到绿色标准，让消费者放心。

谈及发展前景，朱汉辉显得雄心勃勃：3年内使大昌成为上海市场的重要经营者，同时走向全国，5年内打开全国市场。在目前产品已跻身香港及日本等地市场的基础上，还要加大出口力度，并以国外市场带动国内市场。朱汉辉最后向记者透露，在上海菜篮子工程上的投资一旦盈利，便将把这部分资金作为追加投资，把菜篮子的文章做得更大、更好。

（载 1999 年 5 月 6 日《解放日报》三版经济新闻）

记者见闻

副市长下田种菜

昨天上午，气温骤然升高。此时，在松江县泗泾园艺场里，抢种蔬菜的热潮也一浪高过一浪。近百名头戴草帽的新“菜农”正与园艺场的菜农们一起，有的蹲着种蔬菜；有的弯着腰下毛豆种子；几十名身强力壮的男子汉拿起铁鎝使劲地翻整菜田。园艺场的菜农发觉有些新“菜农”面熟，真想问个究竟，泗泾镇党委书记忍不住地说：他们是孟建柱副市长带来的市农委机关干部。

“组织干部来这里种菜，是希望菜区能迅速掀起抢种保淡菜的高潮，为确保夏淡供应打好基础。”孟建柱一边拿着小插刀，熟练地种下一棵棵蕹菜，一边与记者交谈着。他谈到，今年经过上下一起努力，菜区的蔬菜种得比去年多40%左右，但由于连遭几场暴雨侵袭，减收了五成左右，蔬菜上市量也出现减少趋势。我们要把人民切身利益挂在心上，自觉搞好蔬菜夏淡市场供应。

在另一畦菜田上劳动的市府秘书长冯国勤、市农委主任张燕，也在埋头种蕹菜。看上去，他们都像种菜的行家里手。过了将近个把小时，新“菜农”就在两亩田上种满了绿油油的蕹菜。园艺场的菜农忙给蕹菜浇水、搭棚，盖上了遮阳网。

种好蕹菜，孟建柱和松江县的领导一起，马不停蹄地来到茄子田里采摘茄子。他边摘茄子，边对园艺场的干部叮嘱道：采摘蔬菜一定要适时，留得太老，价钿就卖不起。蔬菜保持鲜嫩上市，既能卖好价钿，市民也欢喜。那位干部频频点头表示赞同。在田间劳动时，孟建柱再三关照市菜办的领导，“菜园子”的水利建设要抓紧落实，保证水系畅通。当前要一手抓抢种，一手抓田间管理，这样才能保证夏淡蔬菜供应，让市民放心，使市民满意。

在劳动回来的路上，记者欣喜地看到，园艺场的道路两旁，一块块菜田已削得平平整整，并已种上了一排排绿油油菜苗。园艺场一位干部告诉记者，经过一个上午的辛勤劳动，28 亩菜田已抢种上蕹菜、豇豆、毛豆、鸡毛菜……

（载 1995 年 7 月 12 日《解放日报》二版）

“新菜农”

昨天一早，嘉定区封浜园艺场里菜农正在抢种蔬菜，突然来了一批“新菜农”，只见他们踏进菜田就一字形排开，熟练地操起种菜刀，种下了一棵又一棵5月蔓青菜。这批“新菜农”是市委常委、副市长孟建柱带领来参加种菜劳动的市农委、商委和嘉定区的近百名机关干部。

孟建柱种菜，真称得上行家里手，他和市商委主任张广生、嘉定区委书记王忠明蹲在同一畦田上，只见他用菜刀往泥里轻轻一挖，一棵青菜秧随之就种好了。他一边种菜，还一边向一起参加种菜劳动的市府秘书长冯国勤等了解当前农业生产情况。副市长为何要带领干部下乡种菜？心系市民菜篮子的孟建柱在回答记者提问时道出了缘由。他说，今年3月上海遇上了近百年来没有过的持续低温阴雨天气，给蔬菜生产带来了较大影响。而蔬菜生产和市场供应是否正常，对市民生活关系极大。在上海的总物价指数中，蔬菜副食品占有很大比重。因此，利用双休日组织机关干部参加种菜劳动，为菜区进一步掀起抢种蔬菜热潮带个头，确保本市4、5月份蔬菜市场供应；参加劳动，也是发扬党的优良传统。

在种菜劳动的间隙，孟建柱还踏田察看了正在扩建中的封浜园艺场。他希望菜区干部要一手抓当前，抓紧有利时机，抢种抢管好蔬菜，为市民吃菜多作贡献；一手抓长远，切实加大“菜园子”的科技投入，不断提高抗灾能力，提高蔬菜生产水平。

（载1996年4月7日《解放日报》一版）

双休日，又见市领导下田来

入梅以来的连续阴雨和几场大暴雨，给市郊蔬菜生产带来了严重影响和损失。为了推动菜区抢种抢管蔬菜，确保“夏淡”蔬菜市场供应，昨天，市委常委、副市长孟建柱，市府秘书长冯国勤，利用双休日，冒着高温，带领市农商部门的干部下乡种菜。

昨天一早，孟建柱赶到南汇县新场蔬菜园艺场，戴上遮阳帽、搭上一条毛巾，与一起来种菜的市农委、市商委和南汇县的领导干部下了田。园艺场给干部们分配的任务是播种豇豆和田间除草。只见孟建柱左手拿着一碗豇豆种子，右手熟练地播种。他边播种，边告诉身旁的记者，现在抢种的豇豆，刚好到 9 月份蔬菜淡季时上市。他还说，现在抢种保淡蔬菜固然要紧，但还要注意多种些花色品种，适应市民消费需求。干部们顶着高温种菜，一个个忙得汗流浃背。

在新场园艺场里，塑料大棚里的茄子、丝瓜、鸡毛菜等作物长势旺盛。孟建柱察看后很有感慨，他认为，要建设好新一轮菜篮子工程，就要下功夫搞好菜田设施建设，还要积极推广新农艺、新农药。在劳动间隙，孟建柱看到 4 名女菜农在闷热的茄子棚里采摘茄子，他特意走到田间，询问她们的劳动情况和种菜收益。孟建柱代表市政府感谢日夜辛勤种菜的菜农们。他还叮嘱农商干部，梅雨过后要抓紧时间抢种抢管，并要作好抗大灾准备，农商联手搞好今年的“夏淡”蔬菜市场供应。

（载 1996 年 7 月 21 日《解放日报》一版）

群众会选“当家人”

如果把生产队比作一个家庭，那么，生产队队委一班人就相当于“当家人”。今春，郊区一些生产队根据新《六十条》的有关规定，用候选人不等额、社员无记名投票的办法，民主选举“当家人”。对此，从事农村工作的多数同志是赞成的，认为这是保障农民群众民主权利的一个重要措施；但少数同志有三怕：一怕选出来的干部不理想，二怕干部撂“纱帽”，三怕干部队伍不稳定。他们觉得队委会班子还是由上级任命好。

带着上述的三怕思想，我们走访了一些实行民主选举的生产队，深深感到这些顾虑是多余的。

春耕大忙之前，一个公社有二十三个生产队搞了民主选举队委会的活动。半年多来的实践表明，每个队的七至九名队委干劲很大，能力较强，生产内行，团结一致。在他们的领导下，生产队农、副业生产搞得很好。

今年的夏粮和早稻产量超过历史最高水平的有十四个队，超过去年的有二十个队。上半年农副业净收入比去年增长百分之三十二，高于全公社平均水平的百分之六点四。这二十三个队的干部班子不是不理想，而是上级和群众都很称心。最近，公社党委对二十三个生产队的班子作了全面分析：通过民主选举，好的和比较好的班子从原来的三个上升为十三个，占百分之五十五；一般的队由原来九个下降为七个，占百分之三十三；较差的队从原来的十一个下降为三个，占百分之十二。一位大队党支部书记向我们介绍说“群众选干部是很慎重的，决不会拆烂污；在一个队里，谁为群众谋利益，谁谋私利，谁积极肯干，谁不干实事，谁的能力强，谁的办法少，群众比领导看得更清楚。应该相信群众会选出理想的干部。”这位党支部书记的话是很有道理的。

那么，原来的生产队干部是否一听说要搞民主选举，就撂“纱帽”呢？事实也并非如此。这里，且不说把“纱帽”拎在手里想撂就撂的干部历来就有，并非民主选举的罪过，只讲对那些在民主选举前“放风”、撂“纱帽”的干部要作具体分析。有的干部因为年老体弱，力不胜任，革命的责任感促使他们趁民主选举的机会提出“让贤”，对于这种同志应该支持；有的干部因为办事不公，图谋私利，得不到群众的拥护，明知民主选举选不上，就赶在选举前为自己落选造点舆论，对于这种同志，在落选后做好他们的思想政治工作就是了；有的干部主流很好，能坚持原则，只是工作作风上有点毛病，“得罪”过部分群众，他们认为拼命干工作还落得吃力不讨好，倒不如在民主选举之前“申明”不再当干部为好，对于这种同志，治疗他们思想病的最好办法之一，恰恰是民主选举。一个公社的一位领导同志，向我们介绍了一位生产队长在民主选举前后的生动变化，很能说明问题。这位队长工作一贯较好，就是有时对群众态度粗暴，群众一提意见，他就认为大家对自己不信任，因此就想撂“纱帽”，不久前，听说要民主选举队委干部，这位队长又趁机把“纱帽”拎在手里了。不料在选举中，群众肯定了他的成绩，也实事求是地指出他的缺点，全队二十四户人家，有十九户选他继续当队长。这位队长高兴地说：过去只晓得领导信任我，要我当队长，现在才知道群众也信任我，选我当队长；我要发扬成绩，克服缺点，和大家一起好好干，“纱帽”再也不撂了。如今，这位队长确实比以往干得更好。由此看来，担心民主选举造成干部撂“纱帽”，确实没有必要。

至于怕民主选举会带来干部队伍的不稳定，更无必要。从已经搞过民主选举队委会的生产队来看，原来的干部大部分都是当选的，变动面很小。这个事实告诉我们：干部的大多数是好的和比较好的，在这个问题上，广大社员群众的看法是一致的。

在民主选举中，个别生产队也出了一点偏差。但问题不在民主选举本身，也不在群众，而在于领导放任自流。要搞好民主选举，公社和大队领导，反复向群众宣传选举干部的意义，讲清干部应具备的条件和党的干部政策，教育群众注意防止宗族观念作怪以及认真酝酿候选人等，都是十分必要的。

（载 1979 年 9 月 18 日《解放日报》二版）

老书记让贤当副手
新干部接班挑大梁

崇明县汲浜公社，出了一件重大新闻：公社党委书记刘锦德，主动把职务让给了二十八岁的年轻干部殷惠生，他自己则退居第二线当副手。社里人都称赞老书记有远见。

年岁不饶人

刘锦德是汲浜地区的老干部，当地的党组织就是他解放初根据上级党组织的指示建立起来的。

二十多年过去了，年岁不饶人。一九七八年四月中旬的一天，老刘同几位年轻干部下田检查棉花“四早”情况。路上，他突然感到下腹部老病发作，剧痛难忍，不得不叫青年们先走，自己坐倒在田埂边上。看着远去同志的矫健身影，刘锦德第一次觉得自己老了，他自言自语地说：人到底拗不过年岁呵！

几天以后，有位县委负责同志到汲浜公社检查工作，老刘感慨地透露了自己的心事。言外之意，要上级派一个同志来接替他职务。不料这位负责同志听了并不正面作答，只是意味深长地说：“老刘呀，我们可都嫌老了，但也不能光等人来接班啊。”不能等！刘锦德领会了这句话的含意。从此，他把培养和考察接班人的事放在心上。

一棵好苗苗

话说永隆大队有个回乡知识青年殷惠生。他下乡不过三年，就被选中当上了大队党支部书记。这个大队共有二十一个生产队，规模在全公社称老大，生产却总是“老末拖”。小殷上任接手的时候，干部之间拉拉扯扯，社员群众意见纷纷。可是时隔个把月，他就把一班人团结了起来，再加上自己大公无私，带头苦干，又善于关心群众疾苦，全大队很快有了起色，粮食产量一熟熟上跳，工副业生产一年年发展，社员分配水平不断提高。到了一九七七年十月，小殷已经在公社里崭露头角，被提拔为公社副主任和党委委员。这真是一棵好苗苗啊！

老刘书记在一边看了中意，特为用重锤对这块好钢进行敲打。他带小殷到溆中大队去蹲点，先试试小殷的工作作风和工作方法是不是过硬。只见小殷一到大队，当天就一头钻到生产队。在那里一过十来个月，他每天都吃困在队里，逐个队了解情况，帮助各队解决具体困难。群众都说他是一块铅，又是一把万能钥匙，全大队搞得有声有色，老刘接着又派小殷到水利工地去打“攻尖”战，看他有没有指挥才能和吃大苦耐大劳的硬骨头精神。小殷具体负责桥坡工程艰巨项目，竟然奇迹般地同开河工程一起完成任务。在总结经验时，大家都夸小殷指挥有方。谁知，老刘又拉开战线，让小殷去搞社队工业。小殷毕竟有股虎劲，到那里他不懂就学，有空就钻，四个月时间熟悉了全社工业生产的脉络。

让位不卸责

“将”过三关得满分，老刘书记看了呵呵大笑。可是，他又生怕自己这个“考官”有所偏爱。老刘有事装作无事，悄悄地征询了一些老同志的意见。“哪个年轻人接班最适宜?”结果，好比诸葛亮和周瑜各书破曹计策，大家都不谋而合地说出了一个“殷”字。

刘锦德决意让贤了，他向上级党组织推荐殷惠生担任党委书记，同时也提拔一批中青年干部担任各级领导。公社党委班子里，中青年干部的比例一直上升到百分之七十。革命者让位不卸责。老刘没有“隐退”去县城工作，他甘愿留在农业第一线当小殷的副手。

现在殷惠生已经走马上任。刘锦德和他一老一青，你烧火来我添柴，一个冲在前，一个作后盾。他们是怎样同心同德搞四化的？我们以后再向读者们报道。

本报记者　朱民权　特约记者　石镇国

（载 1980 年 4 月 7 日《解放日报市郊版》一版头条）

创业维艰　“绿洲”更美

——共产党员陆文忠带领群众垦荒记

在崇明岛东部的滩涂上，有一片充满生机的“绿洲”：宽阔平坦的道路笔直地向东伸去，路旁树木成行；两侧的鱼塘方方正正，水光闪烁；依塘而筑的一间间草屋，炊烟缭绕，周围菜园常青……，这就是共产党员、瀛东养殖场场长陆文忠带领群众历经 4 个寒暑开垦出的“绿洲”。

4 年前，这里还是满地芦苇的荒滩。而今，成了一个拥有 2600 亩耕地、240 万固定资产的副食品生产基地。4 年中，这个 180 多人的养殖场，向国家交售生猪 3200 多头、商品鱼 7000 多担。去年养殖场首次种植的 170 亩水稻喜获丰收，实现了口粮、种子粮自给有余。生产的发展，使迁居这里的 62 户农民开始走上共同富裕的道路，70%的农户去年户均收入万元以上。

步入不惑之年的陆文忠，曾在依滩傍海的陈家镇乡良种场村工作了 15 年，每每踏上村旁的“团结沙”那一眼望不到头的荒滩，他心里总涌起一阵冲动：靠山吃山，靠水吃水，滩涂是不是可以大做文章呢？1985 年秋天，已担任副村长的陆文忠和村里 5 名志同道合的青年带着自筹的 200 元钱，买毛竹，割芦苇，毅然来到“团结沙”的荒滩上安营扎寨。

创业是艰难的，陆文忠他们 6 个人，挤在一间 20 平方米的芦苇棚里，没有电灯点煤油灯，没处烧饭自己垒土灶对付；寒冬腊月，蹲在地上吃饭，饭菜冰凉不说，一阵北风吹来，还常蒙上一层泥沙。然而，他们不气馁，无怨言，在芦苇棚里一住就是 7 个月，直到把 600 亩滩涂围垦出来。他们在这片滩涂上开挖鱼塘，第二年就有商品鱼上市，获利 2 万多元。初战告捷，增强了陆文忠和伙伴们的信心，1987 年 4 月，他们着手再围垦 2000 亩滩涂。面对风浪和潮汛随时可能的袭击，陆文忠和外请民工一起，顶风冒雨，人挖肩挑，硬是在半年里筑起一道长达 3300 米的大堤。围垦成功，他们一鼓作气，在垦区里开通了 8000 米河道，新挖了720亩鱼塘。1988年，在荒滩建起的瀛东养殖场已创产值35万元，赢利7万多元，当年的荒滩，终于成了一个“聚宝盆”。

创业之路没有尽头。现在，陆文忠正在考虑养殖场新的发展规划。他提出，在今后3年内要再围垦一片滩涂，建设好一千亩饲料基地和一个500亩的桔园，增加适量的粮田面积，力争做到养殖场口粮、种子粮、饲料粮自给。此外，还要创造条件办一个对路的工厂，实行以工补副，农副工综合经营，全面发展。望着这位纯朴实干的共产党员，人们相信，瀛东养殖场的明天将更加美好。

本报记者　朱民权　胡国强

（载1990年2月19日《解放日报》二版头条）

“花好稻好”全靠管理好

——记北桥公社罗家宅生产队青年队长吴奉士

会算会做的青年社员吴奉士，毛遂自荐出任队长，半年多时间就把一个“工分挣得多，钞票拿不多”的罗家宅生产队管理得“花好稻好”。全队农副业净收入已增加两万多元，年终分配每人将近四百元。这件事，在上海县北桥公社安乐大队被传为美谈。

二十七岁的吴奉士，原来在云南景洪农场当过会计。由于抓经营管理有方，连续两年被评为先进个人。前年四月他回到家乡，眼前的管理秩序叫他很不舒服：社员做多做少没个标准，劳动刻把钟就站站坐坐。队长急得喊破喉咙，但是仍然无济于事。吴奉士心直口快，当下建议搞生产责任制。但他不在其位，旁人说他多管闲事。

时过一年，来了机会。队里民主选举队长，吴奉士毛遂自荐愿挑重担，得到了大多数社员的支持。从此他舒展抱负，头天上任就大搞整顿。机械化养鸡月月高本薄利，小吴亲自去鸡场考察，参加劳动。这天，他当众将糟蹋在地上的饲料和碎蛋壳集中起来过秤。饲料“十斤”、碎蛋壳“二斤”，一次折合钞票四元多，按照这样浪费，算下来，全年损失要达千把元钱。当下，他提议搞“专业承包联收计酬”，拿出了一连几天摸到的第一手资料，实事求是同大家拟定了经济合同指标。现在养鸡场早已转亏为盈，去年净收入达一万八千多元，饲料节余三万多斤。

联产计酬形式多样，吴奉士敢闯“禁区”。他把棉花按户分给社员管理，全队七十七亩棉花一天种完。一九八〇年自然灾害严重，但是由于大家短兵相接管理得法，棉花长势在全大队名列第一，亩产皮棉比风调雨顺的前年还高二十斤。农闲时节，水稻也搞定户管理，这期间工分高低根据实际情况灵活掌握。每块稻田，都按不同的土质、苗势和工作量酌定，生产效果令人满意。

全面落实责任制，生产管理有秩序，但是吴奉士并不坐享其成。他同社员一样劳动，研究解决新问题。就说去年“三夏”，开始时小吴他们搞计件制，想不到出现了“插秧抢行头”的现象，插下去的秧苗很少合格，小吴手拿量秧杆把不住关。晚上他召集队委研究改进措施，决定搞分组流水作业、小段包工。三十个妇女兵分四路，每组拔秧、挑秧、种秧一条龙。到夜里，二十多亩白田一片碧绿，秧苗一行行崭齐笔挺。社员都夸小吴足智多谋。

（载 1981 年 1 月 12 日《解放日报市郊版》一版头条）

种粮新一代

——记种粮大户孙顺清的儿子孙敬华

种粮大户孙顺清年年都有新追求，然而，今年的新闻倒不是他种粮规模又扩大了，而是他的小儿子孙敬华继承父业，退伍回乡务农。

今年 24 岁的孙敬华，中等个儿，一副书生模样。去年 12 月，他结束了三年的军旅生活，与 14 名同时参军的青年一起回到了青浦县徐泾镇。如今，这些退伍军人，有的进了工厂，有的在开汽车，也有的“下海”了。唯有孙敬华毅然选择了种田一行。按照政策规定，镇政府同样为小孙安置了工作单位，但他只到那个单位去了一天，第二天就跟父亲一起在承包田里干开了。从 12 月 6 日至今，只有春节休息几天，其余时间都在麦田里施肥、理沟。

人们都说，现在只有“3861”部队在种田，孙敬华为何还干这一行？回答实实在在，很朴素。他告诉记者：今年，他父亲孙顺清种粮面积扩大到 130 亩，种这么多田，总要有帮手，也要有人接班。现在从中央到市里、县里都十分重视农业，这正是年轻人为发展农业大显身手的好时机。他向记者透露，他父亲种了 10 年承包田，如今成了种粮大户，上交给国家的商品粮达 43 万公斤，连续 5 届被评为市劳模。中央和市里的领导还来关心他、支持他，这说明种田一样有出息。

种田不但辛苦，而且效益比较低，这是人们普遍议论的问题。对于这一点，小孙和老孙一样，都有足够的思想准备和打算。孙敬华认为，种田是苦一点，他初中毕业后种过一年田，已尝过种田的滋味，但现在机械化程度提高了，劳动强度也就减轻得多。他告诉记者，近几年，他家里已在农机上投资 6 万多元，买了脱粒机、拖拉机、收割机等农机具。今年，他家准备添置一台开沟机，逐渐争取从“三弯腰”中解放出来。事实上，田种得好效益还是很可观的，去年，孙顺清和他的妻子、大儿子三人，在承包田里种了 60 亩麦子和 26 亩水稻，交售商品粮 1 万多公斤，全年净收入接近 2 万元。今年，种粮规模扩大到 130 多亩，计划售商品粮 8 万公斤以上。他们认为，只要化肥、农药不涨价，不要“谷贱伤农”，种粮的规模效益还是比较好的。

（载 1995 年 3 月 3 日《解放日报》二版头条）

这个猪倌好风光

站在面前的张鸿兴，一手拿着大哥大，腰间还挂着中文机，进出谈生意坐着“皇冠牌”，看他这副派头，谁都难以相信他是一个“猪倌”。而他，确实是青浦县徐泾镇有名的养猪专业大户，名片上的头衔是上海鸿兴畜牧有限公司董事长，当地人都喜欢叫他“张老板”。

熟悉张鸿兴的人都知道，他是一个敢闯敢试的人。年轻时的张鸿兴，做裁缝，跑运输，当供销员，他都尝试过一番，而且干得卓有成效，1987 年成为县里运输专业户之最。1988 年春，当市政府提出建设“菜篮子工程”时，张鸿兴就想，养猪虽说是项苦营生，弄得不好，还要亏本，但市民菜篮子需要，不妨试一试，只要科学饲养，经营得法，严格管理，不信闯不出一条路。于是，他下决心办个养猪场。后来，经过乡里领导协调，他征得了一块养猪场基地，自己凑了几千元钱，建起一座 1000 平方米的养猪场，实现了自己的愿望。此后半年间，他和妻子一起，几乎天天吃住在猪棚里，精心喂养一批又一批肉猪。半年里就上市生猪 1000 多头，不但包揽了全村的生猪上市任务，而且盈利万把元。

这几年，本市生猪饲养业形势严峻，不少饲养场亏本严重，张鸿兴的养猪场却越办越红火，现在已发展到年饲养万头猪的规模，而且年年有可观的盈利。其中的关键是他采用了灵活的经营机制。张鸿兴对我们说，他那个畜牧有限公司管理人员少，用人自主权大，全员劳动生产率高。公司的管理人员总共只有 5 个人，只占同等规模集体养猪场的四分之一。张鸿兴作为私营企业的董事长，既是管理者，又是采购员、供销员，几乎每天为筹措资金、饲料而四处奔波。他告诉我们，公司内的 8 名饲养员都是招聘来的，干得好的，三年五年做下去，不称职随时可能被辞退。这五、六年间，饲养员已调换过 30 多人。张鸿兴说，他这里是不养懒人的，每个饲养员管一排猪舍，400 头肉猪的喂养、防疫都由他一人承担下来。公司年人均上市生猪在千头之上，其效率比集体养猪场高出五、六倍。

干一行钻一行，也是张鸿兴的成功之道。他坦诚地说，刚开始有一次，他听说浙农大研究出一种饲料新配方，如获至宝，连续四次赴杭州上门取经，感动了那位搞饲料研究的许教授，使他得到了一个科学的新配方。后来，他又四出寻找科学养猪新方法，并结合养猪实践，自己配制出了含有磷、酸、钾等 20 多种成分的饲料配方，摸索出了一套快速养猪新方法，从苗猪到生猪出栏，一般在六七十天时间。饲养肉猪的周期缩短，成本降低，经济效益也相应提高了。今年鸿兴公司上市生猪的目标是 1.5 万头，这批猪将全部交售给国家主渠道。即便如此，今年猪场创利仍可达 80 万元。张鸿兴深情地说，作为专业户，生产当然要讲经济效益，但更重要的是讲社会效益，因为，在他最困难的时候，是政府支持了他。

（载 1994 年 6 月 25 日《解放日报》二版）

杨华英病房偶遇住院老人，主动长期服侍如家人

不是女儿，胜似女儿

初冬的一天傍晚，在上海县颛桥公社卫生院六号病床边，一个年轻姑娘亲切地对床上躺着的一位老年病人说：“今朝天气冷，洗洗脚暖和一点。”老人看了看姑娘，感动得说不出话来。停顿了一下，才说：“不要了，谢谢侬。”说话间，姑娘早已从床底下拿出面盆，很快端来一盆热水，扶起老人，帮他洗脚。旁边的陪客和病人看到这个情景，都以为姑娘是老人的亲生女儿。其实，姑娘和那年老病人非亲非眷，而是不多时在病房里偶然相识的。

这位姑娘名叫杨华英，是颛桥公社供销社的共青团员。去年十二月的一天下午，杨华英到医院来看望一位病人，她看见那位病人对面病床上，有一个老人蜷缩着身子，侧身躺着在不住地呻吟。一打听，知道这个老人叫吴志祥，是光辉大队社员。他过去因患血吸虫病，得过肝脾肿大症，曾多次住医院治疗。那天下午，老人旧病复发，又住进了医院。他只有一个过房儿子，在大队畜牧场工作，这次正忙得抽不出身来，老人就一个人赶来看病，没有谁照料他。小杨很同情这位老人，心想，自己家离医院近，相帮照料老人还方便。她回去后，就连夜把家里用的热水瓶、面盆、毛巾等日用品送到病房里，借给老人使用。

第二天早上，老人还没起床，小杨已经赶到了病房，为他打好热水，又去买了馄饨、油炖给老人当早点。此后，小杨每天早晚，都要抽时间去看望照料老人，还经常买点心、糕点、水果送去。有天中午，小杨听同一个病房里的人说：“老吴吃籼米饭胃口不好，一餐只吃了几口。”这时，老吴的过房儿子送来了新大米。小杨想，烧点新米饭，老人一定爱吃的。于是就每天为他蒸饭、送饭，有时自己工作忙不过来，就委托父母把蒸好的饭送到医院。吴志祥老人看到这位萍水相逢的姑

娘，对自己照料这样周到，时常感动得掉泪。病友和医务人员同声赞扬说："这位姑娘不是老人的女儿，却活像是他的亲女儿。"

（载 1980 年 1 月 17 日《解放日报市郊版》二版）

蜂刺疗法出奇效

——访蜂疗“民间医生”朱学先

一只只嗡嗡作响的小蜜蜂，竟然能够刺穴祛病。这种“蜜蜂效应”，已经被一位“民间医生”载入了我国的新医药史册。他，就是本市蜂刺疗法的最先探索者朱学先。近日，趁他在田林地段医院、文艺医院开设的蜂疗门诊就诊之际，记者专程作了采访。

记者来到门诊室时，正巧目睹了他给一位颈椎肥大的老太太用活蜂刺穴：只见他右手提着装有活蜂的小瓶子，左手用长长的镊子，把活蜂从瓶子里镊出来，然后对准患者的肩部、脊部等几个穴位，接连让 6 只蜜蜂的尾刺插入病人的穴位内。这时，病家的皮肤上留下了针头般大小的 6 点白色毒囊，局部出现了红肿。“蜂疗效果好吗?”记者问。老太太答道：“我患颈椎病已 10 多年，到处求医，但症状不见好转。最近来这里蜂疗两个疗程，酸痛已减轻，颈椎逐步复原!”

朱医生说，蜂刺中的蜂毒里含有一种多肽溶血毒，它由 27 种氨基酸组成。经临床实践证明，蜂毒能抑制血液的凝固，具有疏通血脉，活血化瘀，把风湿带出人体表面的作用。

70 年代，朱学先所在的工厂内迁安徽旌德山区。他向当地山民学起了养蜂。一次，他从一份养蜂杂志上得知：用活蜂刺穴，可以治疗因风湿而致的疾病。于是，他走上了探索蜂疗奥妙之路。10 多年来，他一面坚持养蜂，一面进修学习基础医学知识，探索用活蜂螫刺治病的医术。近 3 年来，他在有关医院的协助下，先后治疗 1000 余名腰椎病、类风湿关节炎等患者，治愈率在 70％左右，总效率达 80％以上。

（载 1991 年 7 月 26 日《解放日报》）

“万报户”杜永平

人各有所好。有爱好集邮的，也有热心收藏古钱币的，而光明油脂厂工人杜永平却酷爱集报。如今，他已成为国内颇有名气的“集报大王”。

一个人的成功往往得益于锲而不舍的积累。14 年前，杜永平结束 10 年的“插队”生活，到光明油脂厂工作。因受其兄长的影响，这位极喜读书的青年人开始倾心于集藏报纸。在他家 17 平方米的居室里，饭桌上摆的是报纸，墙头上挂的也是报纸，床头堆的还是报纸。8 年来，他已收集到各类报纸 16100 多份，其中，有我国早期的报纸珍品，如 1873 年的《申报》，1878 年的《新报》等；有《人民日报》创刊号及印数极少的《同文沪报》和《金萧报》等，还有以花草树木和飞禽走兽命名的别具一格的报纸，令人目不暇接。

说起集报的甘苦，杜永平有满肚子的故事。就拿觅求《人民日报》创刊号来说，他就四处打听了好久，直至了解到《人民日报》发行站姚先生珍藏着一份，便一次次言辞恳切地给姚先生写信，他精诚执着的热情终于打动了姚先生的心，于是两人遂成挚友。又有一次，杜永平为搜集一份企业报，一来一回竟花费了 10 多个小时，而且还饿了一顿饭，终于觅到了心爱之物。8 年来，上海的近百家报刊编辑部都留下了杜永平的脚印，他还与全国 30 多省市的 500 多位集报同仁建立了联系，每当有新创刊的报纸，他就千方百计地去“讨”，或出钱去买。遇到报友，他就主动联系，互通有无。日积月累，集腋成裘。杜永平终于成了“万报户”。

杜永平集报不但丰富了自己的文化生活，而且也走出了一条自我造就之路。1988 年，他举办了上海首次个人集报展。近期又参加“首届上海市集报成果展”，受到行家赞赏。他既集报又写作，每年在报刊上发表近百篇文摘及有关集报的文章。1990 年以来，杜永平和其兄一起搜集毛泽东同志在各个时期为近百种报纸题写的报头,现已汇编成一本《毛泽东报头墨迹》,献给毛泽东同志诞辰100周年。

(载1993年11月1日《解放日报》三版)

“泥腿子”跳起了华尔兹

农民与华尔兹舞这似乎是两个距离很远的概念，但昨天下午，记者于上海农口迎“七一”联欢会上，目睹了来自华漕乡的20对青年男女，身着礼服，在乐曲声中翩翩起舞的优美舞姿。

这支来自田野的国际标准舞蹈队，作为上海县农民在文化舞台大显身手的一个缩影，一个多月前曾在市九届运动会开幕式上引起过轰动。据介绍，到目前为止，上海县已建立11个以农民为主体的文艺创作、书法篆刻、绘画摄影等文化社团；去年以来，全县39万人中，参加各种艺术创作、表演、展览等文化活动的超过20万人次！上海县文化局长张渊告诉记者：不要老是把农民当作“泥腿子”，随着农村现代化建设的发展，农民身上的文化艺术气息不比城里人差。

记者前时在新泾乡采访，被一阵悦耳的江南丝竹引到礼堂，看到乡国乐社20多位农民演员正在演奏。观众席上，市江南丝竹学会的几位老艺人对记者说：这儿的演出是上水平的。像这样水平较高的农民文化艺术活动，上海县各乡镇现在几乎都有。如七宝镇的文化庙会、三林乡的民族舞蹈、诸翟乡的民间艺术行街、马桥乡的龙狮舞等等。今年4月，上海人民广播电台专门录制了上海县农民演出的戏曲、民乐节目，在长达2小时的星期广播音乐会上播出，这在电台的播出史上还是第一次。

生根在传统文化土壤的上海县农民，现在同样迷上了带有现代色彩的文化活动。虹桥乡在郊区率先成立农民集邮协会，会员李晓忠“南极考察专题”集邮，不久前在新加坡国际邮展中得奖；过去农民没有见过的西洋乐器，现在也不鲜见了。三林乡铜管乐队不仅县里重要活动必到，前不久还被请到锦江小礼堂，为上海农口红旗单位和生产能手表彰大会助兴。记者在新泾乡和乡田野摄影学会的摄影迷们交谈，领头的乡文化站站长高宝生自豪地称：这几年他们共创作作品千余幅，其中40多幅精品在全国和市级摄影比赛中获奖。1987年，他们还在大世界成功地举办了一次全市性的摄影大赛。

上海县农民在文化领域大显身手,使一批人才也脱颖而出。颛桥的杜启荣,已搜集各类报纸9000多种,发表文摘稿件3000多篇;华漕乡的朱墨钧,身怀吹墨作画的绝技,这几年创作了大量吹墨画作品,在海内外有点名气;72岁的朱文祥,能有声有色讲述几百个民间故事,获得过上海民间文艺奖。记者在七宝镇采访了从秧田里上来的农民作曲家胡济良。这几年,他创作乐曲50多首,作品的乡土气息浓郁,抒情细腻,在音乐界受到好评。去年10月,上海人民广播电台为他推出个人音乐作品演出专场,其中器乐曲《山居秋暝》、创作歌曲《幽谷白玉兰》,还获得上海文化艺术节群众文艺优秀奖和上海市创作歌曲二等奖。

上海县委、县政府支持农民在文化领域大显身手。这些年来,县里先后投资2000多万元建设乡镇文化阵地。现在,除县政府所在地莘庄外,全县18个乡镇都有了称得上一流的文化中心。农民称之为"伲的乡村大世界"。

本报记者　朱民权　胡国强

(载1990年6月29日《解放日报》一版)

新闻速写

菜园子变化静悄悄

——虹桥乡井亭3队现代化菜田设施一瞥

夕阳西斜，天上不见一丝云彩，又是个闷热的黄昏。

突然，干涸的菜田被层层“雨帘”罩住。竖起在田里的一个个喷头，发出“哗哗”的声响，空中现出道道彩虹，吸足水分的蔬菜格外精神起来。

一位第三世界国家的蔬菜专家，今年夏天在虹桥乡井亭3队，看到这个用喷灌抗旱的镜头，颇为惊讶。他翘起大拇指，用生硬的中国话对队长赵祖新说：“你们，这个！”

其实，在井亭3队被称作“这个”的，岂止喷灌。在那里，我们看到了一项项现代化菜田设施，使蔬菜生产靠天吃饭成为了历史。

赵祖新对我们说，过去菜农靠天吃饭，要建设现代化设施，没有钱，是党的十一届三中全会，给农村经济注入了生机和活力。从80年代起，井亭3队实行生产责任制，打破吃了多少年的“大锅饭”，继而又跳出封闭的小圈子，办起为城市服务的加工业和仓储业。有了经济实力，队里每年投入10多万元，建起了数九寒天也能保证秧苗正常生长的育秧工厂；铺设了1000多米长，可供拖拉机、汽车行驶的水泥道路，并在菜田里全部安上喷灌设施，砌起水泥明沟。今天，蔬菜生产抗御旱涝灾害的能力，远非昔日所能比拟。

更大的变化，还得数菜田里盖起的50亩管棚。赵祖新告诉我们，兴建这批管棚，队里投入不算，仅国家就投资近百万元。有了管棚，蔬菜不仅高产稳产，而且能早上市，晚落市。以冬瓜来说，管棚一般比露天要早上市50天。美国前任总统里根那年来上海，锦江饭店慕名找到队里，说宴会要用冬瓜。此时，大田的冬瓜只有拳头大小，而管棚的冬瓜已可上市。更叫人高兴的是，今年夏天，队里为确保蔬菜淡季供应，抢种了4茬鸡毛菜，播种15天就能上市，亩产高达10多担。这可是菜农们过去想也不敢想的呀。

1987 年 8 月的一个早晨。当时担任上海市市长的江泽民同志来到井亭 3 队。他在一块菜田看到开沟犁在作业，开的沟既深又直，速度比手工不知快多少倍，连忙招呼大家过去："这开沟犁农民肯定欢迎，对不？"市菜办领导点点头，"那要加快推广。"当他知道队里已拥有 3 台中型拖拉机和各种配套农机具，铁锴、粪桶担开始成为历史时，高兴得连连点头："变化不小，好呵！"

现代化的菜田设施，改变了蔬菜生产的面貌。赵祖新告诉我们，队里的这点菜田，过去 100 多个劳动力还种不过来，常常要开夜工，现在劳动力减少了，产量却年年上升。有了现代化的菜田设施，队里多种市民喜欢的细品种蔬菜：冬瓜、番茄、茄子、辣椒……菜农的收入也大大增加了。

人们常说，菜篮子里看形势。然而，没有菜园子的变化，哪有菜篮子里的好形势。我们相信，伴随着祖国现代化的脚步，菜区的明天一定更美好。

本报记者　朱民权　胡国强

（载 1989 年 11 月 9 日《解放日报》）

一场暴雨倾盆而泻　田园绿菜安然无恙

前天一场暴雨，市郊的新菜田能否经得起考验？市民的“菜篮子”能否继续装得满满的？夏粮能否实现丰产丰收？带着对“菜篮子”和“米袋子”的关切之情，记者随市农委干部一行，昨天上午冒雨赶到松江县泗泾镇实地察访。

踏进泗泾园艺场，大雨初歇。在一片长满美芹的菜田里，孟建柱看到田间沟里积水不多，蔬菜生长未受暴雨影响，脸上露出了笑容。这两年，市政府和县、乡各级投入近一亿元大搞新菜田设施建设，这场暴雨袭击后，郊区新老菜区的生产基本正常，市民们的“菜篮子”仍将很丰富。泗泾园艺场虽是去年刚开辟的新菜区，占地600多亩，一年内投入700多万元，设施配套规模，特别是排涝、抗旱功能较强，前天一场暴雨，这里降雨量达85.7毫米，田里的蔬菜安然无恙。在管棚区，一垄垄美芹生长得茁壮，嫩绿的生菜、早黄芽菜等几十种蔬菜生机盎然。见此情景，孟建柱拉着松江县领导的手说道：新一轮“菜篮子”建设的起点一定要高，要有一流的设施，建一流的园艺场，要从根本上提高蔬菜生产抗灾能力和抗波动能力，市郊菜区一定要朝着这个目标努力。

据松江县领导介绍，这几天，全县进行紧急动员，组织3000多名干部下乡战三夏，以确保丰产丰收。但这场暴雨也造成一些麦子倒伏，并有诱发小麦和油菜病害的威胁，孟建柱在与农委及松江县领导分析夏收形势时强调指出，无论遇到什么恶劣气候，“米袋子”一定不能放松。要千方百计克服困难，把丰收在望的夏粮拿到手。他还希望郊区各级要有充分的思想准备，立足抗灾，夺取今年“菜篮子”和“米袋子”双丰收。

（载1995年5月21日《解放日报》二版要闻版次头条）

市场漫步

“马大嫂”们满意吗？

——巨鹿副食品商场暗访记

国有菜场，这个天天与“马大嫂”们见面的热门而又敏感的“窗口”，如今服务质量如何？记者日前暗访了巨鹿副食品商场。

时针已指向7时，巨鹿商场仍然人头攒动。记者拎着马夹袋，刚在蔬菜摊前站定，一位女营业员便很和气地询问：“师傅，想买点啥？”记者答道：“先看看”，她闻之一笑。在挂着“市公司牌价专柜”招牌的肉摊上，一位老太太正在翻看蹄髈，女营业员主动在一旁作“参谋”：“这只好”，话音未落，一只蹄髈已被放上了电子秤，价格显示：11元8角。老太太嫌大，摇头欲去。眼快手快的营业员又从柜下拎起一只后蹄，上秤一磅：9元8角。老太太满意地付了钱。暗访中，记者看到，巨鹿商场的每只摊位都做到了亮证经营，明码标价。尽管是大热天，营业员们仍每人佩挂一块比香烟盒还要大的胸牌，照片、工号，一目了然。据了解，这里供应的蔬菜和副食品价格，每天由菜场市管组和大组长一起核定，不准任何人提级提价；记者从一张7月份蔬菜平均价格表上看到，这里的蔬菜价格比一墙之隔的巨鹿集市要低30%左右。

“老百姓最恨的是缺斤少两，但在巨鹿菜场买菜我们放心。”一对操宁波口音的老年夫妇颇为感慨地对记者说。在公平秤旁，记者站了许久，陆陆续续见到三四位前来复秤的顾客，个个满意而归。征得市场管理员同意，记者查看了最近5天的市场检查日记表，上面记录的248笔复秤，准确率为100%。据介绍，今年以来也曾发生过几起缺秤的事，但大都是鱼、虾之类水产商品，且缺量很少。对有关营业员，菜场的原则是以教育为主，罚款为辅。但真要罚起来，数额之大叫人吃不消。

当然，巨鹿商场也有不尽如人意之处。一位副经理说，营业员的服务质量参差不一，有的营业员对顾客的询问不耐烦，遵守行业服务规范不到位。禽蛋柜前，记者发现个别营业员将碎蛋搭售给顾客。

（载 1995 年 8 月 26 日《解放日报》二版右头条）

座谈会纪要

生财有道　敢于登高

——郊区“千万富翁”公社党委书记在本报座谈

上海郊区六个“千万富翁”公社党委的负责同志，日前应邀在本报举行座谈，满怀信心地展望一九八三年社队工业的发展前景。

座谈会由市农委副主任潘烈同志主持。他指出，实践已经证明，社队工业的发展，是农村富起来的必由之路。在这方面，六个“千万富翁”带了头，作出了榜样。他希望，在新的一年里，要继续清除左的思想影响，辩证地认识和处理农、工、副各业的关系，郊区的社队工业要在竞争中求生存，在调整中求发展，在整顿中求提高，来一个新的突破，出现一批新的“千万富翁”！

六个“千万富翁”公社的负责同志思想解放，视野开阔。他们对今年社队工业发展前景的展望，给人以新的启示，特摘要发表如下：

建立有竞争力的生产基地

嘉定县马陆公社党委书记　张彪

建立具有强大竞争能力的社队工业生产基地，这是我们公社一九八三年要努力的目标。

现在，我们已经有了一批初具规模的骨干企业，创出了免检出口产品柠檬酸、获得市科技成果二等奖的显影钡剂和堪与“天厨”匹敌的“马陆”味精等优质名牌产品。但是，处于对手如林的竞争当中，我们整个社队工业的前进道路并不平坦，时时有可能受到风浪的无情冲击。“危机感”促使我们要把有竞争能力的基地建立起来，使生产经营由小到大，由分散到联合，由死变活，由低级向高级发展，从而立于不败之地。

基地的建立着重抓好两条：一是以骨干企业为主，进一步调整工业的内部结构，形成能适应市场需要、有自主生产能力的体系；二是抓好企业内部的管理整顿和挖潜改造。只要产品适销对路，质量又有独到之处，再加上产品价格不断下降，竞争掀起的风浪再大我们也不怕了。

新的胜利属于突破

宝山县罗南公社党委书记 盛培荣

一千万利润是个大关，闯过这个关口，只能讲刚刚站住脚。天下并不就此太平。

对社队企业来说，当今市场，可谓风风雨雨。“涨潮时想到落水，落水时想到涨潮”，虽是俗谚，却是我们对付市场变幻的方针。因此，能否继续保持优势，夺取新的胜利，关键在于是否吃准行情，有所突破。

市场信息告诉我们，活动房屋的制造、自行车零件电镀、粉末冶金、翻砂等业务，是我们在近几年内有前途的项目。我们必须在这几个项目上做文章，不能将战线拉得过长，集中力量才能突破。

突破，需要解放思想，搭几条跳板，把产品打出去。我们要与广州、江西、安徽等地在平等互利的基础上搞联合，寻找更为广阔的市场。

突破的途径是很多的。提高管理水平、加强技术改造、落实生产责任制，条条道路可走。只要我们突破现状，夺取新的胜利就有把握。

舍得花钱培养技术人才

南汇县周浦公社党委书记 乔野生

经过一年艰苦努力，我们公社跨入了“千万富翁”的行列，这成绩实在来之不易。经验告诉我们，只要继续发挥人的主观能动因素，社队工业便可以在新的一年里更上一层楼。

发挥人的主观能动作用，舍得花钱培养技术人才，是一个重要环节。这也是一种生产，而且是起战略作用的生产。去年，我们在有限的资金中拿出一大笔钱来培训生产技术骨干，还针对企业管理上的薄弱环节办了一个会计学校，结果大大改善了企业的经营状况，提高了生产的经济效益。

今年，我们已对智力投资进行全面部署，不但要使现有管理人员懂业务会管理，还要让所有务工社员都成为技术工人，并从中培养和提拔技术人才。拿周南冶炼厂来说,为了把原来的生产项目由冶铝、冶铜扩大到冶锌,已和同济大学挂钩,请他们帮助解决技术问题并培训技术力量。这样,这个厂的生产利润就可以从去年的一百五十万元增加到二百万元。

把“明白人”推上去

南汇县下沙公社党委书记　汪甲成

一个单位,要想打开局面,没有“明白人”当道是不行的。这已经为长期的实践所证明。

我们公社的一个厂,摊子很大,但班子有问题,缺乏“明白人”,几年徘徊。要想社队工业有新的发展,必须改变这种状况。八三年就是抱定这个决心。

什么叫“明白人”,我看除了政治素质以外,还要看他的科学文化水平,看他的技术和管理能力。懂三麦油菜的,不能照顾进工厂,还是搞农业好;有技术水平的、懂行的应该去抓工业。没有经过工厂的生产实践,这种人是不能当厂长的。

我们起用“明白人”的办法是:一选拔、二培养、三使用。近一二年,我们花钱将九十多名社办企业的干部,送到有关的大专院校进行培训。今年继续抓好这件事,并把经过考察、确实有能力的人,推到领导岗位上去。

使权、责、利结合得更紧密

嘉定县封浜公社党委副书记　姜松发

今年,公社的经济要有新的起飞,社队工业有责任挑重担。这副担子怎么个挑法? 重要的是要把务工社员和干部的权、责、利更紧密地结合起来。

去年,我们对企业的务农社员实行“五定一奖”责任制。头十个月,生产热气腾腾,有些厂提前完成了全年的生产任务。可是这以后,多劳不能多得,消极怠工的现象出现了。从十一月起,我们搞了一个变通的办法,使务工社员的收入随着生产的发展水涨船高;一“变”则“通”,结果后两个月的增产量,超过了前四个月的增产量。

这件事使我们受到启发:工业要上去,政策要继续放宽。公社党委决定:今年在企业内部实行利润与工资挂钩,同增同减;能计件的搞计件工资制,不能计件的则搞基本工资加浮动工资制。

给企业更多的自主权

南汇县横沔公社党委书记　宋少千

我们搞工业，总希望上级能给我们更多的自主权，好放开手脚来干，把经济搞得更活一点，效益更高一些。其实，公社的各企业单位，何尝不是希望有更多的自主权。企业单位什么都要听公社的，招工添人要我们批，搞设备用资金要我们批，业务往来要我们批，把人家的手脚管住了，把人家的积极性管掉了。这哪里能够创字当头跨新步，搞活经济求大富！

在国家计划的指导下，在政策允许的范围内，让各企业单位从实际出发，自主地从事各项工作，是创新业、迈大步的重要环节。今年，我们公社要把人事权、经济权、业务权全部放给各企业。如何选拔人才，该起用哪些有觉悟、懂技术、会管理的同志到合适的岗位上去；怎样疏通产供销渠道、打开新的生产门路等，都让各企业的领导班子各显神通。公社党委只在原则上拿好总、把好关。

本报记者　贾安坤　陈忠彪　朱民权

（载 1983 年 1 月 17 日《解放日报》市郊版，《解放日报》一版转载报道）

回顾

人生小记

我于1942年3月出生在上海县马桥乡荷港桥小镇旁一户贫困农民的家庭，家无寸分地产；依靠父亲在外做长工、母亲常给人干零活维持生计。自小生活艰辛，读书之路也十分坎坷。1950年，我凭着自身的勤奋努力在荷镇小学读到毕业，成为全校唯一一个考上马桥强恕中学（私立）的学生。父亲不惜卖掉了家里唯一的一头大肥猪给我作学费，可当我兴冲冲地赶了十多里路来到马桥镇上的学校后，却被收费人员告知“你这点钱连学费的一半都不到”，不由分说拒收入学并打发我离校。我当即懵了，流着泪，也不知怎么才回的家。时过不久，上海电机制造学校来马桥招生，我又去报名并以高分考上，谁知体检时说我体重只有88斤未能通过，再次名落孙山。好在事不过三，越年后我听说乡里开办了农业中学，这才有机会去读了一年多的书。

1958年，马桥公社兴办乡镇企业成为闻名全国的一面红旗，我也被选拔推荐到印刷厂当了一名排字工人。是年，公社办了一份《群力报》，我的师傅就让我专门负责编排拼版事项。因工作出色，当年还被评为上海县先进工作者。不久，又当上了厂团支部书记，那时我才20岁。

1960年，公社党委把我调到公社广播站当站长。除了管理维护广播设备，每天还要有半个小时自办新闻节目。自此，开始学习采写新闻报道，还参加了不少各类新闻培训班，并成为县里的“莘农文”写作组成员。

1962年7月，由于两岸关系紧张，地方上加强了征兵工作。当时，我已经成为公社广播站和党委办公室两头跑的青年干部骨干，有关领导特别向公社党委推荐送我去部队当兵。就这样，我参军到了厦门前线，在31军279团通信连当通信兵。

1964年6月，因连续两年被评为五好战士、一级技术能手，被提拔为第二班长（按当时的说法是提干对象）。1965年5月，在那特别讲究成分的年代，我虽然社会关系中有个当国民党营长的叔叔，但团党委还是批准我入了党，同时还被树为“重在表现”的先进人物典型。当年，被任命为通信排的代理排长。

1966 年，我被调至团部通信股当机要秘书，并在生活上享受干部待遇。但最终还是因为社会关系问题而提不了干，遂于 1968 年 3 月退伍。

退伍后回到家乡，我仍被公社老领导安排回广播站当站长。1970 年调任公社办公室党委秘书，并连续任职达七年多；后被提拔为办公室主任，直至 1978 年借调至上海县委办公室工作。其间，我负责接待过中央和上海各家新闻单位记者，陪同下基层农村进行采访. 并以通讯员身份参与过不少重大新闻报道，特别是与作为市委机关报的解放日报及其记者结下深厚情谊，成为报社的铁杆通讯员，从中受益匪浅。

1979 年夏，解放日报以农村部班底为核心筹备创办市郊版时，被任命为主编的时任农村部副主任贾安坤，多次赴上海县委有关部门协商，点名要调我为解放日报记者，从事市郊版采访报道工作。经县委会研究同意，遂由县委书记陶奎章找我谈话征求意见，我表示服从组织安排，但也担忧难以胜任。老陶当下鼓励我说：“还是去吧！”第二天，我就赴解放日报报到了。

《解放日报市郊版》以宣传报道改革开放为己任，积极充当党报推进上海郊区经济社会发展的前哨阵地和新闻改革的试验田。在主编贾安坤领导之下，以版面责任编辑为主的采（访）编（辑）通（联）三位一体的新型办报组织结构中，我被安排为头版三人组合的要闻报道记者。在时任版面责任主编陈忠彪的带领和指导下，承担整个版面的组织策划、采访编辑和出版工作，以及由主编组织调配的向解放日报提供重大新闻和相关特色报道。我有幸和贾安坤、宋超（后任解放日报总编辑）同在一个办公室工作。在老贾的言传身教熏陶激励下，牢记记者要识大局、脚头勤的教诲，深入到农村第一线去发掘捕捉题材新、分量重的要闻报道。那时郊区交通不便，采访路上就要大半天时间，我这个人还算吃得起苦，工作也比较勤奋努力，前后八九年采写刊发了百来篇具有重大影响的头条新闻、二三百篇鲜活可读的特色要闻报道，其中三分之一以上均为解放日报转载或编发刊登，为在上海郊区和近邻省市打响市郊版的品牌，形成广泛热烈的家庭社会影响作出了一份努力。广大干部群众都亲切地称之为“小解放”，城镇农村家庭基本上是户均一份。社会订阅发行量最高达到 25 万份、年利润突破 20 万元。

1986 年解放日报集中推出突破地方报纸传统制式、由四个版改版扩版为八个版的重大改革，处于高潮期的市郊版遂告惜别停刊，办报团队移师与解放日报农村部合并。自此，我成为农村部记者，负责分管以上海、闵行、松江等区县为重点的农工商城乡综合经济改革发展，以及上海市蔬菜副食品产销体制改革和生产供应等报道。随着农村改革开放的深入发展，不断开阔报道视野并突破城镇传统分界、立足于上海城市融合发展的高度发掘创新，思想业务水平和工作实绩都有了新的进步和提升。加上通过上海市黄浦区业余大学中文系的专业学习增进学历，于1987年7月毕业获得大专文凭。1995年我被评为主任记者专业技术职称，还连续三届当选任职农村部党支部书记。较好完成报社党委布置的任务。而在之前的2000年10月，解放日报报业集团宣告成立；2001年5月，重组后的解放日报编辑部实行组织机构的改革调整，农村部与工交基建财贸部合并为经济部；其原城乡党政方面的工作职能被剥离后划归为党政部。由此，我退休时已然是经济部资深记者，继续为郊区大农业综合经济发展和上海市菜篮子工程和蔬菜副食品市场报道站好了最后一班岗。

回顾往事，我是一个从农村基层青年干部做起，经过前线部队锻炼，当了近十年的“土记者”后进入专业新闻队伍的，生我养我的农村大地是哺育我不断成长进步的不竭源泉。进入解放日报后的二十年，正有幸赶上以农村承包责任制改革为发轫的新时期经济社会改革开放的最好发展时期，而我也就是扎根于农村这方热土转型为党报记者的。我以党报前辈为榜样，继承发扬优良传统，以敢为天下先的职责和担当，为干部群众奋起突破“左”的思想禁锢，深入推进改革创新实践鼓与呼，纪录并见证了上海的“大城市小郊区”社会经济，一步步走向城乡一体化并融入大城市发展的历史巨变及其成就。

曾记得，在步履艰辛的70年代末80年代初的改革起步阶段，解放日报和创刊之初的市郊版就针对“左”的倾向性问题，推出打响农村改革第一枪的系列报道。其中有包括我采写的为农民发家致富正名的现场新闻《这个尖子户富得对不对？——孟桂忠家庭副业收入引起的讨论》《五只聚宝盆只只生财富——松江城东公社华阳七队见闻》，破除家庭成份歧视的连载通讯《李友其上任记》，反映并鼓励原生态市场竞争的纪实通讯《纪王镇上的“绿豆芽风波”》，首次提出个体经济联营发展的《促使家庭副业向社会化商品化专业化发展（肩题）虹桥乡养鸡户组成大型联合体（主题）一百三十户形成一条龙，解决了私人养鸡遇到的难题（副题）》《新泾乡总结经验强化服务体系（肩题）老副食品基地生猪产销全面增长（主题）养猪户年收入超过务工农民（副题）》等令人耳目一新的主题报道，引起干部群众的强烈共鸣与互动呼应。

特别是首推步步深化农村联产承包责任制的深度报道，由《从“大锅饭”到

“联产承包”金山县吕巷公社低产变高产》《对照三中全会精神摆脱“左”的影响 青村公社全面恢复三级所有制》《联产到劳新事多——记马桥公社彭渡五队》，到《庄行公社32个生产队实行“分户包种联产计酬”，十边地产量超过了大田生产》《光明公社因地制宜建立生产责任制　沟头田按户分包联产计酬》，及至《川沙五星九队实行大包干　一亩菜地长出一亩半蔬菜》《框框已经突破　人们心里火热(肩题)　奉贤县二百七十个队实行大包干(主题)》等鲜活新闻，引导并激励郊区农村干部群众冲破“上海特殊”论的“三不”禁令，促进了农民生产积极性空前高涨和农村生产力充分释放的大好形势。进而，又通过《打破“小而全”走向专业化——松江县塔汇乡金星村发展粮食专业户的调查》《114个种粮专业户　户户超售万斤粮　上海县诸翟乡去年粮食总产量创历史最高纪录》，以及《吸引力从何而来？——上海县诸翟乡粮田规模经营稳步发展的经验》等典型报道，助推上海郊区走上发展现代大农业的道路。

1991年12月，当上海菜篮子改革完成放开经营之际，我第一时间采写了《市场供求平衡　流通渠道灵活　菜场机制转变(肩题)　上海蔬菜放开赢得“三满意”(主题)　4家蔬菜交易市场先行一月放开经营(副题)》等系列报道，记得您当时还选中这篇报道作为新闻由头，针对以反“和平演变”之名、叫停改革的“左”的思想言论，撰写了题为《改革要有胆略》的评论员文章(另有一篇为《再论改革要有胆略》)，造成了全国性的重要影响。

同一时期，农村改革中迅速崛起的乡镇工业，一举突破传统经济结构，推动郊区进入发展致富的快车道。从《马陆：郊区第一“千万富翁”　1981年工业净利润达到1016万元》到《马桥马陆，两匹“骏马”领头　1986年市郊涌现33个亿元乡镇》，再到《马桥乡一马当先成为“华东第一乡”　1989年总产值七点二亿元，净收入和税收逾一点一亿元》，近十年来，我每年的连续跟踪报道都展现了其呈几何级数发展跨越的轨迹。

期间，早在1982年年底，当郊区首次出现“千万富翁”重大突破之际，在时任主编贾安坤的组织策划下，我们就在《解放日报市郊版》一版(1983年1月15日)，以整版篇幅独家推出六个“千万富翁”诞生的新闻报道以及各位当家人的大幅照片，发布了市郊千万富翁《财富排名榜》：并在《生财有道　敢于突破——郊区“千万富翁”公社党委书记在本报座谈》(由报社和市农委联合举办、市农委副主任潘力主持)的大字标题下，以座谈会纪要的形式，分别刊登六个“千万富翁”关于成功跨越工业年利润1000万元大关的核心经验感言。当日解放日报同时以一版醒目版位作了详细摘编转载。2月7口，市郊版第一版又以整版篇幅刊登长篇文章《走改革之路　求经济发展——我们是怎样变成“千万富翁”的》,全面而洗练地介绍了六个“千万富翁”的基同经验,并概括出上海郊区乡镇工业“依托大城市‘三服务’”的发展思路,后被总结提升为乡镇工业发展的“上海模式”,为开启城乡产业经济的融合发展奠定了基础。这一年,上海郊区的“千万富翁”出现了年底再翻倍的迅猛发展势头。

1990年代初,市委提出发展经济要有大思路、大手笔的重大战略思想时,我较早采写了题为《闵行区以大思路构建经济发展新格局》的新闻报道,并以闵行区为主、兼顾松江、嘉定等区县,对郊区综合经济和城乡一体化发展进行重点报道,在道路交通重大基础设施工程、各类经济科技园区、城市区域中心、城镇乡村改造建设、环境绿化工程、城市居民住宅区、区县“撤二建一”等方面,比较系统地采写并刊发了一批较有分量的深度报道,热点和特色新闻,受到有关领导和郊区干部群众的好评,有些还成为研究课题项目,引起了国家有关部门的重视。

自1980年代初期开始,我即受农村部领导分派负责上海全市的蔬菜副食品生产供应报道,前后历经三轮菜篮子工程建设,跟随过5位分管副市长,常常是一起早上跑菜场,白天下菜地,并参加他们召开的蔬菜生产供销会议,累计采写并刊发来了数百篇新闻报道。我采写的报道文章得到领导充分信任,所以他们一般都不审稿,笑称为“免检产品”。

1987年8月,上海县虹桥镇率先发展大棚蔬菜,建成了面积达50亩、配置成套喷溉排水设施,实行规模化生产的钢管塑料大棚生产基地及其设施先进的工厂化温控育秧流水线生产,并铺设了1000多米长,可供拖拉机、汽车行驶的水泥道路,是为全国首例。我闻讯后随即作了独家采访报道。《解放日报》当日见报后,时任上海市长江泽民第二天就带着副市长叶公琦一行到现场视察研讨。中午在虹桥镇食堂吃饭时,江市长特别叫我坐到他身边去,亲切交谈询问情况,称赞我为市场出了个好思路。就在当年,上海大棚蔬菜的种植面积发展8000亩,缓解了夏冬蔬菜淡季生产和四季时鲜蔬菜供应的一大难题。

1980年代后期,蔬菜副食品生产流通不畅,农民“买菜难”“卖猪难”等问题突出。1988年6月,我抓住上海县梅陇乡农民进城在团林新村开办全市第一家农民菜场的新鲜事,即时在6月12日《解放日报》头版作了题为《采摘屠宰到供应　相隔仅三四小时(肩题)上海第一家农民菜场开张营业(主题)红金农贸货栈落户田林新村,12种时鲜蔬菜肉禽水产一日两市直供(副题)》的独家报道,三四百字的稿子,虽然篇幅较小,但其影响很大。时任上海市长朱镕基亲自到现场暗访考察,副市长倪鸿福还专门召开座谈会研究农民进城办菜场的问题,并提出制订相关政策扶持措施。

在此前后，我还针对不同时期的热点难点采写了《上市集中流通不畅　菜场利微缺乏活力（肩题）"卖菜难"使菜农忧虑重重（主题）出路：搞活贸易市场，政策鼓励多销，价格随行就市（副题）》《客菜蜂拥来沪　郊菜如何应对——专家开出方子：发展名优特，提高品质产出》《活鱼"游"不进菜场主渠道（肩题）七万吨商品鱼找不到销路（主题）　行家呼吁：抓紧制订配套政策，给菜场以活力（副题）》《要有一个稳定的养猪政策——对上海郊区生猪生产连续"滑坡"的分析》《实行正规流通体系　确保现场检疫质量　上海应兴建活猪交易市场》等一系列问题研究报道，受到市领导的重视和肯定，为解决相关问题提供了决策参考。

由于我采写菜篮子工程年数长，也有些成绩，所以连续六年受到上海市重点工程立功竞赛领导小组的表彰，得到过三枚记功章，荣获过三次优秀工作者称号。

回望来路，应当感谢机遇，感谢解放及各位好同事的帮助，使我这个中学生，成长为一名主任记者，留下了人生一段美好的回忆。

回忆文章

为农村改革鼓与呼

——贾安坤在“小解放”的日子里

20 世纪 70 年代末，重大历史转折时期的风起云涌中，解放日报市郊版令人耳目一新地在上海崛起，风靡郊区和苏浙一带，人们亲切地称之为“小解放”。8 年间，其发行量直线上升，22 万份，这是一个实打实的创纪录数字。没有公费订阅，没有行政命令，上海郊区几乎家家都订了“小解放”，有的一家要订两三份，报纸一到，争相阅读。对于报人来说，一家报纸能够办到如此盛况愿亦足矣！

创办并主编解放日报市郊版，是贾安坤新闻生涯中实践办报抱负的最亮丽的一笔，成为其事业追求、理念创新、改革突破的最生动的展示和里程碑。

多少年来，不管深居何处，不管变化多大，贾安坤始终卓荦心系这一段历程峥嵘岁月，忘不了与之心心相印、同甘共苦、荣辱与共的铁的团队。在与亲友的痛饮叙谈中，在他四处讲学的课堂上，一说起这些年月，他就激情飞扬、感奋不已。他说，这是他一生中最欢乐的日子。

团队中的每一位同仁也都十分敬仰他这位老师 + 朋友 + 兄长的领导，一直都把他视为报人的楷模，个个铭刻着他的磊落胸怀、豪放气概、侠义心肠，铭刻着他的知遇知心、耳提面命、倾情付予的深思。日日不熄的台灯，不离手指的香烟、圆珠笔，孜孜不倦的身影，豪迈爽朗的宏论笑语，堪为等身的报纸篇章，这就是贾安坤永远活在我们心间的形象。

然而，筹办当初，许多人对市郊版却并不看好。有人反对说，有一张解放日报足矣，再办市郊版不啻为多此一举！有人则怀疑，就凭农村组几个嘴上没毛的小青年能办得起来？他们说，麻雀虽小，五脏俱全。办小报跟办一张大报可没什么两样呀——采编、通联、发行一样不能少，消息、通讯、言论、摄影、美工统统都要上，一句话，你们能行吗？

在解放日报，也许没有人比老贾更深知农村、农业的重要，“农业是基础”在别人是一句口号，在老贾心中却是坚定的信念。一张解放日报四个版，政治要挂帅，工业唱主角，农村报道常常排不上号，难道不需要有一张市郊版来填补？

永远充满乐观自信的贾安坤，面前没有跨不过的山、趟不过的水。他曾经这样为手下的青年记者“打气”说：王老总（当时担任解放日报总编辑的王维）当年在新四军办《盐阜大众报》，那也不是一张小报嘛！那时条件何等艰苦，《盐阜大众报》照样办得很出色，今天我们纵然再困难，难道会比《盐阜大众报》还难吗？

人手不够，先从招罗人才开始。于是贾安坤把目光投向郊区大地，在市郊的众多通讯员中选拔出几位精兵强将，继而眼睛向内，从其他部门调来几个急需人才。一个生旦净末丑齐全的团队迅速到位，一场声色俱壮的“大戏”就此揭开大幕。

为了小解放的呱呱落地并茁壮成长，贾安坤可谓呕心沥血，鞠躬尽瘁。

市郊版要独树一帜。贾安坤提出办一张扎根郊区，引领郊区，服务郊区，体现郊区特色的大型综合性报纸。

市郊版要标新立异。贾安坤强调“三不三要”，不搞领导活动，不搞工作开会，不搞催种催收。要把报纸还给新闻，要把焦距对准需求，要把“三性”落点。

这算不算翘尾巴？在“阶级斗争”之声仍然浓重的氛围中，敢说公道话

贾安坤的新闻生涯中，由他亲自采写、在拨乱反正之年刊于解放日戴大红花》一文，可说是振聋发聩之作，也是他的经典之作之一，社会震撼力之大无出其右者。

然而，对于贾安坤来说，敢于逆社会思潮仗义执言、正本清源之事，在市郊版上可谓屡见不鲜。

1979 年 8 月，有天晚上，贾安坤正在翻阅一叠稿件，突然手往纸上一拍：“新闻来了！”稿件反映的是发生在奉贤胜利大队的事，一个被摘地主帽子的老年社员不顾全队大忙正在抢种水稻，公然在家里闷头大睡，上门叫他出工，理也不理。社员们都愤慨地说：“老地主翘尾了，要好好整他一整。”有的还嘲笑队长“连老地主都管不了”，气得他要掼纱帽。

当下贾安坤叫来一版责任编辑，并指派有经验的特约通讯员前往采访。老贾敏锐地感觉到，这件事很可能是一条“无限上纲”的新闻，如果属实，正好让群众认清“阶级斗争为纲”左的思想错误，以正视听。特约通讯员来到现场，恰巧赶上队里的“斗争会”，在老贾的电话指导下，他深入采访到了真实材料，原来这位老年社员是因为年老体弱在田里累倒的。他心里不服，但又不敢声张，只得忍气

吞声挨批。对此,老贾当即指示作真实报道,并取得大队党支部书记的帮助,将批判会开成了讨论会。众人七嘴八舌一通议论,摆事实讲道理分清是非,都说,不能再戴着阶级斗争的“有色眼镜”看人了,更不能乱扣帽子冤枉人。

老贾觉得此事可以以小见大,很有新闻价值,便亲自修改稿件,在第一版显著地位刊出了新闻故事《这算不算翘尾巴》。在当时一片阶级斗争之声仍然浓重的氛围中,小解放首次站出来,敢为“摘帽地主”说公道话,在市郊农村反响很大。

然而,事情并没完。贾安坤联想到广大农村存在过地主、富农“一小撮”,但他们的子女后代却是数量不小的劳动群体。不知何时起,他们几乎都成了阶级斗争的对象,长期被负沉重,如今改革开放拨乱反正,他们应该抬起头来:对他们也要纠正“左”的错误的眼光、错误的做法。老贾要求记者下农村挖一挖这方面的新闻。经过几番筛选,老贾先后拍定两篇报道,均破格上了一版头条。

一篇是松江九亭公社的通讯:《他们感到有奔头——地富子女生活侧记》,点面结合撷取了三个生动可读的新闻故事:一个年纪轻轻就成为远近出名的种田好手,担任了农业技术员;一个是 20 年找不到对象的大小伙,不仅在队长推选中击败老队长,一片赞声中成功当选,居然还接到了女民兵排长抛过来的绣球,开始他不免有点吓丝丝,一谈都觉得很投缘;一个早先当过队长,走马上任后敢说敢为,不怕得罪人,曾被一帮子捣蛋鬼轰下了台,结果队里生产搞不好,大家又把他请了回来。这些主角都是社会最底角落里的小人物,做的尽是些芝麻绿豆事,但老贾仍精心策划,指导记者一次次地跑,直至挖出了故事,挖出了细节,挖出了思想火花。

另一篇是人物典型报道:《李友其上任记》,说的是松江城北公社光明三队地主出身的李友其,一个远近出了名的打鸟迷,竟然在老队长病倒群龙无首之际爆冷门,毛遂自荐当上了生产队长。自此,他一心扑在集体生产管理上,敢说敢为,充分发挥了聪明才智,三年后穷队转身成了富队。老贾慧眼识英雄,除了在版头条刊登新闻报道外,还以章回体形式做新闻故事,在一版下部连续刊登了三期。

这些报道 3 月至 10 月先后见报后,不但他们自己,整个郊区农村都受到了一次震撼,特别是“黑四类”子女群体更体验到了精神上的一次解放。

让“聚宝盆”走上头版,
喊出农民盼富求富心声

《家家户户办起了小饲养场》《五只聚宝盆只只生财富》《纪王镇摆出了羊肉摊》《一个全面发展的农富队》《机械化养鸡场赚钱了》——1979 年 8 月,市郊版

一开张，一版头条和重要版位就是大大小小的财富报道，以清新生动的笔触一期接着一期为读者大开眼界。每一期还都配发主题评论，就事论理揭示了党的相关政策点。

贾安坤和团队为报纸开局作如此精心策划，一起步就抓住上海郊区读者最基本的致富需求，站上了新闻报道的制高点。他说，在改革开放从农村突破的大背景下，这样的切入具有既大声喊出农民内心深处盼富求富呼声，又能打开农民寻富致富眼界的双重效应，使小解放与郊区读者的心灵产生共鸣共振。第一时间的读者反馈信息，就显示了小解放的亲近感和亲和力。

此时的上海郊区，“割资本主义尾巴”的错误思潮和思维定式，尚未完全退出阵地，市郊版高屋建瓴因势利导，围绕姓社还是姓资的核心问题剑指热点交锋。贾安坤亲自带着记者深入基层，抓住典型组织战役报道，摆出事实，明辨是非，造成连锁反应。10 月 15 日市郊版一版头条率先推出典型系列报道的第一篇《这个尖子户富得对不对？——孟桂忠家庭副业收入引起的讨论》，并配发评论《大家都来议论议论》。贾安坤亲自确定主题，由“一户社员冒尖了——两种非难意见——三笔账算出真理”一气呵成，并对报道和评论作了精心修改。18 日再推连续报道《人勤地富——孟桂忠家庭访问记》，并配发评论《劳动光荣》，集成刊登后一炮打响，引起社会各方强烈反响，讲出了“劳动光荣、致富理直气壮”家喻户晓、深入人心，成为群众性自觉实践活动。

嗣后，围绕热点问题的发掘，又相继策划推出《450 元养鸡奖该不该兑现》《百拼衣买卖能否做下去》《老套头要不要回来》等专题报道，并辟设专栏组织展开讨论，运用群众喜好的三言两语方式，畅所欲言，以达成共识。每隔几期即跳出一个鲜活新闻话题，既营造了群众议论互动的强烈兴奋点，又以红线穿珠的生动方式，步步深入加以引导，促使农村各项经济改革实践的群众性创造不断纵深破题推进。

其间，有一篇《纪王镇上的绿豆芽风波》，是一版记者朱民权在采访中发现的线索：纪王镇不但冒出了被当作“资本主义尾巴”割掉十多年的个体绿豆芽摊，而且还先后出现两家集体生产经营的绿豆芽摊，一个欲重展当年他家祖传豆芽坊的风光，一个要显示各自生产队的集体副业规模实力，三个摊头各显身手，互不相让，大打擂台战。竞争与口舌风波，同时在生产队和镇上席卷闹，他又故意腾；乡镇消费者则从中大得实惠。记者在业务会上汇报后，老贾立马拍板叫好。说，新闻报道不要回避矛盾，我就是要上海郊区激起这样的风波，这样的竞争。报道初稿写成后，老贾又动笔强化了竞争各方的新闻点和故事的情节性。见报时，他又故意删去结论留下悬念,让读者自己从事实中去评判,并表示争议还在继续着。读者连连称赞道,这样的报道看了过瘾。

贾安坤放手让不同的声音在市郊版上得以充分表达,敢于争论,善于争论。几天后,一封读者来信引起了贾安坤的注意。信上说,现在的农业政策导致出现很多问题,然后罗列一大堆现象提出质疑,还问道:你们敢不敢登报?老贾立即把来信交给了一版责任编辑,说:有什么不敢登的,来得正好。他认为,来信观点未免偏颇,但所说的现象都是事实,正是眼前迫切要解决的新课题,何况这也是相当不少一部分人的思想观点。于是,他动笔加了个编者按,来信放在一版位置基本照发。不过,真正的工作还在后面。贾安坤当下归纳了十大问题,一一组织专题报道,通过生动的新闻报道来打开人们解决新课题的思路。他还亲自出面邀请区委书记答记者问或写文章,围绕在本县有传统影响的一个热点问题,将讲事实讲政策讲道理,引发引导基层干部和群众做什么和怎么做。在小解放先后亮相的,有时任奉贤县委书记陆嘉书、川沙县委书记倪鸿福、上海县委书记陶奎章等,从而增强了政策报道的穿透力和影响力。

勇破"上海特殊论",敢于探入"深雷区"
为"大包干"责任制鸣锣开道

真正的考验现在才开始来临。

1982年10月16日晚上。市郊版大样已经拼好,一版责任编辑正在作最后润色之际,贾安坤一个电话把他叫到了办公室里。"赶快把头条撤下来,上着这一条稿子。"老贾略显激动地吩咐,"这是记者昨天刚刚捕捉道的鲜活新闻。"

小样上,一行大字顿时让编辑眼前一亮:承包"口粮田"粮食吃不完　北张生产队社员晒陈谷叫路人眼热。"这一天终于来了。"编辑的心里也涌起了澎湃的激情共鸣。

整整一年来,贾安坤苦苦等待的就是这样一个结果。简单地说,就是承包"口粮田"成功了。这意味着一直被市主管领导封杀的"大包干"农业生产责任制,两年后终于要破土而出了。

事实作了生动的诠释:两年前北张生产队在上海县诸翟乡还是远近闻名的缺粮队,队里连年完不成交粮任务,每年的口粮也只能分到8月份,晚稻登场前的九十两个月,几乎家家户户都要派人外出高价买粮食吃。如今实行口粮田承包刚满一个年度,全队51户社员麻袋里都已装满了吃不完的粮食,多的人家有

10 麻袋、约 550 公斤(市秤 1100 斤)。有的还在吃夏粮,早稻谷一斤都没碾过,更不用说田里的晚稻又是一个丰收季。相比之下,没有承包口粮田的临近生产队,社员都还在为口粮接不上茬而发愁呢。难怪记者现场看到北张生产队社员晒陈谷时,好几个外队社员都在场边既羡慕又赞叹不已。

贾安坤相信用这样的新闻报道来闯禁区,无论如何都是无法抗拒的,但他还是显得很智慧,在亲笔撰写的编者按中是与人为善的,并没有一个刺激性的字眼,只是委婉地说:它至少可以帮助人们开阔眼界,进一步解放思想。”

说起来,作为勇闯禁区的联产承包责任制战役报道,此前一期的市郊版(10 月 14 日)就以头版头条刊发了记者采访的独家报道《哪个好哪个差田里庄稼讲了话　崇明县联产户似滚雪球迅猛发展》及其编者按,率先打响了矛头直指“三不”的第一枪。稿成,素以文字严谨行事的贾安坤认真看了三遍,一字未改就破例放行,整整通栏半个版的篇幅。接着老贾又签发稿单,要求解放日报大报转用。隔日,解放日报在头版把消息同编者按又是突出处理刊发。三天之后,人民日报全文转载了这一消息。此时,直言“承包‘口粮田’　粮食吃不完”的《北张生产队社员晒陈谷叫路人眼热》的报道,便紧锣密鼓登了场。

实际上,贾安坤从一开始就对所谓的上海特殊论,即“三不”(不赞成、不提倡、不反对)政策很不以为然。作为农村改革中姓社还是姓资的两大争论议题中,联产承包到户(劳)乃至大包干无疑是更为重磅的,如果不触及这个“倒退还是前进”的核心问题,农村经济体制就谈不上是真正的改革。当时的市主管领导强调特殊论,显然助长着“左”的传统势力。随着生产责任制改革的推进,几乎每走一步都会遇到回弹的阻力。这成了贾安坤心中越揪越紧的结。市郊版上不断推出的群众有关生产责任制的种种创新形式的新闻报道,无不显露出贾安坤试图破禁而逼近核心区的轨迹趋向。

就说诸翟乡,早在 1979 年 10 月刚酝酿承包制,就有朋友悄悄把消息通给了贾安坤。面对“特殊论”不能明对着干,贾安坤就来个投石问路:在市郊版二版“农村工作随笔”专栏发了一篇署名文章《这种责任制好不好》,当然说的也不是大包干,而是其前身“包工到作业组、联系产量计算奖惩”,乡里有 19 个生产队在试点。尽管如此,根据反馈消息,还是被说成了“出格”。

但贾安坤一直于心不甘。第二年再推奉贤县庄行公社 32 个生产队实行“分户包种联产计酬”,十边地产量超过了大田生产;上海县北桥公社光明大队“专人包种联产计酬”,80 多亩十边地没有一份抛荒,粮食收到好几万斤,瓜果蔬菜吃不完;奉贤县光明公社“因地制宜建立责任制,沟头田分户包种”。到了 1981 年至 1982 年,报道笔触就直接进入到“大田”集体生产,渐渐指向上海不宜的“联产计酬”责任制形式的新尝试了。

随着《因地制宜联产包干　莘庄翁家湾生产队发掘了劳动力潜力》《联产到劳新事多——记马桥公社彭渡五队》《深入调查　因势利导　水到渠成　泰日公社党委积极推广联产计酬责任制》等一篇篇报道的见报,不断有“警讯”传来,但贾安坤故作不知、坚持不为所动。他在一则《编者按》中明确回答:实践告诉我们联产计酬、联产包干等形式的生产责任制,是调动社员集体生产积极性的有效措施。这对认为“上海郊区不宜搞联产计酬责任制”的同志,是很有说服力的。他还组织刊登了上海县委书记陶奎章的文章《联产计酬不是倒退是前进》。

这一年北张生产队大胆试行口粮田分户承包,贾安坤是第一时间得到消息的,但他觉得此举直接涉及“大包干”非同小可,必须让事实说话。于是,决定等一等,到出了实际效果再说。一年之后,市郊版终于说话了。

但没想到的是,基层干部群众一片叫好声中,上面的个别领导却在一次小范围会上批评说“小解放报道的方向有问题”。更有风言传来,宝山县部分生产队社员因不同意承包引起争吵,而闹出了风波。报社内外很多同志都为贾安坤和小解放捏了把汗,但老贾听了,只是淡淡一笑,说:顶多乌纱帽不戴。他对采写报道的记者说:不要怕,天塌下来有我长子顶着。事实就是这样,中央的精神就是这样。是日,正值农口系统县委书记例会,也是小解放的编辑拼版出版之日,贾安坤与一版责任编辑照例一起工作至深夜,按既定方案一版头条编发推出第三篇连续报道,老贾手不离烟呼呼猛吸。此刻,他也在静等上头会议的消息……深夜 11 点多钟,当他签发完全部清样之后,这才长长松了口。没有消息,就是最好的结果。他唯一隐隐担忧的就是:小解放还能不能按期出报。他已安排好记者到宝山采访调查——下一期的头版头条!作为坦荡正直的报人,此心可鉴。

众目睽睽之下,深深期盼之中,市郊版一如既往,坚定运作:

《要突破须走这条路——南汇棉花联产承包责任制》(10 月 21 日一版头条)——这是给出的有力回答。

《承包到户了　群众开心了——宝山县口粮田普及 400 多个生产队》(10 月 28 日一版头条)——这是沸腾的社情民意。特别要指出的是,报道正是澄清前述传言风波的调查报告。原来,部分社员是拿着“小解放”找队长评理的,说:“小解放都登了,为什么不让我们搞(口粮田)承包?”七嘴八舌难免激动,但都理直气壮。而队长其实只是怕上头“吃牌头”,心里也是要搞承包的,现在有小解放撑腰底气也足了,索性就带着社员群众一起去找大队公社了。就这样,宝山县口粮田很快普及到了400多个生产队。在市郊版一版头条刊发的同时，贾安坤又精心编发这篇报道并加编者按，以《尊重队情民意推进生产责任制》为题，在《解放日报》作了刊登。编者按别有意味地指出："从事农村工作的同志应该热情支持群众的创造精神，尊重队情民意……"

《框框已经突破　人们心里火热　奉贤县270个队实行大包干——公社大队干部热情支持　积极引导》（11月25日一版头条）——这是基层干部的基本态度！

《上海县日前作出决定：从六方面放宽政策——强调实行联产承包责任制》（11月22日一版头条）——这是县级领导机关的立场。

………

犹如火山平静下的暗流潜涌，人们憋得实在太久了。一旦激活爆发，其势必不可挡。面对一篇篇联产承包新闻报道蜂拥而出，贾安坤兴奋不已。他要求责任编辑精心挑选，精心编辑，精心组版，"每期一版头条都要给读者最鲜活的新闻"。从《杨行解决了四个普遍性问题：品种、核产、留种、责任田划分》（11月29日）到《黄渡为联产户承包防治病虫》（12月2日），《技术承包在青浦全面开花》（12月9日），再至《合庆公社164个示范户活跃在田头》（12月16日），贾安坤在编者按中写道："看来联产承包势必发展到每一地区，扩展到各个领域：从农业到工业、商业、服务业，以至科技等方面。从农村到城镇都要从实际出发，寻找不同类型的联产承包办法。"他又写道："自己没有实践，也不了解群众实践，就说这一种责任制形式是好的，那一种责任制形式是不适合的，这种态度恐怕不妥。"

更令贾安坤欣喜的是，联产承包硕果累累。金山张堰界山三队社员杨伯良，一家5个劳动力4个种田，承包了十五亩九分五厘责任田，两季收粮16492斤，超产1650斤；同时，收获小杂粮850斤，纯收入3200多元，比上年大增七倍。这期间，他本人还生过肝炎，停工5个多月，"要是在一年前，真是难以想象啊。"贾安坤亲自编发了这个头条新闻，还用杨家女儿所说的话做标题"家里已有半个多月不断肉，真有点吃腻了"，画龙点睛。"这是一条好新闻。"贾安坤高兴地说。

没几天，贾安坤又被一条新闻所感奋。宝山杨行西浜大队龚家生产队社员顾仁发年初承包10亩7分口粮责任田，早稻足足收了8000斤，后茬又多要了一亩半，结果晚稻收成再创纪录。两熟共收稻谷17000斤。顾仁发笑得合不拢嘴。早先时候，他已用一辆大拖拉机交售粮食6570斤，这下兴起又交售了2603斤，总共9173斤约占全队应缴征购粮食的1/8。老贾看到来搞眼睛一亮，拿起笔来连夜就改，他说，这就是农民的风格。小样出来了。看着醒目的标题：《口粮责任制使顾仁发一家喜上眉梢　收粮一万七　交售九千多》，贾安坤意犹未尽，又提笔加了个眉批：确是上海郊区一大新闻。喜获丰收多卖粮，这种风格值得发扬。

然而，这期间，来自相关部门的一个背靠背调查仍然持续进行了一个多月时间。结果自然不言而喻。到了这时候，还用得着争论吗？

掌声献给“千万富翁”
为郊区经济结构调整找到突破点

1983 年 1 月 15 日，是个极为普通的日子，但对上海郊区经济发展却颇有些非凡的意蕴。这一天，新发布的统计数据显示，上海郊区 1982 年首次涌现了 6 个“千万富翁”公社：马路公社、横沔公社、封浜公社、周浦公社、罗南公社、下沙公社。这标志着上海的乡村（社队）工业在改革开放中完成了浴火重生，开始走上规模化、专业化、标准化之路，上海郊区调整经济结构实现全面发展的重大突破。

在贾安坤的一手策划导演下，六个千万富翁首次聚会解放日报，由上海市农委领导主持，交流跨越雄关的心得，再抒攀登新高的胸臆。1 月 17 日的市郊版第一版以整版篇幅独家报道了六个“千万富翁”诞生的消息以及各位当家人的大幅照片，并发布了市郊千万富翁《财富排名榜》。在《生财有道　敢于突破》的大字标题下，分别刊登了六个“千万富翁”成功跨越工业年利润 1000 万元大关的核心经验感言。2 月 7 日市郊版第一版又以整版篇幅刊登长篇文章《走改革之路　求经济发展——我们是怎样变成“千万富翁”的》，全面而洗练地介绍了六个“千万富翁”的共同经验。

“千万富翁”及其《财富排名榜》，第一次响当当地成为了上海郊区的闪亮明星，而首先想到要为他们包装造势的就是贾安坤。看看这份千万富翁名单，人们耳熟能详的只有一个马陆公社。这个 70 年代就是上海社队工业明星的首富，如今最大的变化就是从单项冠军成为了全能冠军。然而这个看似最大的变化，相对其他五个千万富翁来说，实在是最小的。那五家中又有四家是从比较薄弱的基础上起家的。就连贾安坤这个跑了二十多年农村的老报人都承认没有想到。一个南汇县居然占了郊区十县千万富翁的半壁江山，而周浦地区就出现了两个。

所以，当 1982 年 12 月，听说有可能出多个千万富翁时，一向是胸有成竹的贾安坤真的有点急了。出多少、出在哪里，要不是一层层汇总报上来，根本就无现成的数字可供预估。当然，却也难不倒老贾这个活地图，他马上就圈出范围，派记者和通讯员到县和公社去核查。鉴于到年终尚有一个月时间，变化随时可能发生，开始说是七家，后来又成了五家，最后才确定是六家。

这边名单滑进滑出，那边贾安坤才不管呢。他亲自出马带着记者编辑对可能入选的公社一家家地赶着采访，既要发掘各自的个性特点，又要归纳总结共同的经验，整整泡了半个多月时间。

周浦公社有两家厂核算数据老是定不下来，直到报送当天才尘埃落定。老贾和一版责任编辑就在公社工业办公室整整等了他们一天，亲眼看到财务报表上的确切数据，才放下心来，也算是“半路截获”。当然，这一整天也不是干等，所有的采访工作全已在现场完成，连带把稿件都一并写好带了回来。

下沙公社原来算下来是蛮稳的，但当老贾一行这天从周浦出来，顺便去下沙弯一下之际，他这边突然又说“危险”了，正忙着最后核算。老贾镇定地喝着茶，婉言劝公社党委书记老汪别急，“只要不出意外，总是跑不了的”。一小时后电话传来消息，说“最终数据是刚刚出线”，令人虚惊一场。

至此，终于大功告成。千万富翁们都对老贾十分感激，说他们的光彩凝结着贾安坤的心血。

实际上，参与千万富翁的孕育，是多年来贾安坤一直在做的事。对于罗南公社来说，贾安坤就是最好的顾问。他和时任党委书记盛培荣是十分铁的朋友，对方有什么需要，老贾都当作自己的事情来做，随叫随到，跑上跑下的毫无怨言。工业基础薄弱的罗南公社，短短三年就崛起成为千万富翁，贾安坤为之贡献了自己的才智。

这样的朋友，贾安坤在上海郊区有很大一批，可以说他对每个人都有恩，都热心作了付出，但从未闻要求什么回报。

尽管由于情况变化，市郊版办了 8 年之后，在年发行量达 25 万份、年利润突破 20 万元(从不刊登广告)的高潮期，流星般地结束了它的使命，但影响长在，精神不灭。直至今天，在上海郊区的干部、郊区的农民中，还深深怀念着“小解放”，怀念着掌领小解放的掌门人——那个个子高高的解放日报记者贾安坤老贾。是的，老贾是值得怀念的，值得永远地怀念。

陈忠彪　朱民权

(载《富有智慧、敢于直言的报人　贾安坤纪念文集》，人民日报出版社出版)

图书在版编目(CIP)数据

大地:朱民权新闻作品选/朱民权著. —上海:上海三联书店,
2024.5
ISBN 978-7-5426-8399-1

Ⅰ.①大… Ⅱ.①朱… Ⅲ.①新闻—作品集—中国—当代
Ⅳ.①I253

中国国家版本馆 CIP 数据核字(2024)第 041525 号

大地:朱民权新闻作品选

著　　者 / 朱民权

责任编辑 / 姚望星
装帧设计 / 徐　徐
监　　制 / 姚　军
责任校对 / 王凌霄

出版发行 / 上海三联书店
(200041)中国上海市静安区威海路 755 号 30 楼
邮　　箱 / sdxsanlian@sina.com
联系电话 / 编辑部:021-22895517
发行部:021-22895559
印　　刷 / 上海惠敦印务科技有限公司

版　　次 / 2024 年 5 月第 1 版
印　　次 / 2024 年 5 月第 1 次印刷
开　　本 / 710 mm × 1000 mm　1/16
字　　数 / 358 千字
印　　张 / 23.25
书　　号 / ISBN 978-7-5426-8399-1/G・1712
定　　价 / 88.00 元

敬启读者,如发现本书有印装质量问题,请与印刷厂联系 021-63779028